De naaister uit Parijs

W0222141

*Van Rosalie Ham is verschenen:*

De naaister uit Parijs ◈

◈ Ook als e-book verschenen

Rosalie Ham

# De naaister uit Parijs

THE DRESSMAKER

UITGEVERIJ LUITINGH-SIJTHOFF

FSC
www.fsc.org
MIX
Papier van verantwoorde herkomst
FSC® C004472

Voor de fragmenten uit *Macbeth*, *Romeo en Julia* en *Hamlet* is gebruikgemaakt van de vertaling van Willy Courteaux, *William Shakespeare, Verzameld werk*, Meulenhoff/Manteau, Amsterdam/Antwerpen, 2007.

Het fragment uit *Venus en Adonis* is afkomstig uit de vertaling van L.A.J. Burgersdijk, *De werken van William Shakespeare*, E.J. Brill, Leiden, 1884-1888.

© 2000 Rosalie Ham
All rights reserved
© 2015 Nederlandse vertaling Uitgeverij Luitingh-Sijthoff B.V., Amsterdam
Alle rechten voorbehouden
Oorspronkelijke titel: *The Dressmaker*
Vertaling: Inge Boesewinkel
Omslagontwerp: Marry van Baar
Omslagbeeld: © 2015 Film Art Media, www.dressmakermovie.com

ISBN 978 90 210 1824 9
NUR 302

Dit is een speciale uitgave

‘Als je het gevoel hebt goed gekleed te zijn, leidt dat tot een innerlijke rust die geen enkele godsdienst je kan verlenen.’

Miss C.F. Forbes,
geciteerd door Ralph Waldo Emerson in *Social Aims*

Reizigers die door de gele tarwevelden op weg waren naar Dungatar viel het eerst een vage donkere vlek op aan de rand van de vlakte. Nadat ze over het asfalt naderbij waren gekomen, veranderde deze vlek in een heuvel. Boven op deze zogenoemde Heuvel stond een verweerd bruin houten huis, uitdagend scheef hangend op de met gras begroeide helling. Het leek wel of het elk moment kon instorten als het niet met de stevige ranken van een blauweregen aan een stenen schoorsteen vastzat. Passagiers die Dungatar per trein naderden, voelden het treinstel afbuigen bij de flauwe, in zuidelijke richting lopende helling. Als ze dan door het raampje naar boven keken, zagen ze het vervallen bruine huis. 's Avonds kon je op de omringende velden licht uit het huis zien schijnen, alsof het een wankel baken in een uitgestrekte zwarte zee was, knipogend vanuit het huis van Malle Molly. Wanneer de zon onderging, wierp de Heuvel een schaduw over het dorp, die helemaal tot aan de graansilo's reikte.

Op een winteravond keek Myrtle Dunnage door de voorruit van een Greyhound-bus, zoekend naar het licht uit de ramen van haar moeders huis. Onlangs had ze haar moeder geschreven, maar toen ze geen antwoord kreeg, had ze moed verzameld om haar te bellen. Bij de telefooncentrale had iemand kortaf gezegd: 'Molly Dunnage heeft al jaren geen aansluiting meer, ze zou niet eens weten wat dat is.'

'Ik heb een brief geschreven, maar ze schreef niet terug,' zei Tilly. 'Misschien heeft ze hem niet gekregen?'

'Oude Malle Molly zou evenmin weten wat ze met een brief moest,' was de repliek.

Daarop besloot Tilly dat het tijd was om terug te keren naar Dungatar.

# I

# Gingang

Een katoenen stof die in allerlei kwaliteiten te verkrijgen is, afhankelijk van het soort garen dat gebruikt is, de kleurechtheid en het gewicht. Kan in verschillende ruitjespatronen geweven worden. Een duurzame stof, mits juist behandeld. Gebruikt voor verschillende doeleinden, van graanzakken tot gordijnen, van dagelijkse kleding tot herenkostuums.

*Fabrics for Needlework*

# I

Brigadier Farrat klopte op zijn politiepet, trok een draadje van zijn revers en salueerde naar zijn keurige spiegelbeeld. In de wetenschap dat alles kalm en rustig was, liep hij naar zijn glanzende politiewagen om aan zijn avondronde te beginnen. De dorpsbewoners hielden zich gedeisd en de mannen sliepen, aangezien er de volgende dag kans was op een overwinning op het footballveld.

In de hoofdstraat zette hij de auto stil om de gebouwen te bestuderen, die zilverkleurige daken hadden en bruin waren van de rook. De mist verzamelde zich rond hekken en muren, als een gazen luifel tussen de bomen. Uit het Station Hotel klonken gedempte stemmen. Hij bekeek de auto's die met hun neus naar de pub geparkeerd stonden: de gebruikelijke Morris Minors en Austins, een bestelbusje, de Wolseley van raadslid Pettyman en de imposante maar afgeleefde Triumph Gloria van de Beaumonts.

Een Greyhound-bus kwam grommend en sissend voor het postkantoor tot stilstand, terwijl zijn koplampen het gezicht van brigadier Farrat beschenen.

'Een passagier?' vroeg hij hardop.

De deur van de bus zwaaide open en het schijnsel van de binnenverlichting viel zwakjes naar buiten. Een slanke, jonge vrouw stapte met lichte tred de nevel in. Haar haar hing weelderig over haar schouders en ze droeg een baret en een mantel van ongewone snit.

Chic, dacht de brigadier.

De chauffeur trok een koffer uit het bagageruim en droeg hem naar de veranda van het postkantoor, waar hij hem in een donker hoekje zette. Hij ging terug voor een tweede koffer, en voor een derde, en toen haalde hij iets anders tevoorschijn, iets met een gewelfd deksel waarop op de zijkant in gouden letters SINGER stond.

Met dit voorwerp in haar hand stond de passagier naar de beek te kijken, en vervolgens links en rechts de straat in.

'Asjemenou,' zei brigadier Farrat, en hij stoof zijn auto uit.

Toen ze het autoportier hoorde dichtslaan, draaide ze zich op haar hakken om en begon in westelijke richting te lopen, naar de Heuvel. Hoewel de bus achter haar ronkend wegreed, met steeds kleiner wordende achterlichten, hoorde ze toch de voetstappen naderbij komen.

'Heremijntijd, Myrtle Dunnage.'

Myrtle versnelde haar pas. En brigadier Farrat deed hetzelfde. Hij inspecteerde haar elegante laarsjes – Italiaans, vroeg hij zich af – en haar broek, die zeker niet van kamgaren was.

'Laat me je helpen tillen, Myrtle.'

Omdat ze doorliep, deed de brigadier een greep naar de gewelfde kist en wrong hij hem uit haar hand, waardoor ze werd omgedraaid. Daar stonden ze elkaar aan te staren, terwijl de witte flarden rond hen heen dwarrelden. Tilly was inmiddels een vrouw, terwijl brigadier Farrat op leeftijd was. Gegeneerd sloeg hij een bleke hand voor zijn mond; daarna haalde hij zijn schouders op en liep met de bagage naar zijn auto. Toen hij de laatste koffer van Myrtle op de achterbank had gelegd, opende hij het bijrijdersportier voor haar en wachtte. Zodra ze zat, keerde hij de auto en reed in oostelijke richting weg. 'We nemen de lange route naar huis,' zei hij.

De knoop in Tilly's maag trok strakker.

Ze gleden door de mist en terwijl ze om het ovale footballveld reden, merkte brigadier Farrat op: 'Dit jaar staan we derde.'

Tilly zweeg.

'Je komt zeker uit Melbourne?'

'Ja,' antwoordde ze kortaf.

'Blijf je hier lang?'

'Weet ik niet.'

Ze reden terug door de hoofdstraat. Terwijl ze langs de schoolgymzaal reden, hoorde ze het kindergeschreeuw dat bij de softbalwedstrijden van de vrijdagmiddag hoorde, evenals het gegil en gespetter van zwempartijen in de beek. Toen brigadier Farrat bij de bibliotheek de hoek omsloeg in de richting van de Heuvel, rook ze de was op de linoleum bibliotheekvloer, en zag ze in een flits vochtig bloed op het droge gras buiten. Herinneringen aan de rit naar de bushalte van jaren geleden met dezelfde man kwamen bij haar op en de knoop in haar maag begon pijn te doen.

Eindelijk bereikte de politiewagen knersend de top van de Heuvel en stopte daar. Ze keek naar haar ouderlijk huis, terwijl de brigadier naar haar keek. Kleine Myrtle Dunnage had een lichtblanke huid en haar moeders ogen en haren. Ze leek sterk, maar gekwetst.

'Weet iemand dat je komt, Myrtle?' vroeg de brigadier.

'Ik heet Tilly,' zei ze. 'En iedereen zal het snel genoeg te weten komen.'

Ze draaide zich om, zodat ze brigadier Farrats verwachtingsvolle gezicht in het mistige maanlicht kon zien. 'Hoe gaat het met mijn moeder?' vroeg ze.

Hij opende het portier aan zijn kant. 'Je moeder... komt tegenwoordig het huis niet meer uit,' zei hij, waarna hij uitstapte. De rond de veranda hangende mist waaierde uit als ruches aan een rok terwijl de brigadier er met Tilly's koffers doorheen liep. Hij hield de zware gewelfde koffer vast. 'Je hebt een prachtige naaimachine, Tilly,' zei hij.

'Ik ben naaister en costumière, brigadier Farrat.' Ze opende het autoportier.

Hij klapte in zijn handen. 'Bravo!'

'Bedankt voor de lift.' Ze deed de achterdeur voor zijn neus dicht.

Terwijl hij wegreed, probeerde brigadier Farrat zich te herinneren wanneer hij Malle Molly voor het laatst had bezocht. Hij had haar al minstens een jaar niet gezien, maar hij wist dat Mae

McSwiney een oogje in het zeil hield. Glimlachend zei hij: 'Ze is naaister!'

Molly's huis was bedompt en rook naar buidelrattenpis. Zoekend naar een lichtknopje streek Tilly over de stoffige muur en drukte erop zodra ze het vond, waarna ze door de keuken naar de haard in de zitkamer liep, langs het vieze oude ameublement. Ze voelde aan de as. Die was ijskoud. Ze ging naar de deur van haar moeders slaapkamer, draaide aan de knop en duwde. In de hoek bij het bed brandde een schemerlamp.

'Mam?'

Onder de stapel dekens bewoog een lichaam. Een uitgemergeld hoofd met een theemuts erop draaide zich op een groezelig met kapok gevuld kussen. De mond ging wijd open, als een gapend gat, en twee diepliggende ogen staarden haar aan.

Molly Dunnage, malle vrouw en oud besje, zei tegen haar dochter: 'Je bent zeker voor de hond gekomen? Je krijgt hem anders niet. We willen hem houden.'

Ze gebaarde naar een menigte van onzichtbare mensen rondom haar bed. 'Ja, toch?' Ze knikte naar hen.

'Dus dit hebben ze je aangedaan,' zei Tilly.

Vanonder de dekens kwam een want tevoorschijn, stijf en smerig. Molly keek naar haar knokige pols. 'Halfvijf,' zei ze.

Tilly haalde de fles brandewijn die ze voor haar moeder had gekocht uit haar bagage en ging op de achterveranda zitten, vanwaar ze kon neerkijken op de vage vormen van het slapende Dungatar. Ze dacht aan wat ze had achtergelaten en vroeg zich af waarnaar ze was teruggekeerd.

Tegen zonsopgang hief ze met een zucht het glas naar het grijze stadje en ging ze naar binnen. Ze verjoeg schattige muizengezinnen uit de linnenkast en spinnen uit hun kanten huisjes onder aan lampenkappen. Ze veegde stof, vuil, takjes en een dode spreeuw uit het bad en draaide de kraan open om de kuip schoon te schrobben. Eerst kwam er alleen koud bruin water uit, maar zodra het water helder en heet was, liet ze het bad vollopen en deed er wat lavendelbloempjes uit de tuin in. Ze haalde haar moeder uit haar smerige bed en trok haar wankelend mee naar het bad. Malle Molly vloekte, krabde en stompte Tilly met haar insectachtige ledematen, maar werd al snel moe en liet zich in het water zetten.

'Bovendien,' snauwde ze, 'weet iedereen dat rode gelatine langer hard blijft', en ze kraaide tegen Tilly met groenig tandvlees en geschifte ogen.

'Geef me je gebit,' zei Tilly.

Molly kneep haar lippen stijf op elkaar.

Tilly kruiste Molly's onderarmen over haar borst, klemde haar vast, en kneep net zo lang haar neus dicht tot Molly haar mond opende om naar lucht te happen. Toen peuterde ze het gebit er met een lepel uit en liet het in een emmer met ammonia vallen. Molly schreeuwde en spartelde tot ze uitgeput en schoon was, en Tilly haalde de bedden af terwijl Molly lag te weken. Toen de zon hoog aan de hemel stond, sleurde ze de matrassen naar het gras om ze in de warme zon te laten luchten.

Later stopte ze Molly's schriele lichaam weer terug in bed en voerde ze haar met een lepel zoete zwarte thee, terwijl ze de hele tijd tegen haar praatte. Molly's antwoorden waren weliswaar dwaas en kwaad, maar wel degelijk antwoorden. Daarna viel ze in slaap, zodat Tilly het fornuis kon schoonmaken en een vuur kon aansteken nadat ze in de tuin hout had gesprokkeld. Zodra de rookwolken opstegen in de schoorsteen, rende er een buidelrat bonkend weg over de dakspanten. Ze zette alle deuren en ramen open en begon dingen naar buiten te gooien: een antieke naaimachine en een mottige paspop, een kapotte wasmachine met wringer, oude kranten en dozen, vuile gordijnen en stugge stukken vloerkleed, een bank en de bijbehorende onbruikbare stoelen, kapotte tafels, lege blikken en glazen flessen. Al spoedig lag er rond het houten huisje een dikke laag afval.

Toen Molly wakker werd, liep Tilly helemaal met haar naar de buiten-wc, waar ze Molly neerzette op het toilet met haar onderbroek rond haar enkels en haar nachtpon opgestroopt onder haar trui. Vervolgens bond ze Molly's handen met de ceintuur van haar ochtendjas vast aan de deur, zodat ze niet kon weglopen. Daarop brulde Molly zo hard ze kon, tot ze hees was. Later verwarmde Tilly tomatensoep uit blik en zette ze haar moeder in de zon – ontlast, schoon en gehuld in truien, handschoenen, een pet, sokken, sloffen en dekens – en voerde haar. Intussen bleef Malle Molly maar mummelen. Tilly veegde haar moeders soeprode mond af. 'Vond je dat lekker?'

Beleefd antwoordde haar moeder: 'Ja, dank u zeer, we vinden het altijd lekker', en ze glimlachte hoffelijk naar haar disgenoten, voor ze overgaf over de vreemde vrouw van wie ze dacht dat die haar vergif voerde.

Weer stond Tilly op de veranda. De wind blies haar broek tegen haar slanke benen. Onder haar stegen rookwolkjes op van een vuurtje onder een ketel op het erf van de familie McSwiney aan de voet van de Heuvel, naast de vuilnisbelt. Vreemdelingen veronderstelden dat de gebogen treinstellen en gedeukte caravans ook afval waren, maar die vormden het onderkomen van het gezin McSwiney. Edward McSwiney ging in Dungatar elke avond rond met de poepkar. Zonder een druppel te morsen wist hij elke buitenplee en elke volle ton van Dungatar te bereiken, zelfs op de donkerste, stormachtigste nachten. Overdag bezorgde hij van alles, reed hij rond met zijn middelste zoon Barney en een groepje kinderen dat achter aan de kar hing.

Toen Myrtle klein was, keek ze vaak naar de spelende kinderen McSwiney: de oudste zoon, die een paar jaar jonger dan zijzelf was, en daarna drie meisjes en Barney, die 'niet helemaal af was'. Hij was krom, zijn hoofd hing ondersteboven en hij had een klompvoet.

Het stadje baadde in het felle licht van de ochtendzon. Het treinstation en de vierkante grijze graansilo lagen naast het spoor, dat in een boog langs de bocht van de beek liep, waardoor de gebouwen tussen het spoor en het water eruitzagen als sproeten op een neus. Het water in de beek had altijd laag gestaan, verstikt door wilgen en lisdodden, met een trage stroming en muggen die boven het water gonsden. De stichters van het dorp hadden het water aan de binnenkant van de bocht vrij spel gegeven, waardoor er een soort park was ontstaan met in het midden een gemeenschapscentrum, aan de oostkant het lage, vochtige huisje van meneer en mevrouw Almanac tegenover hun drogisterij en aan de westzijde de school, waar Prudence Dimm de kinderen van Dungatar al sinds mensenheugenis onderwees. De hoofdweg volgde de kromming van het park en scheidde het van de winkelstraat. Het politiebureau lag een stukje verder naar het oosten langs de weg, halverwege de begraafplaats en de rand van het stadje. Het was geen drukke weg en er lagen slechts een paar winkels langs: de drogisterij, het Station Hotel en daarna A. en M. Pratt, Merchant Supplies, een warenhuis waar alles werd verkocht wat je nodig had. Het postkantoor, de bank en de telefooncentrale zaten allemaal in het volgende pand en het laatste, meest westelijk gelegen gebouw huisvestte zowel het gemeentehuis als de bibliotheek. De bebouwde kom van Dungatar, waarin de huizen verspreid achter de winkelstraat lagen, werd doorsneden door een smalle grindweg die naar het footballveld leidde.

Het groene oog van het ovale veld waar Australian football werd gespeeld leek naar Tilly omhoog te kijken, de eromheen geparkeerde auto's vormden de wimpers. Binnen verroerde haar moeder zich, en riep ze, en de buidelrat rende weer bonkend over de dakspanten.

Tilly liep naar de paspop die op het gras lag. Ze zette hem overeind en spoot hem schoon, waarna ze hem in de zon liet drogen.

# 2

Op zaterdagochtend gonsde het in de hoofdstraat van de puffende pick-uptrucks van boeren en degelijke Britse automobielen met daarin netjes aangeklede veefokkersgezinnen. De jongere kinderen werden overgedragen aan hun oudere broers of zussen en naar het park gestuurd, zodat de moeders konden winkelen en roddelen. Mannen stonden in kluitjes bij elkaar te praten over het weer en naar de lucht te kijken, en vrouwen in gebloemde zomerjurken met een tere huid, een fors lichaam en vilten hoeden op hun hoofd verkochten achter schraagtafels loten.

Brigadier Farrat liep langs een jonge man die achter het stuur van een Triumph Gloria hing, stak de weg over en liep naar de winkel van Pratt. Op de stoep ervoor trof hij Mona Beaumont.

'Goedemorgen, Mona,' riep hij uit. 'Je broer is dus veilig thuisgekomen.'

'Moeder ze-egt dat we nu die vreselijke ingehuurde hulp kunnen laten gaan. Die meneer Mac-Swiney...' Omdat Mona haar woorden op een bepaalde manier uitrekte, maakte brigadier Farrat wanneer hij tegen haar sprak gebruik van zijn meest melodieuze klinkers. 'Overhaast maar niets, Mona, grote kans dat William al snel door een van onze begeerlijke jongedames aan de haak wordt geslagen.' Hij glimlachte ondeugend. 'Misschien heeft hij het daar nu al druk mee.'

Mona deed een stap opzij en plukte aan de pluisjes op de boord van haar trui. 'Moeder ze-egt dat de meisjes hier niet erg beschaafd zijn.'

Brigadier Farrat keek naar Mona's baret van tweed, die als een dode poes op haar hoofd lag, en naar haar logge, lompe postuur.

'Integendeel, Mona, de geschiedenis heeft ons allemaal onafhankelijk gemaakt. Dit is de moderne tijd, het is een voordeel een vak te beheersen, vooral voor het schone geslacht...'

Mona giechelde bij het woord 'geslacht'.

'... neem bijvoorbeeld de dames Pratt: zij kunnen bouten van moeren onderscheiden en weten welke poeders helpen bij merinosschapen met de huidmadenziekte, ze weten wat het vee eet en hoe ze kippenluis kunnen behandelen, ze weten alles van fournituren en inmaken, evenals van damesondergoed. Dat is altijd nuttig.'

'Maar moeder zegt dat het on-beschaafd is als...'

'Ja, ik ben me ervan bewust dat je moeder zichzelf zeer beschaafd acht.'

Hij glimlachte, tikte aan zijn pet en ging de winkel binnen. Mona trok een verkreukelde zakdoek uit haar manchet, hield hem voor haar open mond en keek perplex om zich heen.

Alvin Pratt, zijn echtgenote Muriel, zijn dochter Gertrude en de slager Reginald Blood waren vrolijk en ijverig aan het werk achter hun toonbank. Gertrude hield zich bezig met de kruidenierswaren en alle droge producten. Ze bond elk pakje dicht met touw, dat ze met haar blote vingers afbrak. Een veelzeggende vaardigheid, vond de brigadier. Muriel Pratt was deskundig op het gebied van fournituren, ijzerwaren en wapens. Men fluisterde dat ze vooral met de laatste wel raad wist. De delicatessen en vleeswaren bevonden zich achter in de winkel, waar Reginald karkassen opensneed en in stukken zaagde, gemalen vlees in schapendarmen duwde en zijn worsten vervolgens netjes neerlegde rond de cirkels van lendenkarbonades. Alvin Pratt had een hoffelijke manier van doen, maar hij was gierig. Driemaal per dag verzamelde hij de bonnetjes bij de kassa op de toonbank en archiveerde hij in alfabetische volgorde ieders schulden in zijn glazen kantoortje. Gewoonlijk keerden klanten hem de rug toe terwijl Gertrude havervlokken afwoog of Aspro's pakte, omdat hij de gewoonte had mappen uit diepe houten laden te trekken en de blauw gelinieerde pagina's langzaam om te slaan terwijl ze wachtten.

Brigadier Farrat liep af op Gertrude, die fors en in een praktische donkerblauw gebloemde jurk kaarsrecht achter haar toonbank met droge producten troonde. Haar moeder leunde ongeïnteresseerd en uitdrukkingsloos op de toonbank naast haar.

'Hoe is 't, Gertrude? Muriel?'

'Heel goed, dank u.'

'Jullie gaan vanmiddag toch wel kijken hoe onze footballspelers hun finale winnen?'

'Er moet hier nog veel werk verzet worden voor we ons kunnen ontspannen, brigadier,' antwoordde Gertrude.

De brigadier hield Gertrudes blik een ogenblik vast. 'Ah, Gertrude,' zei hij. 'Een goede ezel is altijd zwaarbeladen.' Hij wendde zich tot Muriel en glimlachte. 'Mag ik alsjeblieft een stuk blauwwitte gingang en bijpassend biaisband? Ik ga een stel badkamergordijnen maken.'

Ze waren er wel aan gewend dat de brigadier de gewoonten van een vrijgezel had. Hij had al vaker stof gekocht voor tafelkleden of gordijnen. Volgens Muriel had hij het mooiste linnengoed van de hele stad.

Bij de fourniturentoonbank bekeek brigadier Farrat de knopenverzameling, terwijl Muriel vijf meter geruite katoen opmat en afscheurde, die hij van haar aannam en tegen zijn uniform aan rechttrok en opvouwde, daarbij diep de geur van stijfsel en nieuwigheid opsnuivend, terwijl Muriel pakpapier op de toonbank uitspreidde.

Gertrude gluurde naar haar *Women's Illustrated* onder de toonbank. ONTWERP JE EIGEN COWGIRLOVERHEMD, stond er met schreeuwerige letters op de voorkant. Ernaast draaide een knap meisje een pirouette, waardoor een vrolijke blauw-wit geruite katoenen rok om haar heen danste, schuin op draad geknipt en versierd met strikjes van biaisband. Gertrude lachte sluw in zichzelf, terwijl ze de stevige gedaante van brigadier Farrat met een bruin pakje onder zijn arm door de deur zag verdwijnen om de straat over te steken in de richting van zijn Triumph. De auto van de Beaumonts stond naast het park geparkeerd. Er zat iemand op de bestuurdersstoel. Gertrude liep al naar de deur, maar Alvin Pratt riep van achter in de winkel: 'Gertrúde, een klant bij de zemelen.' Dus liep ze tussen de schappen onder trage plafondventilatoren door naar achteren, waar Mona en Elsbeth Beaumont van Windswept Crest zich duidelijk aftekenden tegen de glanzende achtergrond van zwart straatgrind. Mevrouw Beaumont had zich een 'air' aangemeten. Als boerendochter was ze getrouwd met een welgestelde veefokkerszoon, hoewel niet zo welgesteld als Elsbeth zich bij haar verloving had voorgesteld. Ze was een kleine, scherpe en broodmagere vrouw met een lange neus en een hooghartige gezichtsuitdrukking. Zoals altijd droeg ze een eenvoudige donkerblauwe linnen jurk en haar vossenbontje. Rond haar met pigmentvlekjes bezaaide ringvinger zat naast een smalle gouden ring een tweede ring, die bezet was met een verzameling piepkleine diamantjes. Haar dochter stond zwijgend naast haar, terwijl ze haar zakdoek in elkaar kneep.

Muriel, laconiek en slonzig in haar vuile schort, sprak met Elsbeth. 'Onze Gert is een knap, bekwaam meisje. Wanneer kwam William ook alweer terug?'

'O, ja,' zei Gertrude met een glimlach. 'William is terug, hè?'

Mona zei daarop: 'Ja, en hij is –'

'Ik sta hier te wachten om geholpen te worden,' snauwde mevrouw Beaumont.

'Mevrouw Beaumont wacht op zemelen, lieverd,' merkte Muriel op.

Gertrude riep het beeld op van mevrouw Beaumont met een zak zemelen die aan haar neus hing. 'Wilt u haver door uw zemelen, mevrouw Beaumont?'

Elsbeth haalde diep adem, waardoor de dode vos om haar schouders omhoogkwam. 'Het paard van William geeft de voorkeur aan enkel zemelen,' zei ze.

'U bent vast niet de enige die blij is dat uw zoon terug is,' zei Muriel, terwijl ze haar veelbetekenend aanstootte.

Elsbeth gluurde vanuit haar ooghoeken naar het meisje dat gebogen over een bak met zemelen een jute zak aan het vullen was en zei op luide toon: 'Er wacht William nog veel werk op onze boerderij. Daardoor zal hij zich hier weer snel thuis gaan voelen en echt aan onze toekomst kunnen gaan werken. Maar het bedrijf zal niet het enige zijn wat telt voor William. Hij heeft gereisd en met allerlei mensen omgang gehad. Tegenwoordig is hij een echte man van de wereld. Waarschijnlijk zal hij ook verder dan het dorp moeten kijken om geschikt... gezélschap te vinden.'

Muriel knikte. Gertrude stond naast de vrouwen, met de zak zemelen tegen haar knieën gedrukt. Ze boog zich dicht naar Elsbeth toe en streek over iets op haar schouder. Vlokken vossenbont dwarrelden in het rond. 'Ik dacht dat er iets op uw arme oude vos zat, mevrouw Beaumont.'

'Zemelen, waarschijnlijk,' zei Elsbeth en ze trok haar neus op naar het warenhuis.

'Nee,' zei Gertrude met een onschuldige glimlach. 'Ik zie al wat het is. Het ziet ernaar uit dat u een doosje mottenballen nodig hebt. Zal ik het voor u pakken?' En weer stak ze haar hand uit, kneep in het mottige vossenbont en liet de vossenharen voor hen dwarrelen. De scherpe ogen van de vrouwen rondom Elsbeth Beaumont richtten zich op de kale plekken op de gevlekte sleetse vacht. Mevrouw Beaumont deed haar mond open om te reageren, maar Muriel zei op matte toon: 'We zullen de zemelen zoals altijd op uw rekening zetten.'

William Beaumont junior was de avond tevoren aangekomen in Dungatar, slechts een paar uur eerder dan Tilly Dunnage. Hij had gestudeerd aan de landbouwhogeschool in Armidale, een klein stadje landinwaarts. Zodra hij uit de trein was gestapt, had zijn moeder zich op hem gestort, stevig haar handen tegen zijn wangen gedrukt en gezegd: 'Mijn zoon, je bent thuisgekomen bij je toekomst, en je moeder!'

Nu zat hij op haar en zijn zuster te wachten in de auto van de familie, het plaatselijk nieuwsblad verkreukeld op zijn schoot. Hij keek door de hoofdstraat naar het huisje op de Heuvel en zag rook door de schoorsteen omhoogkrullen. Lang geleden was het gebouwd door een man die waarschijnlijk struikrovers wilde kunnen zien aankomen. Kort nadat het af was, legde hij het loodje, waarna de gemeente het samen met het omringende land in bezit kreeg en aan de voet van de Heuvel een kuil groef voor de vuilnisbelt. Toen de Heuvel en de woning verkocht werden, kostten die niet veel. William bedacht dat het leuk zou zijn om daar boven op de Heuvel te wonen, ver van alles af, maar toch alles overziend. Zuchtend wendde hij zijn blik naar het oosten, naar de vlakke velden, de begraafplaats en het boerenland achter het politiebureau, aan de rand van de stad, voorbij de met afbrokkelend pleisterwerk bedekte bakstenen winkelgevels en het kromgetrokken bladderende houtbeschot.

'Mijn toekomst,' mompelde William vastberaden. 'Ik ga hier een mooi leven opbouwen.' Prompt werd hij overspoeld door twijfel en sloeg hij met trillende kin zijn ogen neer.

Het portier van de auto werd geopend, en William schrok op. Mona ging keurig op de achterbank zitten. 'Moeder zegt dat je moet komen,' zei ze.

Hij reed naar de achterzijde van de winkel van Pratt. Terwijl hij de zemelen in de achterbak laadde, stond er in de enorme deuropening een fors meisje naar hem te glimlachen: een verwachtingsvol lachend meisje naast haar alledaagse moeder tegen een achtergrond van bestofte vishengels en -lijnen, grasmaaiers, touw, auto- en tractorbanden, tuinslangen en paardenzadels, geëmailleerde emmers en hooivorken.

Terwijl ze wegreden snoot Mona haar neus en zei: 'Elke keer als we naar de stad gaan, krijg ik hooikoorts.'

'Ik voel me hier ook niet op mijn best,' zei Elsbeth met haar blik op de dorpsbewoners gericht. De vrouwen van het kraampje, het winkelend publiek en de winkeliers stonden in kluitjes op de stoep naar de Heuvel te kijken.

'Wie woont er tegenwoordig in het huis van Malle Molly?' vroeg William.

'Malle Molly, tenzij ze dood is,' antwoordde Elsbeth.

'Er leeft daar wel iemand, de haard is namelijk aangestoken,' zei hij.

Met een ruk draaide Elsbeth zich om, waarna ze met een dreigende blik door de achterruit keek. 'Stop!' riep ze.

Naast het gemeentehuis bleef brigadier Farrat stilstaan om naar de Heuvel te turen. Daarna draaide hij zich om en keek de straat in. Voor de drogisterij leunde Nancy Pickett op haar versleten bezem, terwijl Fred en Purl Bundle uit de pub kwamen gelopen om zich voor het postkantoor bij de gezusters Ruth en Prudence Dimm te voegen. In zijn kantoor boven pakte raadslid Evan Pettyman zijn koffiekopje op en draaide zijn voorzittersstoel, zodat hij uit het raam kon kijken. Meteen sprong hij op, morste met zijn koffie en vloekte.

In de achterafstraatjes rende Beula Harridene tussen de huisvrouwen door die daar in hun ochtendjas en met krulspelden in het haar op het gras voor hun huis stonden. 'Ze is terug,' siste ze. 'Myrtle Dunnage is teruggekomen.'

Op het erf naast de vuilnisbelt zag Mae McSwiney dat haar zoon Teddy opkeek naar het slanke meisje in een broek op de veranda, wier haar door de wind werd opgetild. Mae sloeg haar armen over elkaar en fronste haar voorhoofd.

Die middag stond brigadier Farrat geconcentreerd aan tafel, terwijl zijn tong een serieuze poging deed zijn neus te vinden. Hij liet zijn duim over de scherpe puntjes van zijn kartelschaar glijden, waarna hij hem knerpend door de ruitjeskatoen stuurde. Als kind woonde Horatio Farrat met zijn moeder in Melbourne boven de winkel van een hoedenmaakster. Eenmaal volwassen ging hij bij de politie. Vlak na de afstudeerceremonie toonde Horatio zijn meerderen zijn tekeningen en patronen. Hij had nieuwe politie-uniformen ontworpen.

Daarop werd agent Farrat onmiddellijk gestationeerd in Dungatar, waar hij uitersten aantrof op zowel het gebied van het weer als van rust en vrede. De plaatselijke bevolking ontdekte tot haar genoegen dat de nieuwe politieagent ook vrederechter was, en dat hij, in tegenstelling tot de vorige brigadier, geen lid werd van de footballclub en dat hij ook niet op gratis bier stond. De brigadier was in staat om zijn eigen kleding en hoofddeksels zo te ontwerpen en vervaardigen dat hij voor elk weertype wel iets geschikts had. Deze uitmonsteringen deden zijn lichaam niet altijd voordelig uitkomen, maar ze waren wel uniek. Tijdens zijn jaarlijkse verlof genoot hij ten volle van het resultaat van zijn noeste arbeid, maar in Dungatar droeg hij de kledingstukken alleen in zijn huis. De brigadier ging het liefst in de lente op vakantie. Dan ging hij twee weken naar Melbourne, waar hij winkelde, genoegen beleefde aan de modeshows bij Myer en David Jones en het theater bezocht, maar het was elke keer weer heerlijk om thuis te komen. Zijn tuin leed onder zijn afwezigheid en hij hield oprecht van zijn dorp, zijn huis en zijn bureau. Hij zette zich aan zijn Singer, trapte met kousenvoeten op het pedaal en stuurde de roknaden onder de zwoegende naald door.

Er klonk getoeter en luid gejuich uit het footballstadion, waar jonge mannen op de tribune bier stonden te drinken. Mannen in grijze overjassen met hoeden op dromden samen bij de kleedkamers, terwijl ze aanmoedigende leuzen brulden. Op deze dag hadden hun echtgenotes hun breiwerk thuisgelaten om niets te hoeven missen van de wedstrijd. In de verlaten kantine verkoolden de pasteitjes in de oven en de kinderen hurkten neer achter de pan met hotdogs om de korst van taartjes op te peuzelen. De menigte brulde en er werd weer getoeterd. Dungatar was aan de winnende hand.

In het Station Hotel hoorde Fred Bundle ook de geluiden die door de grijze middaglucht klonken, dus haalde hij meer krukken van het terras. Ooit hadden er alcoholdampen gewasemd uit al zijn poriën en was zijn huid net zo grauw geweest als een natte vaatdoek. Toen hij op een dag achter de bar stond, had hij het kelderluik geopend om de tap op een nieuw biervat aan te sluiten. Hij wilde de zaklamp pakken, deed een stap achteruit en verdween. Hij was in de kelder gevallen en drie meter lager op de stenen geklapt. Alsof er niets gebeurd was, sloot hij het biervat aan, draaide zijn dienst en sloot af. Toen hij de volgende ochtend niet voor zijn eieren en bacon naar beneden kwam, ging Purl naar boven. Ze trok de dekens weg en ontdekte dat de benen van haar voormalige footballheld paars en opgezwollen waren en zo dik als boomstammen. Volgens de dokter had hij beide dijbenen op twee plekken gebroken. Tegenwoordig was Fred Bundle geheelonthouder.

In de keuken was Purl neuriënd sla aan het wassen, tomaten aan het snijden en sneden witbrood aan het besmeren met boter om er sandwiches van te maken. Als gastvrouw en echtgenote van een caféhouder geloofde Purl dat het van groot belang was om er aantrekkelijk uit te zien. Daarom zette ze elke avond krulspelden in haar geblondeerde haar, lakte ze haar vingernagels, stiftte ze haar lippen rood en droeg ze bijpassende haarlinten. Ze hield erg van kuitbroeken en met plastic bloemen versierde pumps met stilettohakken. Dronkaards namen hun hoed voor haar af en boeren brachten pasgevilde konijnen of pompoenen uit hun moestuin voor haar mee. Maar de gewone vrouwen van Dungatar tuitten afkeurend hun lippen en zeiden spottend: 'Jij doet toch je eigen haar, Purl? Zelf ben ik best bereid voor mooie krullen te betalen.'

'Ze zijn gewoon jaloers,' zei Fred dan, terwijl hij in de billen van zijn vrouw kneep. Dus stond Purl elke ochtend voor haar toilettafel en zei ze glimlachend naar haar blonde en rode spiegelbeeld: 'Jaloezie is een vloek en lelijk zijn is nog erger.'

Het schelle eindsignaal klonk, waarna het clublied aanzwol vanuit het stadion. Fred en Purl omhelsden elkaar achter de bar en brigadier Farrat bleef even staan om 'Hoera!' te zeggen.

Meneer Almanac kreeg het signaal in zijn drogisterij niet mee. Hij ging volledig op in het doorsnuffelen van pakjes met foto's die kort daarvoor vanuit het ontwikkellab in Winyerp waren aangekomen. Hij bestudeerde de zwart-witbeelden bij het licht van zijn open koelkast, die vele geheimen herbergde: heilbotolie, allerlei pasta's, gekleurde pillen in met katoen afgedekte glazen potten, crèmes, wonderolie en laxeermiddelen, braakmiddelen, bloeddrukverlagers, tincturen voor verborgen plekjes en plooien, zalfkruikjes, insecten verdelgende oliën voor haardossen vol ongedierte, gevlekte glazen potten en mandflessen met schimmels voor de vrouwelijke cyclus of dierlijke extracten voor irritaties bij mannen, tinoxide voor steenpuisten, abcessen, acne, strontjes, kompressen en slangetjes voor fistels, chloroforms en zouten, zalfjes en zuiveringszout, mineralen en kleurstoffen, stenen, was en schuurmiddelen, tegengif en dodelijke oxidatiemiddelen, magnesiummelk en zuren om kankergezwellen te vernietigen, ontleedmessen en naalden en oplosbaar hechtdraad, kruiden en vruchtafdrijvende middelen, braakwekkende en koortswekkende middelen, allerlei harssoorten en oordoppen, glijmiddelen en hulpmiddelen om daar onbedoeld terechtgekomen objecten uit holtes te verwijderen. Meneer Almanac verzorgde de dorpsbewoners met de inhoud van zijn koelkast, en alleen meneer Almanac wist wat je nodig had en waarom. (De dichtstbijzijnde dokter woonde vijftig kilometer verderop.) Hij bestudeerde de vierkante grijs-witte kiekjes voor Faith O'Brien... Faith die stond, die samen met haar man Hamish glimlachend bij het treinstation was, die zich op een deken uitstrekte naast de zwarte Ford Prefect van Reginald Blood, met losgeknoopte blouse en opgetrokken rok, waardoor haar onderjurk zichtbaar was.

'Zondaars,' gromde meneer Almanac, waarna hij de foto's weer in de blauw-witte envelop liet glijden. Met stijve kromme arm pakte hij van achter uit de koelkast een pot met witte pasta. Faith was bij hem gekomen, fluisterend dat ze 'jeuk had... daar onder', en nu begreep hij dat haar wellustige echtgenoot niet de veroorzaker van haar ongemak was. Meneer Almanac schroefde het deksel los en rook aan de inhoud; daarna pakte hij het open blik met schuurmiddel uit het gootsteenkastje. Hij nam er wat van op met zijn vingers, liet het vervolgens in het smeersel vallen en roerde goed, waarna hij het deksel er weer op schroefde en het potje vooraan zette op de bovenste plank van de koelkast.

Hij sloot de deur, reikte met beide handen naar de zijkanten van zijn koelkast en greep die vast. Zachtjes grommend bewoog de stramme oude man zijn kromme lichaam lichtjes naar links en toen naar rechts, en maakte hij vaart door zijn starre lichaam net zo lang heen en weer te schommelen tot zijn ene voet omhoogkwam, gevolgd door de andere, en hij zich kon omdraaien en zich struikelend kon voortbewegen door zijn apotheek, pas tot stilstand komend toen hij tegen de toonbank aan botste. Alle planken en rekken in de drogisterij waren leeg. Alles wat je zag, bevond zich ofwel achter draadglas, ofwel op van een hoge rand voorziene werktafels, zoals bij biljarttafels, zodat er niets kon vallen of breken wanneer meneer Almanac er bonkend tegen tot stilstand kwam. Parkinson in een gevorderd stadium had hem krom gemaakt, als een mompelend vraagteken, voor altijd met voorovergebogen hoofd, waardoor hij zich struikelend met kleine pasjes door zijn winkel voortbewoog en de weg overstak naar zijn lage, vochtige huis. Wanneer zijn assistente Nancy niet in de winkel was, betekende elke botsing een redding of verlossing. Zijn klanten waren er wel aan gewend om slechts de bovenkant van zijn kalende hoofd te kunnen begroeten, terwijl hij achter zijn sierlijke en klankvolle met koper beslagen kassa stond. Naarmate zijn ziekte verergerde, maakte hij zich steeds bozer over de staat van de stoepen in Dungatar, dus had hij hierover een brief geschreven aan meneer Evan Pettyman, de raadsvoorzitter.

Hulpeloos en opgekruld tegen de toonbank wachtte meneer Almanac tot Nancy arriveerde. 'Joehoe... ik ben er, baas.' Zachtjes pakte ze hem bij zijn elleboog en leidde ze hem naar de voordeur, duwde ze zijn hoed stevig op zijn gebogen hoofd, wond ze zijn sjaal om zijn hals en knoopte ze hem achter in zijn nek vast, op de plek waar zijn hoofd zich vroeger bevond. Vervolgens boog ze zich voor hem omlaag en keek ze naar zijn gezicht. 'Het was kantje boord met de wedstrijd vandaag, baas, verder dan acht-twee kwamen we niet! Volgens mij hebben ze aardig wat kneuzingen opgelopen, maar ik heb ze gezegd dat u potten vol smeersels en verband voor ze hebt.'

Ze klopte op zijn kromme nekwervel, werkte hem in zijn witte jas en schuifelde met hem naar de stoeprand. Aan de overkant van de straat zat mevrouw Almanac op de veranda. Na een vlugge blik naar links en rechts gaf Nancy haar baas een duw, waarna hij puffend recht naar voren strompelde, omhoog naar het hoogste punt midden op de asfaltweg, en weer omlaag naar mevrouw Almanac, die met uitgestrekte arm een kussen voor zich hield. Diep in het kussen kwam de hoed van meneer Almanac zachtjes tot stilstand: hij was veilig thuisgekomen.

Verderop, op Windswept Crest, stond Elsbeth Beaumont voor de Aga in haar landelijke keuken een schroeiheet stuk varkensvlees te bedruipen. Haar zoon was dol op een knapperig korstje.

Intussen bevond William Beaumont junior zich in het footballstadion, waar hij lachend met de mannen in de kleedkamer stond, in de dampige lucht met naakte kerels, te midden van de geur van zweet en vieze sokken, Palmolive-zeep en allerlei smeersels. Hier voelde hij zich op zijn gemak, vrij en zelfverzekerd, omringd door de zachte, lelijke intimiteit van met grasvlekken besmeurde geschaafde knieën, de liedjes, het gevloek. Glimlachend wipte Scotty Pullit naast William op de ballen van zijn voet heen en weer, nippend van een blikken veldfles.

Scotty was tenger en blozend, met een bolle blauwgepunte neus en een vochtig klinkende, hevige hoest van het roken van een heel pakje Capstan-sigaretten per dag. Noch als echtgenoot, noch als jockey had hij er iets van terechtgebracht, maar toen was hij toevallig succesvol en populair geworden omdat hij had ontdekt hoe je zeer smakelijk watermeloenbrandewijn kon maken. Zijn stokerij stond op een geheime locatie aan de oever van de beek. Hoewel hij het meeste spul zelf opdronk, verkocht of gaf hij er wat van aan Purl voor eten, huur en sigaretten.

'Het eerste doelpunt al in het eerste kwartier! Kat in 't bakkie, jongen, slechts een kwestie van wachten op het eindsignaal, overal gebrul aan de bar...' Eerst lachte hij en toen begon hij te hoesten tot hij paars zag.

Met de finesse van een barman wipte Fred Bundle de dop van een fles en hield hij de hals schuin boven het glas, waarna de zwarte vloeistof erin gutste. Hij zette het glas op de bar voor Hamish O'Brien neer en koos enkele van de vochtige munten die op de vaatdoek lagen. Hamish staarde naar zijn Guinness, wachtend tot het schuim wat zakte.

De eerste golf footballsupporters kwam zingend over straat naderbij. Ze strompelden de bar binnen, de koude lucht en de overwinning met zich meebrengend, waardoor de bar plotseling druk en vol gebrul was.

'Mijn jongens!' riep Purl en ze spreidde haar armen voor hen, haar gezicht een en al glimlach. Toen trok het profiel van een jongeman haar aandacht. Nu gebeurde dat wel vaker, maar dit was een gezicht uit haar verleden dat Fred haar had helpen begraven. Daar stond ze met gespreide armen te kijken hoe de jongeman zijn bier dronk, terwijl de footballspelers zongen en om haar heen dromden. Hij draaide zich om en keek haar aan, een veeg schuim op zijn neus. Purl voelde haar bekkenbodem samentrekken, en ze zocht steun bij de bar, met samengetrokken wenkbrauwen en omlaag getrokken mondhoeken. 'Bill?' zei ze.

Fred stond al naast haar. 'Vind je ook niet dat William meer op zijn vader lijkt dan op zijn moeder, Purl?' Hij pakte haar elleboog.

'Ik ben William, en geen schim uit het verleden,' zei de jongeman, waarna hij het schuim van zijn neus veegde. Hij glimlachte zijn vaders glimlach. Teddy McSwiney kwam naast hem staan bij de bar. 'Is er een schijn van kans dat we een biertje kunnen krijgen, Purl?'

Trillend haalde Purl diep adem. 'Teddy, geliefde *full forward*, heb je vandaag voor ons gewonnen?' Teddy barstte in het clublied uit. William deed met hem mee en weer zong de menigte. Purl hield de jonge William nauwlettend in de gaten, die gemakkelijk lachte en zelfs nog voor het zijn beurt was een rondje gaf, proberend erbij te horen. Fred hield zijn Purly nauwlettend in de gaten.

Aan het eind van de bar ving brigadier Farrat Freds blik en wees op zijn horloge. Het was al ver na zessen. Fred stak zijn duim omhoog naar de brigadier. Purl ving de brigadier op toen hij bij de deur zijn pet opzette. 'Ik zag dat de jonge Myrtle Dunnage terug is.'

De brigadier knikte, draaide zich om en wilde weglopen.

'Ze blijft toch zeker niet?'

'Ik weet het niet,' antwoordde hij, en toen was hij weg en de footballspelers trokken de verduisteringsgordijnen voor de deuren en ramen – een overblijfsel uit de oorlog. Purl ging terug naar de bar, schonk een schuimend glas bier in en zette het met een liefdevolle glimlach netjes voor William neer.

Bij zijn auto keek brigadier Farrat om naar de pub, die daar als een soort enorme radio stond. Het licht piepte door de kieren rondom de verduisteringsgordijnen en het gezang van de spelers, de winnaars en drinkebroers was op straat hoorbaar. Gelukkig was het onwaarschijnlijk dat de districtsinspecteur door het stadje zou rijden. Terwijl zijn ruitenwissers de vochtdruppels over de voorruit uitsmeerden, reed brigadier Farrat eerst naar de beek om te kijken of er geen dieven waren bij Scotty's stokerij; daarna stak hij de spoorweg over naar de begraafplaats. Daar stond de Ford Prefect van Reginald Blood achter de grafstenen, met beslagen ramen en zachtjes schommelend.

In de auto blikte Reginald over Faith O'Briens grote borsten en zei: 'Je bent een fijnbesnaard en teergevoelig wezen, Faith', en hij kuste de zachte beige hof rond haar harde tepel, terwijl haar echtgenoot Hamish in de bar van het Station Hotel het beige schuim van zijn pint Guinness opslurpte.

# 3

Na Barney hadden de McSwineys even geen kinderen gekregen, als een soort pauze, maar hun ouders waren aan hem gewend geraakt en hadden besloten dat er eigenlijk niet zoveel mis met hem was, waarna er vrij snel toch weer kinderen kwamen. Alles bij elkaar waren er nu elf McSwiney-telgen. Teddy was Maes oudste, haar drieste, onstuimige jongen – onbeschaamd, vlug en uitgekookt. Elke donderdagavond organiseerde hij een kaartspel in de pub en elke vrijdag *two-up*, een spelletje waarbij gewed werd of twee munten met dezelfde kant naar boven zouden vallen. Verder regelde hij op zaterdag dansavonden, was hij de bookmaker die de inzetprijzen vaststelde, zette hij tijdens paardenrennen weddenschappen op en was hij de eerste die een kip ging verloten als er iemand ergens geld voor nodig had. Ze zeiden dat Teddy McSwiney een zeeman nog zeewater kon verkopen. Hij was Dungatars hooggewaardeerde full forward, hij was charmant en aardige meisjes waren dol op hem, maar hij was ook een McSwiney. Dus was hij volgens Beula Harridene niets meer dan een schooier en een dief.

Zittend op een oude busstoel voor zijn caravan knipte hij zijn teennagels en keek hij af en toe op naar de rook die uit Malle Molly's schoorsteen kringelde. Midden op het erf waren zijn zussen op en neer aan het springen over in zeepsop gedrenkte lakens in een oude badkuip, die tevens als badkamer diende, als trog voor het paard en als zwembadje voor de kleintjes, als in de zomer het water in de beek laag stond en vol bloedzuigers zat.

Mae McSwiney gooide een paar kletsnatte lakens over de telefoonkabel die tussen de caravans hing en spreidde ze uit, waarbij ze hun rosékaketoe opzij duwde. Ze was een nuchtere vrouw die wijdvallende bloemetjesjurken droeg en een plastic bloem achter haar oor, mollig en netjes, met een schoongeboende, sproetige teint.

Ze haalde de wasknijpers uit haar mond en zei tegen haar oudste zoon: 'Herinner je je Myrtle Dunnage nog? Ze vertrok als jong meisje toen...'

'Ja,' zei Teddy.

'Gisteren heb ik haar gezien. Ze bracht kruiwagens vol troep naar de vuilnisbelt,' zei Mae.

'Heb je met haar gepraat?'

'Ze wil met niemand praten.' Mae wijdde zich weer aan haar wasgoed.

'Gelijk heeft ze.' Teddy bleef naar de Heuvel kijken.

'Het is een mooi meisje,' zei Mae, 'maar zoals ik al zei, ze wil op zichzelf blijven.'

'Ik snap 't, Mae. Is ze gek?'

'Nee.'

'Maar haar moeder wel?'

'Blij toe dat ik haar geen eten meer hoef te brengen, ik heb nu al te veel werk. Teddy, m'n jongen, wil je nog een konijn voor het eten vangen?'

Teddy stond op, haakte zijn duimen in zijn riemlussen van grijze keper en boog zich vanaf zijn middel lichtjes voorover, alsof hij weg wilde lopen. Zo stond hij altijd wanneer hij plannen smeedde, wist Mae.

Intussen wrongen Elizabeth en Mary samen een laken uit, dat in elkaar gedraaid als een dikke toffee tussen hen hing. Margaret nam het van hen over en gooide het in de gevlochten mand. 'Toch niet weer gestoofd konijn, mam!'

'Goed, prinses Margaret, we zullen zien of je broer Teddy een fazant en wat truffels uit het afval op de belt kan vissen, of heb je misschien meer trek in hertenvlees?'

'Nou, inderdaad,' zei Margaret.

Teddy kwam met het jachtgeweer over zijn schouder uit de caravan. Hij liep naar het erf achter de moestuin, ving twee aalgladde goudkleurige fretten, stopte ze in een kooitje en vertrok met drie piepkleine jack russells op zijn hielen.

Molly Dunnage werd gewekt door het geknetter van vuur vlak naast haar, en doordat de buidelrat bonkend over de balken boven haar hoofd rende. Ze strompelde naar de keuken, zich tegen de muur in evenwicht houdend. Het magere meisje stond weer bij het fornuis, waar ze roerde in een pan met vergif. Toen Molly op een oude stoel naast het fornuis ging zitten gaf het meisje haar een kom pap. Molly keerde haar hoofd af.

'De pap is niet vergiftigd, alle anderen hebben al wat gehad,' zei het meisje.

Molly keek de kamer rond. Er was verder niemand. 'Wat heb je met al mijn vrienden gedaan?'

'Ze hebben gegeten voor ze vertrokken,' zei Tilly, en ze glimlachte naar Molly. 'Nu zijn wij de enigen, mama.'

'Hoelang wil je blijven?'

'Tot ik besluit te vertrekken.'

'Er is hier niets,' zei Molly.

'Er is nergens iets.' Ze zette de kom voor haar moeder neer.

Molly schepte een lepel vol pap en vroeg: 'Waarom ben je hier?'

'Voor mijn rust,' antwoordde het meisje.

'Dat kun je wel op je buik schrijven,' zei Molly en ze zwiepte de lepel met pap in haar richting. Hij bleef als hete teer op Tilly's arm plakken, brandend en blaarvormend.

Tilly bond een zakdoek voor haar neus en mond, trok een lege uienzak over haar grote strooien hoed en bond die vervolgens achter in haar nek met een touwtje samen. Ze stopte haar broekspijpen in haar sokken en duwde de lege kruiwagen naar de vuilnisbelt. Daarna daalde ze in het vuilnis af en zocht ze, belaagd door vliegen, tussen de vochtige stukken papier en de rottende etensresten. Ze was juist aan het worstelen met een half bedolven rolstoel toen ze een mannenstem hoorde.

'Wij hebben er zo eentje thuis staan die het prima doet. Die mag je hebben.'

Tilly keek op naar de jongeman. Naast hem zaten drie bruin-witte hondjes te luisteren. In zijn hand hield hij een kooi met wriemelende fretten en een geweer en over zijn schouder hingen drie dode konijnen. Hij was pezig, maar niet groot, en droeg zijn hoed achter op zijn hoofd.

'Ik ben Ted McSwiney en jij bent Myrtle Dunnage.' Hij glimlachte. Zijn tanden waren wit en recht.

'Hoe weet je dat?'

'Ik weet heel veel.'

'Je moeder, ze heet toch Mae, kwam toch af en toe bij Molly kijken?' vroeg Tilly.

'Af en toe.'

'Bedankt haar maar van me.' Tilly groef dieper, waarbij ze fruitblikjes, poppenhoofden en gebogen fietswielen opzij gooide.

'Zeg het haar zelf maar, wanneer je de rolstoel komt halen,' riep hij.

Ze ging door met graven.

'Je kunt er nou dus wel uit komen. Tenminste, als je dat wilt,' zei hij.

Zuchtend stond ze op, de vliegen van haar uienzak verjagend. Teddy keek toe hoe ze door het afval aan de andere kant van de stortplaats omhoogklauterde, aan de kant bij de geul waar zijn vader 's nachts de tonnen leegde. Hij liep rond de kuil en stond boven op de rand toen ze erop klom. Ze rechtte haar rug, keek op naar Teddy's gezicht en leunde te ver naar achteren. Hij greep haar vast, bracht haar in evenwicht. Allebei keken ze omlaag, naar de bubbelende bruine massa.

Ze trok zich los. 'Je liet me schrikken,' zei ze.

'Ik ben toch degene die bang voor jou zou moeten zijn?' Hij knipoogde, draaide zich om en liep fluitend over de rand weg.

Thuis trok Tilly al haar kleren uit, gooide ze in de vlammen van het houtfornuis en ging heel lang in een heet bad liggen weken. Denkend aan Teddy McSwiney vroeg ze zich af of de anderen in het dorp net zo vriendelijk zouden zijn. Ze liet haar haar bij het vuur drogen toen Molly haar kamer uit wankelde en zei: 'Je bent terug. Wil je een kopje thee?'

'Dat zou lekker zijn,' zei Tilly.

'Dan kun je er ook een voor mij maken,' reageerde Molly voor ze ging zitten. Ze pakte de pook en porde in het brandende hout. 'Heb je nog een bekende bij de vuilnisbelt ontmoet?' vroeg ze snerend.

Tilly goot kokend water uit de ketel in de theepot en haalde twee bekers uit de kast.

'Je kunt hier niets geheimhouden,' zei de oude vrouw. 'Iedereen weet alles van iedereen, maar niemand kletst daarover, uit angst dat iemand anders dan over hem gaat kletsen. Maar dat geldt niet voor jou. Verschoppelingen zijn vogelvrij.'

'Daar heb je vast gelijk in,' zei Tilly, waarna ze zoete zwarte thee inschonk.

De volgende ochtend stond er naast Tilly's achterdeur een stokoude rolstoel van sleetse rotan en gebarsten leer, en met rammelende stalen wielen. Hij was pas schoongeschrobd en rook naar Dettol.

# 4

De zaterdag erop was het de dag van de wedstrijd tussen Itheca en Winyerp. De winnaar zou de week erna in de finale tegen Dungatar spelen. Tilly Dunnage had haar schoonmaakstrijd voortgezet tot het huis blonk als een spiegel, de kasten leeg waren en al het eten uit blik op was. En nu zat Molly in haar rolstoel op een half beschaduwd plekje naast de veranda met achter haar de blauweregen, die juist knoppen kreeg. Tilly legde een geruite wollen deken over haar moeders knieën.

'Ik ken jouw soort,' zei Molly al knikkend, en ze zette de toppen van haar doorschijnende vingers tegen elkaar. Doordat ze beter at, hadden haar lichaam en geest kracht opgedaan, waardoor ze weer enigszins tot bezinning kwam. Daardoor besefte ze dat ze geslepen moest zijn, stug verzet moest blijven bieden en op subtiele wijze geweld moest inzetten tegen deze sterkere vrouw die vastbesloten was te blijven. Tilly streek Molly's weerspannige grijze haar glad en hing haar traditionele geweven tas over haar schouder. Daarna plantte ze haar grote strohoed op haar hoofd, zette een zonnebril op en duwde de rolstoel van de veranda, over de pollen buffelgras en de gele paardenbloemen.

Bij het hek bleven ze even stilstaan en keken ze omlaag. In de hoofdstraat was het een komen en gaan van winkelende mensen, die soms ook groepjes vormden op straat. Tilly haalde diep adem en begon weer te duwen. Molly omklemde de gevlochten armleuningen en brulde continu terwijl ze naar de voet van de Heuvel liepen. 'Dus je gaat me inderdáád vermoorden!' riep ze.

'Nee, hoor,' antwoordde Tilly, en ze veegde haar bezwete handen aan haar broek af. 'De anderen wilden jou juist laten sterven, ik heb je gered. Vanaf nu gaan ze proberen míj te vermoorden.'

Nadat ze de hoek richting de hoofdstraat waren om geslagen, stopten ze weer. De dikke Lois Pickett met haar puistenkop en de magere, gemene Beula Harridene bemanden het zaterdagochtendmarktkraampje.

'Wat is dat?' vroeg Lois.

'Een rolstoel!' antwoordde Beula.

'Iemand duwt...'

Naast hen stopte Nancy met het vegen van haar stoep om naar de gedaantes te turen die afwisselend door zon en schaduw haar kant op kwamen.

'Ze is het. Het is die Myrtle Dunnage. De brutaliteit,' zei Beula.

'Nou!'

'Nou nou nou...'

'En Malle Molly!'

'Weet Marigold dit?'

'Néé!' zei Beula. 'Marigold weet helemaal niets!'

'Ik was het bijna vergeten.'

'Hoe kun je!'

'De brutaliteit van dat meisje.'

'Dit gaat leuk worden.'

'Haar haar...'

'Niet van nature...'

'Ze komen eraan...'

'Die kleren!'

'Jemig...'

'Sst...'

Terwijl de verschoppelingen naderbij rolden, pakte Lois haar breiwerk en zette Beula de potten met zelfgemaakte jam neer. Tilly stopte, met samengeklemde knieën om het trillen tegen te gaan, en glimlachte naar de dames met hun steunkousen en hun gebreide vesten. 'Hallo.'

'O, je hebt ons laten schrikken,' zei Lois.

'Als dat Molly niet is, en dit moet de jonge Myrtle zijn die terug is uit... Waar ben je eigenlijk geweest, Myrtle?' vroeg Beula, terwijl ze probeerde door Tilly's donkere bril te turen.

'Weg.'

'Hoe gaat het nu met je, Molly?' vroeg Lois.

'Klagen is nutteloos,' antwoordde Molly.

Ze bestudeerde het gebak en Tilly bekeek de inhoud van de mand: blikken ham, smac, ananas, perziken, een pakje koekjes van het merk Tic Toc, plumpudding, chocoladepoeder, Vegemite en Rawleighs-zalf waren in een rieten mand onder rood cellofaan gerangschikt. De vrouwen taxeerden Tilly.

'Dat is de hoofdprijs van de loterij,' verklaarde Lois. 'Van meneer Pratt voor de footballclub. De loten kosten *sixpence*.'

'Bedankt, ik neem alleen een cake, die met chocolade en kokos, graag,' zei Tilly.

'Niet die, dan krijgen we nog bloedvergiftiging,' protesteerde Molly.

Lois vouwde haar armen over elkaar: 'Asjemenou!'

Beula tuitte haar lippen en trok haar wenkbrauwen op.

'Is deze wel goed?' vroeg Tilly, op haar bovenlip bijtend om niet te gaan lachen.

Molly blikte omhoog naar de heldere zonnestralen, die als gloeiendhete staven door de gaten in het golfplaten verandadak prikten. 'De room zal wel zuur zijn, de jamrol is het veiligst.'

'Hoeveel?' vroeg Tilly.

'Twee –'

'Drie shilling!' onderbrak Lois haar, die de chocoladecake had gebakken en Molly zo'n verzengende blik toewierp dat die een bosbrand had kunnen veroorzaken. Tilly overhandigde hun drie shilling, waarna Lois de cake naar Molly schoof en vervolgens vlug achteruitstapte.

Tilly duwde haar moeder het warenhuis van Pratt binnen.

'Diefstal op klaarlichte dag,' zei Molly. 'Die Lois Pickett krabt haar korstjes en mee-eters weg en eet vervolgens wat onder haar nagels zit op, en ze doet alleen maar kokos op haar cake omdat ze roos heeft. Dat noemt zich schoonmaakster. Ze doet het huis van Irma Almanac en je wilt uit principe niets kopen wat Beula Harridene heeft gemaakt, wat zij niet allemaal uithaalt...'

Muriel, Gertrude en Reg verstarden toen Tilly Molly naar binnen duwde. Ze staarden terwijl ze afgaf op de treurige staat van de groente- en fruitafdeling en een paar pakken ontbijtgranen van de planken haalde en die aan haar moeder gaf om vast te houden. Toen de twee vrouwen naar de fournituren liepen, kwam Alvin Pratt haastig uit zijn kantoor. Tilly vroeg om drie meter van de groene crêpe georgette, waarop Alvin zei: 'Zeker', dus Muriel knipte de stof en pakte hem in. Alvin hield het bruine pakketje tegen zijn borst en glimlachte breed naar Tilly. Zijn tanden waren bruin. 'De kleur groen is zó ongewoon, daarom is de stof ook afgeprijsd. Maar als je écht wilt, valt er wel iets van te maken. Een tafelkleed misschien?'

Tilly pakte haar portemonnee.

'Maar eerst zult u de achterstallige rekening van uw moeder moeten voldoen.' Zijn glimlach verdween en hij hield zijn hand op.

Molly bestudeerde haar vingernagels. Tilly betaalde.

Buiten wees Molly abrupt met haar duim naar achteren en zei: 'Miezerige kleine handelaar.'

Ze liepen naar de drogisterij. Purl, die op blote voeten de stoep aan het schoonspuiten was, draaide haar hoofd om naar hen te staren toen ze voorbijliepen. Fred was in de kelder en zodra de slang over de geopende valdeuren gleed, brulde hij en stak zijn hoofd omhoog. Ook hij keek naar de passerende vrouwen. Nancy stopte met vegen om beter te kunnen staren.

Meneer Almanac stond achter de kassa. 'Goedemorgen,' zei Tilly tegen zijn ronde roze hoofd.

'Goedendag,' mompelde hij tegen de vloer.

'Ik heb een serum of een laxeermiddel nodig, ik word vergiftigd,' schreeuwde Molly.

Meneer Almanacs kale schedel deinde op en neer.

'Ik ben het, Molly Dunnage, ik leef nog steeds. Hoe zit het met die arme vrouw van je?'

‘Met Irma gaat het zo goed als je zou mogen verwachten,’ antwoordde meneer Almanac. ‘Wat kan ik voor u doen?’

Nancy Pickett kwam met de bezem naar binnen gewandeld. Ze had een vierkant gezicht, brede schouders en een jongensachtige manier van lopen. Vroeger op school zat ze achter Tilly, pestte ze haar, doopte ze haar vlecht in de inktpot en volgde ze haar naar huis om de andere kinderen te helpen haar in elkaar te slaan. Nancy was goed in vechten en niet te beroerd om iedereen die haar kleine broertje Bobby uitschold een kopje kleiner te maken. Ze keek Tilly recht aan. ‘En?’

‘Het zit in mijn eten,’ fluisterde Molly luid. Nancy boog zich naar haar toe. ‘Ze doet het in mijn eten.’

Nancy knikte veelbetekenend. ‘Juist.’ Van een tafel pakte ze een maagzuurremmer van De Witt en hield die onder het gezicht van meneer Almanac. Deze stak een dooraderde hand op, klopte met zijn vingers op de kassatoetsen en duwde er hard op. Er klonk gekletter, gerinkel en gebonk, waarna meneer Almanac hijgend zei: ‘Dat is dan sixpence.’

Tilly betaalde meneer Almanac, en toen ze langs Nancy liep, mompelde ze zachtjes: ‘Als ik haar inderdaad vermoord, breek ik waarschijnlijk haar nek.’

Purl, Fred, Alvin, Muriel, Gertrude, Beula en Lois, evenals alle zaterdagochtendwinkelaars en de boeren, zagen de buitenechtelijke dochter haar malle moeder, een losbandige vrouw en een heks, over de weg voortduwen naar het park.

‘Ik voel iets op mijn rug,’ zei Molly.

‘Daar zou je onderhand toch wel aan gewend moeten zijn,’ zei Tilly.

Ze liepen naar de beek en bleven stilstaan om te kijken hoe een paar jonge eendjes vochten tegen een milde stroming en een vloot van takjes om hun moeder te kunnen volgen. Ze liepen langs Irma Almanac, omringd door haar rozen, die voor haar huis in de zon haar botten liet opwarmen, een stijve, vormeloze gedaante met een opzichtig gekleurd dekentje over haar knieën en knokkels als gemberwortels. Mevrouw Almanac had een zware vorm van reumatoïde artritis. Haar gezicht was gegroefd van de pijn. Op sommige dagen kraakten haar botten en brandden haar spieren zelfs als ze ademhaalde. Ze voelde het als het ging regenen, soms wel een week van tevoren, waardoor de boeren haar als een handige barometer zagen. Vaak controleerden ze bij Irma of het eksteroog op hun teen het bij het rechte eind had. Haar echtgenoot geloofde niet in medicijnen, die zag hij als verslavend. 'Het enige waaraan we behoefte hebben, is Gods vergeving, een zuiver geweten, een gezond voedingspatroon, veel rood vlees en groenten die lang genoeg gekookt zijn.'

Irma droomde dat ze net als olie op water al dobberend door de tijd kon glijden. Ze verlangde naar een leven zonder pijn en de sores van haar gebochelde echtgenoot, die ofwel vastzat in een hoek, ofwel over zonden tegen haar preekte, de oorzaak van alle ziektes.

'Jouw rozen waren altijd al mooi,' zei Molly. 'Hoe komt dat?'

Irma's wenkbrauwen rezen naar de bloemblaadjes boven haar hoofd, maar ze opende haar ogen niet. 'Molly Dunnage?' vroeg ze.

'Ja.' Molly stak haar hand uit en klopte op Irma's gekneusde, niervormige vuist. Irma kromp ineen en hapte naar adem.

'Het doet dus nog steeds pijn?'

'Een beetje,' zei Irma, waarna ze haar ogen opende. 'Hoe gaat het met je, Molly?'

'Vreselijk, maar ik heb geen toestemming om te klagen. Wat is er met je ogen?'

'Er zit vandaag artritis in.' Ze glimlachte. 'Jij zit ook in een rolstoel, Molly.'

'Dat vindt mijn bewaker prettig,' verklaarde Molly.

Tilly boog zich voorover om Irma aan te kijken en zei: 'Mevrouw Almanac, ik ben...'

'Ik weet wel wie je bent, Myrtle. Wat goed dat je weer naar je moeder bent teruggekeerd. Heel moedig ook.'

'U hebt de afgelopen jaren telkens eten naar boven gestuurd...'

'Heb het daar maar niet over.' Irma wierp een waarschuwende blik naar de drogisterij.

'Daar wil ik het inderdaad niet over hebben. Je bent namelijk een verschrikkelijk slechte kok,' zei Molly. Ze grinnikte geniepig tegen Irma. 'Je echtgenoot is fysiek niet bepaald snel meer. Hoe heb je dat voor elkaar gekregen?'

Bij wijze van excuus legde Tilly haar hand, lichter dan stuifmeel, op mevrouw Almanacs ijskoude schouder. Irma glimlachte. 'Volgens Percival is God voor alles verantwoordelijk.'

Vroeger viel ze vaak, waardoor ze altijd wel een blauw oog of een gesprongen lip had. Naarmate de jaren verstreken, en haar echtgenoot veranderde in een stramme schuifelende bejaarde, liep ze dergelijke kneuzingen niet meer op.

Irma's blik gleed naar de winkelende mensen aan de overkant van de straat. Ze stonden in een rij te staren naar de drie pratende vrouwen. Tilly nam afscheid van Irma en ze vervolgden hun weg naar huis langs de beek.

Zodra Molly's rolstoel veilig naast de haard was geparkeerd, ging Tilly op de veranda zitten om een sigaret te rollen. Onder haar dromden mensen in kluitjes samen, als kippen die in groenterestjes pikten, terwijl ze af en toe opkeken naar het huis op de Heuvel, waarna ze zich haastig afwendden.

# 5

Juffrouw Prudence Dimm leerde de inwoners van Dungatar lezen, schrijven en vermenigvuldigen in het schoolgebouw tegenover het postkantoor, waar haar zuster Ruth de scepter zwaaide. Op zaterdagochtend en woensdagavond was Prudence ook bibliothecaresse. Terwijl zij groot, bleek en bijziend was, was Ruth juist klein, scherpziend en zongebruind, met een huid die wel wat leek op de gebarsten modder van een opgedroogde plas. Ruth deelde de nachtdienst in de telefooncentrale met Beula Harridene, maar was in haar eentje verantwoordelijk voor het laden en lossen van de brieven en pakjes in en uit de dagelijkse trein, evenals het sorteren en bezorgen ervan. Bovendien stortte ze voor iedereen het geld op hun spaarrekening, inde ze cheques, en regelde ze de betalingen voor hun inboedel- en levensverzekering.

Op de grote leren bank in het postkantoor lag Nancy Pickett met haar hoofd op de zachte ronding van Ruths slanke dijbeen. Naast hen stond de centrale er stilletjes bij: een muur van elektrische lichtjes, snoeren, stekkers en koptelefoons. Er schraapten takken van de bougainville hard langs het raam. Nancy werd wakker, tilde haar hoofd op en knipperde met haar ogen. Haar kreukelige kippenvel was bleek, naakt, en haar rechtopstaande tepels leken wel lichtknopjes.

Ruth rekte zich geeuwend uit. Buiten knapte een tak, terwijl Beula langs de muur van het postkantoor sloop.

'Beula!' siste Nancy.

Nancy kroop achter de telefooncentrale om zich aan te kleden. Ruth rende naar haar plek achter de balie, knipte vlug het licht aan en riep: 'Morgen, Beula.'

Buiten viel Beula op een matras van puntige doorns en gebroken takken. Nancy legde het korte stukje over het weggetje rennend af en wrong zich tussen losgeraakte hekpalen door, waarna ze door haar open raam klauterde en geluidloos op het rozerode linoleum belandde. Haar moeder, Lois, lag in haar bed met het ondergoed van gisteren onder haar kussen aan de op haar neus samengeklonterde mee-eters te krabben.

Zachtjes sloop Nancy naar de badkamer. Daar plensde ze water in haar gezicht, waarna ze haar handtas pakte en naar de keuken ging, waar Bobby Denkavit-poeder en warm water met zijn handen vermengde tot voer voor zijn lammeren. Nancy had hem als kerstcadeau een hond gegeven, omdat ze dacht dat hij daardoor misschien zou ophouden met duimen. Maar onlangs was het dier doodgebeten door een bruine slang, terwijl hij bezig was het huis en alles erin tegen het reptiel te beschermen. In zijn vrije tijd speelde Bobby football en redde hij dieren: schildpadden, een varaan, een blauwtonghagedis en een paar zijderupsen waarvoor de schoolkinderen hun belangstelling hadden verloren.

'Morgen, zus.'

'Ik ben laat, meneer A. zit vast al te wachten.'

Bobby schonk in de gootsteen warme, vloeibare Denkavit in lege bierflesjes. 'Je hebt niet ontbeten. Je moet iets eten, het is niet goed om de dag zonder ontbijt te beginnen.' Hij trok een rubber speen over de hals van de flesjes.

'Ik neem wel wat melk.' Ze greep een fles uit de deur van de koelkast, schudde hem, bracht de fles naar haar mond en dronk. Rinkelend zette ze de fles weer in de koelkastdeur en baande zich een weg tussen de hongerige huisdieren op de achterveranda door: drie lammeren, twee katten, een handgevoed kalf en een kangoeroe, een paar duiven, eksters, kippen en een manke wombat.

Terwijl ze de drogisterijdeur van het slot haalde, zag ze Beula Harridene naderbij komen. Haar schenen waren geschramd en op haar gebreide vest zat een bloemblaadje. Nancy ging pal voor haar staan en zei met een glimlach: 'Nogmaals goedemorgen, mevrouw Hárriden.'

Beula keek Nancy recht aan en zei: 'Op een dag...' Plotseling hapte ze naar adem, sloeg ze haar hand voor haar mond en zette ze het op een lopen.

Nancy was zowel verheugd als verward. Ze haalde de winkeldeur van het slot, ging voor de spiegel staan om een kam door haar haar te halen en zag meteen waarom Beula was weggerend: op haar bovenlip zat een melksnor. Ze glimlachte.

Op maandagochtend had brigadier Farrat zich rond tien voor negen gewassen en aangekleed in zijn kraakheldere donkerblauwe uniform. Zijn pet prijkte vrolijk scheef op zijn hoofd, zijn marineblauwe rok spande strak over zijn dijen en zijn royale bilpartij en de naden achter op zijn bleke in nylons gestoken kuiten zaten kaarsrecht. Zijn nieuwe rok van gingang hing gesteven en geperst achter hem aan de deurknop van zijn kleerkast. Hij was de laatste draadjes die hem konden verraden aan het opzuigen in de zak van zijn steelstofzuiger.

Intussen stond Beula Harridene op de veranda met haar neus tegen het raam met samengeknepen ogen in het donker te turen. Ze bonsde op de deur. De brigadier zette de stofzuiger uit en rolde het snoer keurig om de handgreep. Hij trok zijn rok uit en hing hem samen met zijn geruite rok in de kleerkast, waarna hij de kastdeur afsloot. Even bleef hij stilstaan om zijn handen over zijn nylon kousen te laten glijden en zijn nieuwe kanten onderbroekje te bewonderen. Daarna gleed hij in zijn donkerblauwe broek, zijn sokken en zijn schoenen. Hij controleerde zijn spiegelbeeld en liep naar het bureau.

Buiten stond Beula van de ene voet op de andere te wippen. Brigadier Farrat keek naar de klok en haalde de voordeur van het slot. Al babbelend viel Beula naar binnen.

'Die honden hebben de hele zaterdagnacht geblaft, opgezweept door dat footballtuig, en aangezien u er niet voor hebt gezorgd dat ze stil waren, heb ik raadslid Pettyman vanochtend opgebeld en hij zei dat hij de zaak zou uitzoeken en ik heb nogmaals aan uw meerderen geschreven en ze deze keer alles verteld. Wat voor nut heeft een wetsdienaar in Dungatar als hij alleen zijn eigen wet oplegt, en niet de rechtmatige wet? Uw klok geeft niet de juiste tijd aan, u gaat te laat open en ik weet dat u op vrijdag te vroeg het bureau dichtdoet...'

Beula Harridene had bolle, bloeddoorlopen gelige ogen. Ze had een kin als een centenbak en vooruitstekende konijnentanden, waardoor haar onderlip altijd en eeuwig blauw was en tandafdrukken vertoonde en ze de pech had dat haar mondhoeken altijd vol zaten met samengeklonterd schuim. De brigadier stelde vast dat ze door die onhandige overbeet verhongerde en om die reden gemeen, ondervoed en geschift was. Terwijl Beula alsmaar doorratelde, legde hij een formulier op de balie, sleep hij een potlood en schreef: 'Eén over negen, maandag 9 oktober...'

Beula stampte met haar voeten. '... én, die dochter van Malle Molly is terug, die moordenares! En die verwaande William Beaumont hangt ook weer hier rond, brigadier, hij verwaarloost zijn arme moeder en het bedrijf, terwijl hij rondhangt met dat footballtuig, nou, als hij zich zonderlinge ideeën in zijn hoofd haalt, dan zijn we daar volgens mij allemaal de dupe van, ik weet wat mannen uithalen als ze naar de stad gaan, daar zijn mannen die gekleed gaan als vrouwen en ik weet...'

'Hoe weet je dat, Beula?'

Glimlachend antwoordde Beula: 'Mijn vader heeft me daarvoor gewaarschuwd.'

Brigadier Farrat keek Beula recht aan en trok zijn wenkbrauwen op. 'En hoe weet hij dat dan, Beula?'

Beula knipperde met haar ogen.

'Wat is nu precies je probleem vandaag, Beula?'

'Ik ben vanochtend aangevallen, door een troep plunderende kinderen...'

'En hoe zagen die kinderen eruit, Beula?'

'Ze zagen eruit als alle kinderen: klein en vuil.'

'Droegen ze een schooluniform?'

'Ja.'

Terwijl Beula praatte, schreef de brigadier: 'Brigadier Horatio

Farrat, politiebureau Dungatar, rapporteert een officiële klacht van mevrouw Beula Harridene. Mevrouw Harridene is het slachtoffer geworden van plunderende schoolkinderen, twee jongens en een meisje, die vanochtend vroeg zijn gezien toen ze wegvluchtten van het terrein rond mevrouw Harridenes woonhuis nadat ze haar terrein hadden geplunderd. Mevrouw Harridene beschuldigt voornoemde drie schoolkinderen ervan zaadpeulen van de jacarandaboom op de groenstrook bij haar huis gestolen te hebben.'

'Het waren die McSwineys! Ik zag ze wel...' Ze bleef maar zwetsen en zweten, een zoete kruidige geur verspreidend die in de kamer bleef hangen, terwijl druppeltjes spuug rondvlogen en op brigadier Farrats logboek terechtkwamen. Hij pakte het formulier en zijn boek, en deed een stap achteruit. Beula omklemde de balie, zwaaiend op haar voeten, terwijl haar tanden haar onderlip doorboorden.

'Goed, Beula. Laten we een bezoekje brengen aan Mae en Edward en een paar van hun kinderen inspecteren.'

Hij bracht Beula met de auto naar haar huis. Eerst stelden ze vast dat het de wind was die alle zaadpeulen uit de dakgoot had weggeblazen. Vervolgens reed brigadier Farrat zoekend rond naar de verdachte criminelen. Nancy stond op haar bezem geleund te kletsen, terwijl Purl de stoep schoonspoot. Irma zat bij haar tuinhek. Lois en Betty stonden bij de etalage van het warenhuis van Pratt met aan hun arm een rieten mand. Juffrouw Dimm stond op haar schoolplein, tot aan haar middel in een groepje kinderen. Hiertegenover rustten Ruth Dimm en Norma Pullit even uit van het uitladen van postzakken uit het kleine rode postkantoorbusje.

Iedereen zag Beula voorbijrijden, terwijl ze tegen die arme brigadier Farrat krijste, en iedereen glimlachte en wuifde terug toen de brigadier toeterend door de hoofdstraat reed.

Het was een mooie maandag voor de McSwineys; het was namelijk oostenwind, wat betekende dat de wind niet vanaf de vuilnisbelt in de richting van hun krakkemikkige stulpje blies. Edward McSwiney zat op de autostoel in het zonnetje visnetten te repareren, waarbij hij nieuw gaas door verbogen gescheurd kippengaas rondom roestige stalen frames vlocht. Drie kleine kinderen joegen kakelende kippen klapwiekend in een hoek, waarna de dieren meegenomen werden naar een hakblok, waar Barney schutterig met een bijl klaarstond. Het snijvlak was bedekt met met bloed bevlekte veren en Barneys overhemd was eveneens rood gevlekt. Omdat hij huilde, gaf prinses Margaret hem de pook om het vuur op te stoken onder de koperen ketel met kokende kip, terwijl zij met de bijl zwaaide. Mae greep de warme drijvende kippen uit de ketel en plukte ze. Daarna legde Elizabeth ze op een boomstronk en haalde ze de ingewanden uit hun roze, met bultjes bedekte lijven.

De jack russells begonnen fanatiek te keffen, rondjes te draaien en oogcontact met Mae te maken. Ze bekeek ze even. 'Herrieschoppers,' zei ze.

Edward was een rustige, stabiele man, maar zodra hij 'Herrieschoppers!' hoorde, sprong hij als gebeten op en rende hij met zijn visnet weg. De kippenhoeders, twee kleine meisjes in overall en een knaapje in een gestreepte pyjama, holden naar het tuinhek. De peuter pakte een knikkerzak en de meisjes ieder een stok. De langste van hen trok met haar stok een cirkel in de grond. Hierin leegde de peuter zijn knikkerzak, waarna ze met hun tweeën met een ernstig gezicht neerknielden. Het andere meisje herstelde de lijnen van een stokoud hinkelspel, die getrokken waren in de ruwe rode klei voor de poort, en begon op één voet over de vierkante vakken te springen. Tegen de tijd dat de zwarte Holden bij de poort stilhield, gingen de kinderen volledig op in het spel. Brigadier Farrat toeterde. De kinderen negeerden hem. Weer toeterde hij. Het langste meisje opende langzaam de poort. Edward kuierde terug en ging met een onschuldig gezicht weer op de autostoel bij de caravan zitten.

Beula sprong uit de auto en brigadier Farrat hield de drie krijsende kinderen een zakje zuurtjes voor. Ze grepen allemaal een handvol en renden toen naar hun moeder, die met de bebloede bijl in haar hand naar voren kwam. Margaret en Elizabeth liepen ieder aan een kant van haar, in een wolk van wervelende roodgekleurde veren. Elizabeth was rood tot aan haar ellebogen en Margaret droeg een brandende tak. Beula bleef voor hen stilstaan.

'En een héél goede morgen voor u allen,' zei de vriendelijke politieagent. Weer glimlachte hij naar de drie kinderen. Ze glimlachten terug, met uitpuilende wangen, terwijl zoet speeksel over hun kin droop.

'Zijn deze drie kleintjes misschien de kinderen die je hebt gezien, Beula?'

'Ja, dit zijn de schurken,' riep Beula. Ze hief haar hand al om hun een oorvijg te geven. Brigadier Farrat, Edward, Mae en de dochters deden allemaal een stap naar voren.

'Het waren dus twee meisjes en een jongen, Beula?'

'Ja, dat klopt, nu ik ze zo zie.'

'En de schooluniformen?'

'Die hebben ze natuurlijk uitgetrokken.'

'Ik ga nog niet naar school,' zei de peuter, 'en Mary ook niet. Victoria gaat pas volgend jaar.'

'Heb je er zin in om naar school te gaan, Victoria?' vroeg brigadier Farrat.

De drie kinderen zeiden in koor: 'Nuh, we strope liever de vullisbelt af.'

Brigadier Farrat bekeek het korte rijtje vuile kinderen voor hem. Ze keken naar het zakje zuurtjes dat hij tegen zijn borst hield. 'Jullie hebben vanochtend zeker allemaal de vuilnisbelt al afgestroopt?'

Dit keer antwoordden ze om de beurt. 'Nuh, dat doen we altijd op vrijdag, dan is 't vullisdag.'

'Vandaag hebbe we kippe gevange.'

'Morrege visse in de beek.'

'Maak jullie woorden af, slik geen n'en in en laat je klinkers horen,' zei Mae streng.

'Ze liegen!' Beula was grauw, vochtig en scherp. 'Ze hebben zaadpeulen op mijn dak gegooid.'

De kinderen keken elkaar aan. 'Nietes, vandaag echies niet.'

'Zou u willen dat we 't deden?'

Schreeuwend en spugend sprong Beula op en neer. 'Ze waren het wel, ze waren het wel!'

De kindertjes keken naar haar en het jongetje zei: 'Heb u effe een kankerbui, u heb gistere zeker een hoop gezeik gehad?'

Mae gaf de jonge George subiet een pets op zijn rechteroor. De rest van de groep tuurde verwoed naar hun schoenen. 'Het spijt me, ze leren dat soort praatjes op school,' zei Mae.

Brigadier Farrat legde uit hoe belangrijk het was ondeugend gedrag in de kiem te smoren, een goed voorbeeld te stellen.

Mae sloeg haar armen over elkaar. 'Dat weten we allemaal wel, agent, maar wat gaat u eraan doen?'

Brigadier Farrat wendde zich tot Beula. 'Mejuffrouw Harridene, zou het u genoegdoening geven te luisteren naar het geschreeuw van deze kinderen wanneer ik ze achter de caravan een lesje leer, of zou u er de voorkeur aan geven als ik ze hier en nu in het zicht van iedereen een genadeloze aframmeling geef tot hun leven aan een zijden draadje hangt?'

De McSwineys klapten gierend dubbel van het lachen. Brigadier Farrat gaf Victoria het zakje met zuurtjes en Beula strompelde naar de auto. Ze trapte een koplamp kapot en gooide nadat ze was ingestapt het portier zo hard dicht dat de ramen in de treinstellen en caravans rammelden in hun sponningen. Vervolgens drukte ze met haar hand op de claxon en hield hem daar.

Brigadier Farrat reed haar door de poort en zette de motor weer uit. Hij keek haar aan en boog zich voor haar langs, zodat hij zijn hand op de portierkruk achter haar kon leggen. Warm en teder blies hij zijn adem in haar gezicht. Ze kromp ineen tegen het portier. Toen zei hij zachtjes: 'Ik ga niet jouw kant op, Beula, en het is strafbaar om benzine van de politie te verspillen. Dus ik laat je er hier uit.' Hij trok aan de portierkruk.

Boven hen op de Heuvel stopte Tilly Dunnage even met graven

om te zien hoe Beula Harridene uit de zwarte auto op de grond rolde. Ze glimlachte en ging weer verder met het omspitten van de zachte aarde voor haar lapje moestuin.

# 6

Beneden in het dorp parkeerde William de Triumph Gloria voor de winkel van de Pratts en liep hij met ferme pas in de ochtendzon over de stoep. Hij glimlachte naar Muriel, die bezig was hoefijzermagneten en schilderijhaakjes op te stapelen, tikte tegen zijn hoed toen hij Lois zag, die verwoed aan het speuren en spitten was naar ingeblikte erwten, en zwaaide naar Reg en Faith in zijn slagerij.

Faith neuriede: 'I've got you... under my skin' en wachtte tot Reg twee *porterhouse steaks* voor haar had afgesneden.

'Dat vind je een leuk liedje, hè?' zei de knappe slager, en hij glimlachte zijn spierwitte tanden bloot.

Blozend legde Faith haar hand op haar volle boezem, waarbij de gouden ringen aan haar vingers twinkelden.

'Je hebt een mooie stem,' merkte de slager op, waarna hij zijn lange scherpe mes liet vallen in de metalen messenhouder aan zijn heup. Onder zijn gesteven witte overhemd ging een brede borst schuil en zijn blauw-wit gestreepte schort zat glad om zijn platte buik.

'Kan ik nog iets voor je doen, Faith?'

Ze kon nauwelijks een woord uitbrengen, dus wees ze naar de delicatessen en zei: 'Een Devon Roll, alsjeblieft.'

In het kantoortje stond Gertrude voorovergebogen achter de glazen afscheiding af te stoffen.

'Pardon,' zei William.

Gertrude ging rechtop staan en glimlachte breed naar William. 'Hallo, William.'

'Hallo...'

'Gertrude, ik ben Gertrude Pratt.' Ze stak haar kleine poezelige hand uit, maar William keek de winkel rond.

'Kun je me vertellen waar ik meneer Pratt kan vinden?'

'Zeker,' zei Gertrude zachtjes, waarna ze naar de achterdeur wees. 'Hij is alleen...' Maar William was al weggelopen. Hij trof meneer Pratt aan terwijl die dozen van de kar van de McSwineys tilde.

'Aha, daar bent u,' zei William.

Meneer Pratt haakte zijn duimen achter zijn schortbanden en boog. 'De verloren zoon keert terug,' zei hij lachend.

'Kunnen we even praten, meneer Pratt?'

'Zeker.'

Meneer Pratt opende de deur naar het kantoor en zei tegen zijn dochter: 'Gertrude, de rekening van Windswept Crest.' Nogmaals boog hij, terwijl hij William liet voorgaan.

Gertrude gaf een dikke map aan haar vader, die zei: 'Nu willen we even niet gestoord worden, Gert.' Terwijl ze wegliep, streek haar lichaam langs dat van William, maar zijn aandacht ging alleen uit naar de dikke map die meneer Pratt tegen zijn borst hield. 'Ik zocht eigenlijk een paar rollen afrasteringsdraad en een stel metalen palen...'

Zijn stem stierf weg. Alvin schudde op niet mis te verstane wijze zijn hoofd.

Gertrude stond bij de delicatessenafdeling. Ze zag dat de jonge man zijn hoed alsmaar liet ronddraaien in zijn handen. Hij schommelde op zijn voeten heen en weer, terwijl zijn magere donkere gezicht lang en slap werd. Toen haar vader met een zelfgenoegzaam lachje nadrukkelijk zei: 'Driehonderdzevenenveertig pond, tien shilling en acht pence', liet William zich zwaar in de kantoorstoel vallen en leek zijn tweedjas opeens te breed bij de schouders.

Gertrude ging naar de damestoiletten en deed rode lippenstift op.

Ze stonden bij de winkeldeur. William met een fronsende neergeslagen blik, meneer Pratt glimlachend naar buiten kijkend, naar de zonnige winterdag.

Steels kwam Gertrude naar hen toe. 'Fijn om je weer thuis te zien, William,' zei ze poeslief.

Zijn blik gleed over haar heen. 'Dank je... En bedankt, meneer Pratt, ik zal zien wat ik kan doen... Goedendag.' Langzaam liep William naar zijn auto, waar hij achter het stuur naar het dashboard ging zitten staren. Meneer Pratt richtte zijn aandacht op zijn dochter, die William met een dromerige blik nakeek. 'Kom op, Gertrude, ga maar weer aan het werk,' zei hij en hij liep weg, intussen mompelend: 'Het idee... Ze is net een grote volle waterzak, geen enkele kans dat ik haar aan iemand kan slijten, en al helemaal niet aan William Beaumont...'

Muriel kwam naast haar dochter staan. 'Het footballfeest is zaterdag over twee weken,' zei ze.

Op het bordje op de bibliotheekdeur stond: WOENSDAG- EN ZATERDAGMIDDAG GEOPEND. INFORMEER BIJ HET GEMEENTEHUIS.

Tilly tuurde de hoofdstraat in, waar ze de mensen heen en weer zag lopen, waarna ze besloot dat ze woensdag zou terugkomen. Terwijl ze zich omdraaide, viel haar blik op de school aan de overkant van de straat. Het schoolplein krioelde van de touwtjespringende meisjes, football spelende jongens en hinkelende kleintjes. Juffrouw Dimm liep naar het schelkoord en trok eraan, haar arm pompend en de bel bovenin rinkelend, waarop de kinderen in het klaslokaal verdwenen. Tilly wandelde over de weg naar het park, keek naar de lage banken onder de peperbomen waar ze vroeger haar lunch opat, en moest glimlachen toen ze het kale stukje grond voor de veranda zag, waar de kinderen nog steeds elke ochtend bijeenkwamen. Omdat ze bij de beek stond, ging ze op de oever zitten en trok haar sandalen uit. Door het barnsteenkleurige wateroppervlak keek ze naar haar tenen. Er dreven blaadjes van gombomen voorbij, insecten scheerden langs en kleine regendruppels vielen op het water.

Vroeger marcheerden ze in een kromme lijn naar school, met hoog opgetrokken knieën en soldatesk armgezwaai op de maat van de grote trom. Steward Pettyman sloeg op de trom, een grote, stevig gebouwde tienjarige jongen, die met een versleten stok op de trom roffelde. Naast hem sloeg een klein schoolmeisje op hetzelfde moment op de triangel, terwijl juffrouw Dimm riep: 'IN-DE-HOUDINGGG, draai naar RECHTS, VOORWAARTS, MARS!'

In het klaslokaal bleven ze in de maat lopen achter hun chocoladebruine stoeltjes, tot juffrouw Dimm riep: 'STOP! Ga zitten en schraap niet met je stoel over de vloer!' Schuifel, schuifel, *kloink*, stilte. Daarna bleven ze met gevouwen armen zitten wachten.

'Myrtle Dunnage, omdat je gisteren na schooltijd gevochten hebt, heb jij vandaag weer inktpotbeurt. De rest mag zijn potloden en werkboeken pakken.'

'Maar ik heb gist–'

'Myrtle Dunnage, jij hebt net zo lang inktpotbeurt tot ik zeg dat je mag stoppen.' Juffrouw Dimm timmerde met een roestige metalen liniaal op Myrtles vingers en riep: 'Ik heb je geen toestemming gegeven om je armen van elkaar te halen!' Toen ze de inkt begon te mengen, was de witte afdruk van de liniaal nog steeds zichtbaar. Bij de wasbak mengde ze het zwarte poeder met water, waarna ze heel langzaam met de kan in haar hand van tafeltje naar tafeltje liep. Het was lastig om de blauwzwarte inkt in de potjes te schenken. Ze mocht geen druppel op de tafeltjes morsen en het was moeilijk te zien welke inktpotten nog vol waren. Bij Steward Pettyman borrelde de inkt omhoog tot aan de witte marmeren rand, dus hij gaf de tafel een duw. De inkt gutste over de rand en liep van het tafelblad op zijn blote knieën.

'Juffrouw Dimm, ze heeft op me gemorst, ze heeft met de inkt op me gemorst.'

Juffrouw Dimm kwam naar hen toe, gaf Myrtle een draai om haar oren en trok haar aan haar vlecht het lokaal uit. De andere kinderen drukten brullend van het lachen hun neus tegen het glas. Myrtle zat de rest van de ochtend op de veranda, waar iedereen in het dorp haar kon zien.

Na school rende ze zo snel ze kon weg, maar toch haalden ze haar in. Ze grepen haar vast en gaven haar prikkeldraad; daarna spreidden ze haar armen, waarna Stewart met zijn hoofd vooruit als een aanvallende stier op haar af rende en zijn hoofd in haar buik ramde. Ze sloeg dubbel, kon geen adem meer halen en viel op de grond, terwijl ze naar haar buik greep. De jongens trokken haar broek omlaag en prikten in haar, waarna ze aan hun vingers roken. De meisjes zongen: 'Dunny's moer is een hoer, Dunnybum's moer is een hoer, Myr-tle is een hoeren-meid, Myr-tle is een hoeren-meid!'

Marigold Pettyman zat met een ijskompres boven op haar krulspelden bij het licht van de radio-grammofooncombi te wachten op Evan, haar echtgenoot. Naast haar klonk zachtjes het nieuws van zes uur. 'En dan nu het weer. Er wordt motregen verwacht.'

'Lieve hemel,' zei Marigold, en ze pakte het kleine bruine flesje van het bijzettafeltje waarop de lamp stond. Ze schudde drie tabletten in haar hand en slikte ze in één keer door, leunde achterover en wreef over haar slapen. Marigold was een vrouw met een schrille stem en het uiterlijk van een whippet, ze was schrikachtig en had uitslag in haar hals. Zodra ze de sleutel in de hordeur hoorde, schoot ze overeind en riep ze angstig: 'Ben jij dat, Evan?'

'Ja, schat.'

'Je trekt toch wel eerst je schoenen uit voor je binnenkomt? En schud je ook je jas uit?' Evans schoenen belandden met een bons op de veranda en de houten kleerhangers tikten tegen elkaar. Hij haalde de keukendeur van het slot en stapte de keuken in, die het reinheids- en ontsmettingsniveau van een operatiekamer evenaarde en een gladde, glanzende vloer had.

Evan Pettyman was een mollige man met geel haar, een dito gelaatskleur en kleine, vlugge oogjes. Hij was het soort man dat vrouwen aanraakte, zich dicht naar iemand toe boog als hij iets wilde zeggen, likkebaardde, op feesten zijn danspartners dicht tegen zich aan klemde en zijn dij tussen hun benen perste om hen over de dansvloer te sturen. De dames van Dungatar waren altijd beleefd tegen raadslid Pettyman; hij was tenslotte voorzitter van de gemeenteraad en de echtgenoot van Marigold. Maar zodra ze hem zagen aankomen, keerden ze hem de rug toe, bestudeerden ze een etalage of herinnerden ze zich plotseling dat ze aan de overkant van de straat moesten wezen. Mannen meden de raadsvoorzitter, maar waren wel vriendelijk tegen hem. Hij had zijn zoon verloren en hij had veel te stellen met zijn 'fijnbesnaarde' Marigold. Als raadslid was hij succesvol en kreeg hij dingen voor elkaar. Ook wist hij precies hoe iedereen de kost verdiende.

Marigold was een verlegen, onschuldig klein ding geweest toen Evan naar Dungatar kwam. Toentertijd was haar vader raadsvoorzitter, en toen hij stierf, liet hij haar veel geld na, dus bracht Evan haar het hoofd op hol. Vanaf dat moment begonnen haar zenuwen het te begeven en ging het langzaam bergafwaarts met haar. Nadat hun zoon Stewart op tragisch wijze om het leven was gekomen, was ze nooit meer de oude geworden.

Evan liep meteen door naar de badkamer, waar hij zijn kleren uitdeed, ze in de wasmand deponeerde en het deksel daar weer opdeed. Na het douchen trok hij de gesteven pyjama aan die op de bank samen met de fris gewassen kamerjas klaarlag en de wel nieuw lijkende wollen sloffen.

'Goedenavond, poesje,' zei Evan, en hij gaf haar een kusje op haar wang.

'Je eten staat in de koelkast,' zei ze.

Evan at aan de keukentafel. Gesneden koude worst, tomaat – zonder zaadjes –, rode biet – grondig uitgelekte keurige ronde plakjes –, een fraai bolletje geraspte wortel en de helft van een gekookt ei. Verder lagen er twee sneetjes witbrood, tot aan de rand met boter besmeerd. Omdat er misschien gekruimeld zou worden, had Marigold kranten rond Evans stoel gelegd. Bij de gootsteen pelde en at hij een sinaasappel uit eigen tuin, waarbij hij zijn best deed om alle pitjes in de afvalbak te gooien. Toen hij klaar was, maakte Marigold alles schoon. Ze boende zijn mes, vork en bord in gloeiendheet sop, ze strooide vim in de gootsteen, schuurde, spoelde en droogde die vervolgens grondig, en ontsmette alle handgrepen en knoppen waar Evan misschien vingerafdrukken had achtergelaten.

'Het gaat morgen regenen,' zei Marigold met haar schrille stem. 'De ramen zullen gezeemd moeten worden zodra het droog is en alle deurknoppen en raamklinken zullen goed schoongeboend moeten worden.'

Glimlachend keek Evan op haar neer en zei: 'Maar poesje, het is niet het moment...'

'Het is lente!' gilde ze, terwijl ze het ijskompres tegen haar slapen drukte. Ik heb de muren en de plinten al geschrobd, en de plafonds en het lijstwerk, als jij nu alle knoppen en klinken weghaalt, kan ik verder met de deuren en de vensterbanken.'

'Maak het jezelf nou niet zo moeilijk, poesje, poets er gewoon omheen. Ik heb het heel druk.'

Marigold beet op haar vuist, haastte zich terug naar de radiogrammofoon, sloot haar ogen en legde het ijskompres weer op haar krulspelden.

Evan vulde haar kruik. 'Slaapjestijd,' zei hij, en hij goot een drankje voor haar op een lepel.

Ze klemde haar lippen op elkaar en draaide haar hoofd weg.

'Kom, Marigold, hier heb ik je drankje.'

Ze sloot haar ogen en bewoog haar hoofd van links naar rechts.

'Goed dan, poesje,' zei Evan. 'Ik zal morgen vroeg opstaan en de deurknoppen en raamklinken nog voor het ontbijt weghalen.'

Pas toen opende ze haar mond, waarna hij het medicijn op haar tong liet lopen en haar naar bed hielp.

'Er is al twintig jaar verstreken sinds Stewart uit die boom viel...' zei ze.

'Rustig maar, schat.'

'Ik kan hem niet zien.'

Evan verschoof de foto van hun dode glimlachende zoon.

'Twintig jaar...'

'Ja, schat.' Evan schonk nog wat meer van het drankje op de lepel en gaf het haar. Zodra ze sliep, trok Evan zijn kleren uit en boog zich over haar heen, terwijl hij zijn lippen aflikte en in zijn handen wreef. Hij haalde het beddengoed weg en trok Marigolds nachtpon uit. Hoewel haar lichaam slap was, duwde hij het in zijn favoriete houding: benen gespreid, armen boven haar hoofd. Daarna knielde hij tussen haar dijbenen.

De volgende ochtend stond Marigold Pettyman buiten het bereik van de gevaarlijke regen bij haar gootsteen met haar cervelaatworstrode handen diep in het stomende sop gestoken ijverig alle deurknoppen en raamklinken schoon te schrobben.

# 7

Die vrijdagavond zaten de footballspelers en een enkele boer op een kluitje aan het uiteinde van de bar, waar ze een schets van het footballveld bestudeerden, die over een geperforeerde foto van Bob Menzies op het dartboard was geprikt. Daarop stonden met potlood de namen van de spelers op de plekken van de verschillende posities gekrabbeld. Eromheen stonden de deskundigen hoofdschuddend toe te kijken.

'Jeetje.'

'Jezus.'

'De trainer is niet goed bij zijn hoofd.'

'Nuh, volgens Teddy heeft hij een plan, een tactiek.'

'Teddy wil gewoon je geld.'

'Hoeveel heb jij ingezet?'

'Een pond.'

'De trainer heeft gelijk, Bobby is de beste, dat is het belangrijkste.'

'Het middenveld past beter bij hem.'

'Blessure.'

'Is hij al over de dood van zijn hond heen?' De mannen schudden hun hoofd en richtten hun aandacht weer op de speltactiek.

'Gunna is rover.'

'Da's een geniale inval, halverwege wissel, Bobby komt in het spel en vijftig minuten lang komt er geen bal hun kant op.'

Er klonk instemmend gemompel. Met hun handen diep in hun zakken wendden de mannen zich van de schets af.

Vanavond was iedereen serieus. De gespannen footballspelers en hun supporters gingen naast elkaar aan de bar zitten. Voor elke kruk stond een glas schuimend bier. Al nippend staarden ze peinzend naar de plinten achter de bar. Toen het peil van het geelbruine vocht gezakt was tot één slok boven de bodem, keken de mannen elkaar veelbetekenend aan. Ze wapperden en klapten met hun handen en wreven erin, waarna ze hun hoed opzetten en naar de deur liepen. Ze waren nodig op het *footy*-veld. Purl keek naar Fred en drukte haar rode vingernagels tegen haar rode lippen. 'Moet jij daar niet heen, Fred?'

'We moeten voorbereidingen treffen voor een feestje, Purlywurly.'

Ze ging naar hem toe en legde haar hoofd tegen het zijne. 'Ik ben dol op die jongens, Fred...' Fred omvatte met twee magere armen de taille van zijn Purly en stak zijn neus zo diep in haar decolleté dat alleen de bovenkant van zijn oren nog zichtbaar was. 'Wijjookfanjouw,' zei hij.

Toeschouwers stonden langs de witte hekken te kijken naar de rennende spelers, hun geschreeuw klinkend als wanhopige echo's in de kille schemering. Hoewel hun hart angstig was, werden de moedige atleten voortgedreven door oprechtheid en vastbeslotenheid. De supporters maakten zich zorgen over de weddenschap die ze hadden geplaatst; ze twijfelden niet aan de overwinning van Dungatar.

Iedere man, ieder kind en elke hond die daartoe in de gelegenheid was, kwam kijken naar de allerlaatste training, wilde luisteren naar de peptalk van de trainer na afloop in de kleedkamer en wintergroenolie wrijven op de dijen en kuiten van de spelers. Er klonk een hartgrondig 'Bravo' uit de mond van de slimme aanvoerder Teddy McSwiney en zijn dankbare teamgenoten bij wijze van erkenning van de superieure prestaties van hun trainer. Daarna zongen ze somber het clublied, sloegen elkaar op de rug, schudden elkaars hand en gingen naar huis, om daar gegrilde karbonade, aardappelpuree en erwten te eten voor ze naar bed gingen.

De supporters keerden terug naar de pub. De laatste kampioenen uit Dungatar die de beker hadden bemachtigd waren nu oorlogsveteranen die zich verschansten in schemerige huiskamers naast de radio-grammofoon, maar morgen hun leven op het spel zouden zetten om uit hun luie stoel te komen en met shellshock, longemfyseem en protheses en al bij de witte reling naast de doelpalen te gaan staan. Purl was zo misselijk van de zorgen dat ze bijna op haar nagels ging bijten. De supporters aan de bar keken fronsend naar hun bier. De gewoonlijk kibbelende Hamish O'Brien en Septimus Crescant waren nu stil.

'Godallemachtig,' zei Purl, 'moet je ons nu eens zien!' Ze glimlachte vrolijk naar hen. Niemand lachte terug. 'Wat vinden jullie van het nieuwe meisje?' vroeg ze met een samenzweerderige blik.

Uitdrukkingsloos keken de bleke gezichten in de rij haar aan.

'Nog een verleiding erbij,' zei een stokoude schapendrijver met bakkebaarden.

'Onze knappe full forward heeft een oogje op haar,' zei de scheerder.

'Wie?' Ze voelden de nachtelijke bries op hun rug en roken Teddy McSwiney zodra hij de deur opende. Sinds die vrouw uit de bus was gestapt, had hij zich kwistig met talkpoeder bestrooid.

'Dat nieuwe meisje,' zei de scheerder.

'Myrtle Dunnage,' verduidelijkte Purl.

'Tilly bedoel je,' zei Teddy met een knipoog naar Purl.

'Is ze net zo losbandig als haar moeder?' vroeg de schapendrijver.

Teddy haalde zijn gebalde vuisten uit zijn zakken en stak zijn borst naar voren.

'Rustig aan, rustig aan,' zei Fred.

'Jongens!' zei Purl.

'Ik heb gehoord dat ze mooi is,' zei de scheerder.

Purl zette een glas bier voor hem neer en nam zijn geld aan. 'Dat zou je wel kunnen zeggen,' zei ze snuivend.

'Dat is ze inderdaad,' zei Teddy grinnikend.

'Ongeveer zoals onze Purl?' vroeg de drijver, en hij keek haar met een wellustige blik aan.

Fred keek de drijver recht aan. 'Mijn Purl,' zei hij, waarna hij met de vaatdoek de gootsteen zo venijnig poetste dat er gepiep klonk.'

'Nú is ze wel van jou,' zei de scheerder, en hij dronk zijn bier op.

De drinkende mannen keerden hem de rug toe. Zijn glas stond leeg voor hem. Teddy ging achter de scheerder staan, zijn vuisten laag houdend, maar klaar om ze te gebruiken.

'Ik herinner me haar!' zei Reginald, terwijl hij met zijn vingers knipte. 'Dat is de bastaarddochter van Malle Molly. Vroeger op school gingen we altijd...'

'Kop dicht, Reg!' Teddy sprong achteruit en hief zijn vuisten, dansend op zijn voeten. De mannen draaiden zich om.

De scheerder sprong op. 'Aha, ook nog een duister verleden, ik kan op de terugweg maar beter een praatje gaan maken met Beula...'

Zo snel als een kanonskogel sprong Teddy boven op de scheerder, wiens sporthemd verstrikt raakte rond zijn adamsappel en wiens schouders door Teddy's knieën op de tegelvloer gepind werden, terwijl hij een vuist hief.

'Stop!' gilde Purl schril. 'Teddy, jij bent onze full forward.'

Teddy bleef bewegingsloos zitten.

'Het lijkt me verstandiger als je vanaf nu je mond houdt,' zei Fred, eerst naar de scheerder wijzend, en vervolgens naar de drijver.

'Het lijkt me verstandiger als Teddy vanavond vroeg naar huis gaat. Ik hoef alleen maar te niezen of hij vliegt al door die glazen deur daar,' riposteerde de scheerder. Reg en de andere mannen stapten naar voren, gingen rond de scheerder staan.

'Alsjeblieft, Teddy,' smeekte Purl in tranen.

Teddy stond op en klopte het stof van zich af. De scheerder kwam ook overeind en keek op hem neer. 'Weinig kans dat ik hier vanavond nog een biertje krijg, dus ik kan net zo goed naar huis gaan, naar bed.' Ze zagen hem naar de deur slenteren, zijn hoed opzetten en in het donker verdwijnen. Vervolgens richtten alle ogen zich op Teddy.

'Ik drink alleen even mijn biertje op,' zei hij, terwijl hij in een gebaar van overgave zijn handpalmen liet zien.

Door de mistflarden liep hij naar huis. Brigadier Farrats politiewagen reed voorbij en minderde vaart, maar Teddy gebaarde dat hij kon doorrijden. Later, in zijn bed, staarde hij door het raam van de caravan, mijmerend over het stralende gele vierkant van Tilly's raam op de Heuvel.

De supporters van Dungatar hadden het vier lange kwartieren heel zwaar tijdens een zwaarbevochten, smerig duel met Winyerp. Met ijzingwekkend gevloek en goedgefundeerde bedreigingen moedigden ze hun strijders aan. Tegen het einde van het vierde kwartier waren de spelers uitgeput, nat en buiten adem, en sijpelde er bloed uit hun bemodderde ledematen. Alleen Bobby Pickett was nog schoon, de vouw zat nog in zijn broek en zijn shirt was nog droog, maar op de een of andere manier was hij wel een voortand kwijtgeraakt.

Met nog dertien seconden te gaan, schopte Winyerp de bal in het doel om de score gelijk te maken. Teddy McSwiney dook kilometers van zijn plaats onder de troep spelers door, terwijl er in de lucht om de bal werd gevochten, greep hem toen hij tussen de springende benen viel en rende ermee weg. Alsof hij was bedekt met hete vaseline schudde hij grijpende handen van zich af, baande zich daarna dribbelend een weg naar de vier hoge palen en schopte de bal met een onvaste linkervoet, waarna hij van de zijkant van zijn schoen gleed, om vervolgens laag in de richting van de doelpalen te stuiteren. Juist toen het eindsignaal weerklonk, rolde hij ertussendoor, terwijl het in rood, groen en modderkleur gehulde team er met uitgestrekte handen tussen de palen overheen sprong.

Dungatar 11-11-77
Winyerp 11-10-76

Het geschetter van autoclaxons deed de lucht opklaren en de menigte brulde strijdlustig, wraakzuchtig, blij, verafschuwd en verrukt. De aarde trilde bij alle geklap en gestamp, terwijl de smalle stroom sportmannen als een kudde op hol geslagen duizendpoten terugstormde over het ovale veld, recht in de armen van de wachtende fans. Geen team was ooit gelukkiger geweest, geen dorp had ooit meer kabaal gemaakt. Terwijl de zon verder zakte, klonk het clublied steeds luider over de vlakten van Dungatar en begaf de hele dorpsbevolking zich springend van blijdschap naar het Station Hotel.

Knalvuurwerk deed de ramen trillen in hun sponningen en er schoten vuurpijlen door de lucht, waardoor zelfs drie kilometer verderop de akkers nog baadden in het licht. Achter de bar danste Purl in een korte witte broek, een gestreept footballshirt, netkousen en footballschoenen waarvan ze de veters onder haar knieën had dichtgestrikt. Fred Bundle droeg een met modder bevlekte scheidsrechtersjas en op zijn rood-blauwe pet zonder klep stonden twee met glinsterfolie versierde vlaggen en bloemen van cellofaan. Hij zag eruit als een klein rendier tijdens kersttijd. De ongeordende menigte verkeerde in verschillende stadia van ongekleedheid en dronkenschap, dus iedereen werd omhelsd, er werd gezongen en op de stoep gedanst; er slingerden zelfs mensen aan de uitgerolde brandweerslang vanaf het balkon naar beneden. Enkelen zochten een rustig hoekje op om te breien, te kletsen of borstvoeding te geven. Reginald – met een hakmes in zijn hoed – speelde viool, terwijl Faithful O'Brien met drie jonge vrouwen bij haar microfoon in de hoek stond te lachen. De meisjes McSwiney droegen rouge en hun gekruiste benen waren slechts bedekt met de randen van hun kousen en het kant van hun petticoat. Ze hadden blauwe rozen in hun haar gestoken, rookten sigaretten en zaten te giechelen. Met een hoge hoed op zijn hoofd danste de brigadier op de bar, gekleed in een pandjesjas en op tapschoenen. De magere Scotty Pullit gooide zijn watermeloenbrandewijn over iedereen heen met de woorden: 'Hier heb je een plens overwinningsdrank.' Teddy nam een slokje. Zijn lippen vormden een grote O terwijl het brandende goedje door zijn slokdarm gleed. Prompt stak hij zijn hand uit om meer te pakken. Septimus Crescant deelde folders uit over zijn Genootschap van de Platte Aarde. Hij kwam bij William, die met een angstig gezicht een stralende Gertrude met gekruiste armen probeerde af te weren. Elsbeth zat ontevreden naast hem, met aan haar andere kant Mona, die popelde om te gaan dansen, maar niet goed durfde. William nam een folder aan en gleed bij Gertrude vandaan om samen met Septimus naar de bar te lopen. Daar aangekomen deed Septimus zijn helm af en smeet hem op het groengemarmerde linoleum. Bovenop was zijn hoofd plat, vlak genoeg om een schaaltje gelatinepudding op te zetten. 'Keihard,' zei hij, terwijl hij op de helm ging staan.

'Waarom draag je hem?'

'Vanwege een ongeluk toen ik nog een baby was. Toen ben ik gevallen. Ik vind hoogtes maar niks. Ik ben hier komen wonen omdat het hier lekker plat is en omdat de rand ver weg is. Bovendien zitten we hier een stukje boven zeeniveau, dus als het einde komt, zullen we hier geen overstroming krijgen, want het water zal van ons af stromen, naar de rand. En natuurlijk hebben we de Heuvel ook nog.'

'Het einde?'

Suizend vloog er een dartpijl langs de mannen, die tussen Robert Menzies ogen belandde.

'Een toost!' riep brigadier Farrat. 'Op degenen die vandaag de op een na beste waren met footy. Op Winyerp.'

Het werd stil. Iedereen slikte.

'En dan nu een trotse toost op onze nobele moedige en overwinnende sportmannen, het eerste footballteam van Dungatar.'

Daarop klonk er een oorverdovend kabaal, gefluit en applaus. De mannen werden op schouders gehesen en rondgedragen in de bar, terwijl het clublied nogmaals werd gezongen, en nog eens, en nog eens.

Toen Beula Harridene vlak voor zonsopgang langs het hotel liep, was het feest nog in volle gang. Her en der lagen benevelde mensen op de stoep, bosjes bewogen op de maat van vrijgeluiden, mannen werden aan de hand naar huis geleid en Scotty Pullit zat rechtop in de bar te slapen. Purl rekte zich naast hem uit, ook slapend. Fred zat naast hen een kop warme Horlicks te drinken.

# 8

Ruth Dimm leunde in de ochtendzon tegen het spatbord van haar postkantoorbusje en volgde met samengeknepen ogen de spoorlijn. Hamish O'Brien was op het perron met een druipende gieter de petunia's aan het begieten, die als geschulpte sokken dicht naast elkaar aan de veranda hingen. In de verte klonk een lang *tóééét*. Hij bleef staan, controleerde zijn zakhorloge en tuurde in de richting van het zachte geluid – *tuf tuf tuf tuf*. De trein van tien over negen van Thomson and Company South Australian Railways racete op een topsnelheid van vijftig kilometer per uur stomend, kletterend en stampend op Dungatar af.

Toen hij het station naderde, gingen de lange koppelstangen naast het perron langzamer bewegen, de pompende zuigers gingen trager, witte en grijze stoom wolkte omhoog, waarna de enorme zwarte locomotief piepend, knarsend en zuchtend tot stilstand kwam. De baanwachter zwaaide met zijn vlag, Hamish blies op zijn fluitje en de conducteur gooide de grote canvas postzakken op de grond bij Ruths voeten. Vervolgens trok hij een in elkaar gedoken grijsbruine Australische herderspup aan een lijn mee naar Ruth. Aan zijn halsband zat een plaatje waarop stond: DRINKEN, ALSTUBLIEFT.

'Voor Bobby Pickett?' vroeg Hamish.

'Ja, van Nancy.' Ruth wreef over de fluwelen oren van de pup.

'Laten we hopen dat-ie niet net zo bang voor schapen is als voor treinen,' zei de conducteur, waarna hij een theekist uit zijn handkar op het grind naast het busje liet glijden. Hamish en Ruth keken ernaar. In grote rode letters stond erop: MEJ. TILLY DUNNAGE, DUNGATAR, AUSTRALIË.

De trein vertrok en ze keken hem na tot hij nog slechts een grijze wolk aan de horizon was. Hamish keerde zijn vlezige gezicht naar Ruth. De crèmekleurige rimpels onder zijn blauwe ogen waren gevuld met tranen. Hij stak zijn pijp tussen zijn tanden en zei: 'Omdat het nu allemaal dieseltreinen zijn, snap je wel...'

'Ik weet het, Hamish, ik weet het... de vooruitgang,' reageerde Ruth. Ze klopte hem op de schouder.

'Die verdraaide vooruitgang, d'r is niks poëtisch aan diesel of elektriciteit. Wie heeft er nu behoefte aan snelheid?'

'Boeren? Passagiers?'

'Die verdraaide passagiers kunnen de pot op. 't Is helemaal hun zaak niet.'

Vanwege het aanstaande footballfeest en de paardenrennen van die lente, de Spring Race, zaten de postzakken vol met pakjes: catalogussen van postorderbedrijf Myer, nieuwe jurken, lappen stof en hoeden. Maar Ruth concentreerde zich op de theekist met het adres in rood. De inhoud ervan lag verspreid aan haar voeten. Kleine pakjes, in ongebleekte katoen gewikkeld, met touw omwonden en dichtgeplakt, met was verzegelde blikken en bundeltjes van opgevouwen textiel die Ruth nooit eerder had gezien. Er waren recepten en plaatjes van buitenlands eten, foto's van glimlachende mannequins voor beroemde Europese bezienswaardigheden. Er waren ansichtkaarten uit Parijs, in het Frans geschreven, geopende brieven met poststempels uit Tanger en Brazilië, geadresseerd aan iemand anders in Parijs, maar nu doorgestuurd naar Tilly. Ruth ontdekte in een glazen pot een aantal ongewone knopen en bijpassende haakjes, een paar vreemd gevormde gespen en vele meters fijne kant in een met touw omwikkeld pakketje met het poststempel van Brussel, en een paar boeken uit Amerika: *The Town and The City*, en eentje van iemand die Hemingway heette. Ruth las een pagina of twee uit het boek van die Hemingway, maar omdat het geen liefdesverhaal was, legde ze het opzij en verwijderde ze de tape die het deksel op een klein blik hield, waarna ze het openwrikte. Ze stak het puntje van haar lange neus in het grijsgroene kruid in het blik. Het was plakkerig en rook zoet. Ze deed het deksel er weer op. Daarna schroefde ze het deksel van een glazen pot die een klont van een bruinzwarte lijmachtige substantie bevatte. Ze krabde eraan en proefde ervan. Het rook zoals het smaakte, naar gesmolten gras. Ook was er een potje met een fijn grijzig poeder, bitter ruikend, en een oud chocoladepoederblik met iets wat eruitzag als gedroogde modder. Iemand had op het groene etiket geschreven: MENGEN MET WARM WATER.

Ze hield de pot met knopen tegen haar grijze postkantoorjurk en liet hem in de zak van haar jasje vallen. Daarna droeg ze het blik naar haar kast en verstopte het daarin.

Bepakt en bezakt bereikten ze vermoeid de voet van de Heuvel. Op Molly's schoot lag een stapel kruidenierswaren, een gordijnroede en stof uit de winkel van Pratt. Tilly wapperde zichzelf koelte toe met haar strooien hoed. Een grote gevlekte halfbloed kwam met forse stappen de hoek om, een platte kar met vier wielen voorttrekkend met Teddy McSwiney op de hoek zittend, terwijl hij de leidsels losjes over zijn vuisten liet hangen. 'Ho, jongen,' zei hij. Het paard kwam naast Tilly en Molly tot stilstand. Het snuffelde aan Tilly's hoed en zuchtte toen.

'Willen jullie een lift?' vroeg Teddy.

'Nee, dank je,' antwoordde Tilly.

Teddy sprong van de kar en tilde Molly Dunnage met pakjes en al uit haar tweewieler. Vervolgens zette hij haar keurig op de beste plek op de wagen.

'Deze kar zit onder de stront van heel Dungatar,' zei Molly.

Teddy duwde zijn pet naar achteren en tilde de rolstoel op de wagen. Hij grijnsde naar Tilly en klopte op de planken achter Molly. Ze keek naar zijn platte mannenhand, die op een stoffige bruine vlek rustte.

'Steuntje nodig?' vroeg hij.

Tilly keerde zich af, zodat ze de Heuvel op kon lopen.

''t Is veiliger voor Molly als je meerijdt.'

'Het zou haar wel bevallen als ik eraf viel,' zei Molly.

Teddy boog zich naar Molly toe en zei: 'Dat verbaast me niets.'

Tilly legde haar handen achter haar op de kar en hees haar fraaie achterste op de planken naast haar moeder. Teddy klakte met zijn tong en sloeg zachtjes met de teugels op de rug van het paard. Ze schoten naar voren. Molly's ogen waren gericht op het warme ronde paardenlijf dat een halve meter bij haar degelijke veterschoenen vandaan op en neer deinde. Het paard zwiepte met zijn staart, sloeg naar de rondhangende vliegen, waarbij de fijne, maar scherpe strengen staarthaar Molly's schenen kietelden. Het dier rook heerlijk, naar warm gras en vettig zweet.

Teddy liet de teugels weer op de rug van het paard neerkomen. 'Heb je gehoord dat we de finale hebben gewonnen?'

'Ja,' zei Tilly.

'Hoe heet het paard?' vroeg Molly.

'Graham.'

'Belachelijk.'

Resoluut reden ze verder, met de zon op hun gezicht en de penetrante geur van paard en poep in hun neus. Graham hield halt bij de poort voor het schuin hangende bruine huis. Tilly liep naar de waslijn en Teddy tilde Molly weer op en droeg haar naar de voorveranda. Ze sloeg haar armen om zijn hals en knipperde met haar ogen met de dunne, grijze wimpers. 'Ik heb nog een pakje biscuitjes met glazuur. Trek in een bakkie thee?'

'Hoe kan ik daar nee tegen zeggen?'

Ze zaten in stilte in de keuken, de roze biscuitjes keurig gerangschikt op Molly's mooiste bord.

Molly schonk de gemorste thee van haar schoteltje in haar kopje. 'Ik hou van gewone thee. Jij ook?'

Teddy keek in zijn kopje. 'Gewone thee?'

'Voor jou heeft ze gewone thee gezet, mij laat ze thee drinken van gras en wortels. Neem nog een koekje.'

'Dank je, Molly, laten we nog wat voor Tilly overlaten.'

'O, maar zij eet ze niet. Ze eet alleen vogelzaad en fruit en allerlei andere dingen die ze uit de stad laat opsturen. Ze krijgt ook dingen uit het buitenland, van plekken waar ik nog nooit van heb gehoord. Ze maakt mengsels, drankjes, zegt dat het "genezende" kruiden zijn, en doet net of ze een artistiekerig type is, dus waarom zou ze hier willen blijven?'

'Artistiekerige types hebben ruimte nodig om dingen te maken.' Hij dronk zijn kopje leeg, veegde zijn mond af aan zijn mouw en leunde achterover.

'Nu doe je net of je haar begrijpt.'

'Meisjes als zij hebben een vent als ik nodig.'

Molly schudde haar hoofd. 'Ik wil haar niet. Vroeger dacht ze dat ik haar moeder was, maar ik zei tegen haar: "Jouw moeder kan alleen een heks zijn."' Daarna nam ze haar gebit uit haar mond en legde het op een schoteltje. Tilly kwam binnen en legde een stapel stijf linnengoed op de tafel tussen de samenzweerders. Het rook naar gedroogde zon. Molly reikte Tilly haar gebit aan. 'Spoel dit eens voor me af,' gebood ze, terwijl ze met een verontschuldigende blik naar Teddy keek. 'Het komt door de kokos.' Tilly hield haar moeders gebit onder de kraan.

'Worden er op zaterdagavond nog steeds dansfeesten gehouden?' lispelde Molly onschuldig.

Tilly legde het kunstgebit op het schoteltje voor haar en begon toen kussenslopen en handdoeken gevaarlijk dicht naast Teddy's linkeroor uit te slaan en op te vouwen.

Teddy boog zich naar voren. 'Aanstaande zaterdag is er een footballfeest, we hebben namelijk de finale gewonnen...'

'O, wat fijn.' Molly glimlachte liefjes naar Tilly. Daarna keek ze Teddy aan, trok haar wenkbrauwen op en mummelde met haar tandeloze mond: 'Ga er met haar heen.'

'De O'Brien Brothers zorgen voor de muziek.' Hij keek naar Tilly, die bleef vouwen en de harde katoen gladstreek, zodat ze die op vierkante stapels kon leggen.

'Ik heb gehoord dat de O'Brien Brothers erg goed zijn,' zei Molly.

'Dat zijn ze zeker,' zei Teddy. 'Hamish O'Brien drumt, Reggie Blood speelt viool, Big Bobby Pickett elektrische gitaar en Faith O'Brien piano, en ze zingt. Vaughan Monroe en dat soort dingen.'

'Blits, hoor,' zei Molly.

Tilly vouwde door. *Klap woesj woesj klap.*

'Heb je daar zin in, Til? Lijkt het je wat om rond te zwieren over een glanzende vloer met de knapste danseur van het dorp?'

Ze keek recht in zijn twinkelende blauwe ogen. 'Heel graag, als zo iemand bestond.'

Nancy installeerde zich met het donzen dekbed en de kussens op de bank naast de telefooncentrale. Ruth bracht het dampende kopje bruine vloeistof naar haar toe. Ze rook eraan, hield het voor zich en bekeek het.

'Dit is geen chocolademelk,' zei Nancy.

'Nee,' zei Ruth. 'Volgens Prudence is ze een of ander kruidenvrouwtje. Daar heeft ze over gelezen.'

'Ik heb poeders uit de koelkast van meneer A. meegenomen, voor het geval we misselijk worden.' Nancy klopte op de zak van haar postkantoorjurk. 'Jij eerst.'

'Er gebeurde anders niets toen we het groene kruidachtige spul namen.'

'We sliepen als een roos,' zei Nancy.

Ruth bekeek het bruine drankje. 'Kom, we drinken het tegelijk op.'

Ze nipten ervan en trokken hun neus op. 'We nemen gewoon de helft, daarna kijken we wat er gebeurt,' zei Ruth.

Met grote ogen gingen ze zitten wachten. 'Voel jij al iets?' vroeg Nancy.

'Niks.'

'Ik ook niet.'

Ze werden gewekt toen er op de deur werd gebonsd. Ruth keek om zich heen, raakte zichzelf aan. Ze was in orde, ze leefde nog. Ze liep naar de deur. 'Wie is daar?'

'Tilly Dunnage.'

Ruth deed de deur een klein stukje open. 'Wat wil je?'

'Ik ben iets kwijtgeraakt, of liever gezegd: ik heb het nooit gekregen.'

Ruths ogen verwijdden zich. Achter haar kroop Nancy achter de deur.

'Het gaat om poeder, bruinachtig poeder,' zei Tilly.

Ruth schudde haar hoofd. 'We hebben het niet gezien, weten helemaal niets van een blik poeder.'

'Aha,' zei Tilly. Ruths lippen waren bruin.

Fronsend vroeg Ruth: 'Wat voor soort poeder was het eigenlijk?'

'Het is niet belangrijk.' Tilly liep weg.

'Toch geen vergif of zoiets?'

'Het was mest voor mijn planten,' antwoordde Tilly. 'Poep van Zuid-Amerikaanse vampiervleermuizen, de allerbeste mest door het bloed dat ze drinken.'

'O,' zei Ruth.

Toen Tilly vertrok (zich intussen afvragend waar ze nog meer henna vandaan kon halen) hoorde ze binnen gekokhals en haastige voeten. Het licht in de badkamer ging aan.

Terwijl Tilly naar het warenhuis van Pratt slenterde, kwam ze Mae tegen op de hoek bij de bibliotheek. Mae was op weg naar huis. Ze droeg houten paaltjes en melk.

'Goedemorgen,' zei ze.

'Morgen,' antwoordde Mae, maar ze liep verder.

Tilly richtte zich tot de haastig verdwijnende grote rode bloemen en riep: 'Bedankt voor je goede zorgen voor Molly.'

Mae bleef stilstaan en draaide zich om. 'Ik heb helemaal niets gedaan, ik dacht dat dat wel duidelijk was.'

'Je liet niemand weten dat ze...' Tilly kreeg de woorden 'krankzinnig' of 'gek' niet over haar lippen, want dat zeiden ze vroeger over Barney. Op een dag waren er een paar mensen naar school gekomen om hem mee te nemen en op te sluiten, maar Margaret was weggerend om Mae te halen. Er was altijd iemand bij Barney, zelfs nu.

'Je kunt je hier maar beter alleen met je eigen zaken bemoeien, dat zou jij toch moeten weten,' zei Mae, waarna ze terugliep naar Tilly. 'Er verandert hier nooit iets, Myrtle.' Weer liep ze met ferme stappen weg.

Tilly bleef verbluft en ontnuchterd achter.

De volgende dag was het windstil en de wolken hingen zo dicht op de aarde dat het beeld ontstond van citroenboter op toast, of een warme deken die de aarde bedekte. Irma Almanac zat op haar achterveranda te kijken hoe het beekwater langsstroomde en sporen van de lente met zich meenam. Tilly duwde haar moeder langs de beek naar haar toe.

'Hoe gaat het vandaag?'

'Er komt regen,' antwoordde Irma. 'Maar hooguit genoeg om het stof weg te spoelen.' De twee vrouwen zaten samen op de veranda, terwijl Tilly theezette. Irma en Molly kletsten, voorzichtig laverend rond de gevoelige gebeurtenissen die ze met elkaar gemeen hadden: baby's die er niet meer waren, hardvochtige mannen. In plaats daarvan praatten ze over de konijnenplaag, de voorgestelde vaccinatie tegen kinkhoest, het communisme en de noodzaak om kidneybonen wegens mogelijke vergiftiging voor en na het koken te laten uitlekken voor ze in de soep gingen. Tilly zette een paar stukken cake voor Irma neer.

'Nu we het toch over vergif hebben...' mompelde Molly.

'Ik heb cake voor je gebakken,' zei Tilly.

Irma pakte een stukje met haar gezwollen vingers en proefde ervan. 'Wat een ongewone smaak,' zei ze.

'Ooit iets gegeten dat Lois Pickett gemaakt heeft?'

'Ik geloof van wel.'

'Dan heb je waarschijnlijk gelijk,' zei Molly.

Irma kauwde en slikte. 'Vertel eens, waarom is zo'n mooie slimme meid als jij hier weer teruggekomen?'

'Waarom niet?'

Ruim voor de lunch vertrokken ze weer. Irma voelde zich licht en tevreden, en leek alles die dag intenser te ervaren: de kalme hemel en de geur van de beek; rottende lisdodde en modder, de warmte die haar gazon van buffelgras uitstraalde, zoemende muggen en een flauwe bries die haar haar bij haar oren optilde. Ze hoorde haar botten nog wel in haar lichaam langs elkaar schuren, maar ze deden geen pijn meer en de kwelling was voorbij. Ze at juist een tweede stukje cake toen Nancy haar hoofd om de deur stak.

'Ah, daar bent u!'

Irma ging met een ruk rechtop zitten, waarna ze verstijfd wachtte op de golf gloeiende pijn die haar naar adem zou doen happen, maar hij kwam niet. Nancy was boos; met gefronste wenkbrauwen stond ze daar met haar handen op haar heupen. Achter haar taxiede meneer Almanacs kale schedel langzaam door de deuropening, als de neus van een DC-3. Irma giechelde.

'U stond niet voor 't huis om meneer A. hier tegen te houden. Hij zou tegen de voordeur aan zijn gebotst als ik niet hiernaartoe was gerend.' Nancy klopte op het hoofd van meneer A.

De tranen stroomden over Irma's gezicht en haar ronde oude rug schokte van de vrolijkheid. 'In het vervolg zal ik hem gewoon open laten staan,' zei ze, bijna brullend van het lachen, terwijl ze op haar dij sloeg.

Meneer Almanac viel in zijn stoel als een hark in een kruiwagen. 'Doe niet zo idioot,' zei hij.

'Goed, dan laat ik jullie alleen,' zei Nancy, en ze liep met een hooghartige blik weg.

'Die vrouwen van Dunnage zijn hier geweest,' mopperde meneer Almanac.

'Ja, de jonge Myrtle heeft mijn jurken meegenomen,' zei Irma vrolijk. 'Ze gaat er grotere knopen op zetten, dat is gemakkelijker voor mij.'

'Ze kan het nooit meer goedmaken,' zei hij.

'Ze was nog maar een kind...'

'Je weet helemaal niets,' zei hij.

Irma bekeek haar echtgenoot zoals hij daar zat, met zijn gezicht dicht naar de tafel gebogen. Alles aan zijn gezicht hing, als de uiers van een zogende teef. Weer begon ze te lachen.

Die week bracht Teddy McSwiney nog driemaal een bezoek aan de Heuvel. De eerste keer nam hij kreeftjes en verse eieren mee die Mae juist had geraapt. 'Ze zei dat als je ooit eieren nodig hebt, je alleen maar een gil hoeft te geven.' Hoewel Tilly opgelucht was, bleef ze druk in de tuin werken, waardoor hij en Molly achterbleven om te eten van de kreeftjes, die zojuist gevangen waren, gekookt, gepeld, gewikkeld in slabladeren en besprenkeld met zelfgemaakte citroenazijn. Hij legde haar portie in de koelkast. Ze at ze laat in de avond voor ze naar bed ging, waarna ze het sap van het bord likte voor ze het in de gootsteen zette.

Bij zijn tweede bezoek gaf hij hun twee baarsfilets, gemarineerd in een saus naar geheim recept en bestrooid met verse tijm. Tilly ging in haar moestuin werken, maar de geur van gebraden baars lokte haar naar binnen. De vis smolt op hun tintelende smaakpapillen en pas toen alles op was, legden Tilly en Molly starend naar hun lege bord hun vismes en vork naast elkaar neer.

Koeltjes zei Tilly: 'Dat was verrukkelijk.'

Molly boerde. 'Dat is beter. Je moet niet onbeleefd tegen hem zijn. Zijn moeder heeft mijn leven gered.'

'Zijn moeder bracht eten dat mevrouw Almanac had bereid. Ik ben degene die je leven heeft gered.'

'Hij is een aardige jongeman, die graag met je naar het dansfeest wil,' zei Molly, waarbij ze charmant tegen hem knipoogde. Met een hoffelijke glimlach naar Molly hief hij zijn glas.

'Ik wil er niet heen,' zei Tilly, waarna ze de borden in de gootsteen zette.

'Goed, blijf dan maar hier om mij te kwellen, loop me maar voor de voeten, zorg ervoor dat ik geen hulp ga halen. Dit is mijn huis, weet je.'

'Ik ga niet.'

'Maakt niet uit,' zei Teddy. 'Ze zou mijn gewone danspartners alleen maar van streek maken... en alle andere erbij.' Hij zag Tilly's schouders verstrakken.

Molly bleef twee dagen pruilen. Ze keek Tilly niet aan en ze weigerde te eten. Ze maakte haar dochter drie keer per nacht wakker om te zeggen: 'Ik heb in bed geplast.' Tilly verschoonde het bed. Toen ze op de derde middag de keuken in kwam met een mand vol droge lakens, reed Molly vlug naar haar toe en bracht haar met de scherpe rand van het voetenbankje een diepe jaap in haar scheenbeen toe.

Tilly's reactie was: 'Ik ga nog steeds niet naar het feest.'

Toen hij door zijn verrekijker zag dat ze op het verandatrapje zat te lezen, haastte hij zich de Heuvel op met wijn, zes bloedrode rimpelige zelfgeteelde tomaten, een paar uien, pastinaken en wortels (nog warm van de aarde), een dozijn verse eieren, een dikke kip (geplukt en van ingewanden ontdaan) en een gloednieuwe pan.

'Die komt uit Marigolds vuilnisbak,' verklaarde hij. 'Ze zou niet weten wat ze ermee moest.'

Met opgetrokken wenkbrauw keek Tilly Teddy aan. 'Je bent werkelijk onvermoeibaar.'

'Ze noemen het een snelkookpan. Ik zal je laten zien hoe hij werkt.' Hij liep langs haar naar de keuken. Molly reed naar haar plek aan het hoofd van de tafel, stopte de punt van een servet in haar kraag en streek hem glad over de voorkant van haar nieuwe jurk. Teddy begon voorbereidingen te treffen voor een coq au vin. Toen Tilly de keuken in liep, zei Molly: 'Vanochtend was er een verrassing voor me, er werd een grammofoon bij me bezorgd van het treinstation. Wil je wat muziek luisteren terwijl je kookt?'

Teddy keek Tilly met tranende ogen aan. Op de snijplank lag een handvol gesneden uien. Tilly hing haar zonnehoed aan een spijker in de muur en zette haar handen op haar heupen.

'Ze doet het als ze de tafel heeft gedekt,' zei Molly.

Tilly legde een plaat op de draaitafel.

Teddy vroeg: 'Heeft een van jullie ooit gelezen over dat nieuwe toneelstuk in Amerika, *South Pacific*? Het is hier nog niet opgevoerd. Een vriend van me kan me er een plaat van bezorgen zodra die het land binnenkomt. Zou je er een willen, Molly?'

'Dat klinkt heel romantisch.'

'O, maar dat is het ook, Molly,' zei Teddy.

'Ik haat romantiek,' zei Tilly.

Billie Holiday begon te zingen over gebroken harten en moeizame romances. Later, bij de coq au vin, zette Tilly een bepaald type jazz op, van het soort dat Teddy nog nooit gehoord had en waar hij liever geen domme vragen over stelde, dus zei hij: 'George Bernard Shaw is overleden.'

'O, ja?' vroeg Tilly. 'Maar J.D. Salinger leeft nog. Kun je je vriend vragen om een exemplaar van *The Catcher in the Rye*? Het is nog niet uitgekomen.' Haar sarcasme bleef in de lucht hangen.

Molly keek naar haar, greep vervolgens haar bord met dampendhete coq au vin en kieperde het boven haar dijbenen om. De jurk van terlenka, die Tilly diezelfde dag voor haar had afgemaakt, smolt op haar crêpeachtige benen.

Tilly verstarde.

'Kijk nou wat je me hebt laten doen,' zei Molly lachend, waarna ze begon te schudden, en ze van schrik zachtjes met haar dunne elastische lippen floot.

Voor hij kon vastplakken aan Molly's benen, rukte Teddy de jurk weg. Hij keek naar Tilly, die nog steeds bewegingsloos aan tafel zat. 'Boter,' snauwde hij. Ze schrok op. Hij trok zijn heupfles uit zijn zak en goot wat whisky in de mond van de oude vrouw. Daarna viel ze flauw. Hij droeg haar naar haar bed en vertrok, maar was al snel weer terug om bij Tilly te gaan zitten. Ze zei niets, zat daar maar met een barse uitdrukking op haar gezicht aan haar moeders bed.

Barney kwam een pot crème van meneer Almanac brengen en gaf hem aan Teddy. 'Ik heb gedaan wat je zei en gezegd dat het niet voor Malle Molly was.'

'Heb je haar naam genoemd?' snauwde Teddy.

'Je zei dat ik dat niet moest doen.'

'Dus je hebt haar naam niet genoemd?'

'Nee. Ik heb jouw naam genoemd, en hij zei toen dat je 'm morge moet komen betalen.' Tilly keek naar de in de deuropening staande Barney. 'Morge,' zei hij weer. 'Hij zei dat ik dat tegen je moest zeggen, morge.'

Teddy wreef zachtjes over zijn broers schouders. 'Goed, Barney.' Hij wendde zich tot Tilly. 'Herinner je je mijn broer nog?'

'Bedankt voor de crème,' zei ze.

Blozend keek Barney naar de muur naast zich.

Zodra ze weg waren, rook ze aan de crème van meneer Almanac, waarna ze hem weggooide en wat kruiden en crèmes uit een kist onder haar bed haalde om er een pasta van te maken die op de huid gesmeerd kon worden.

Molly lag bloot vanaf haar middel in bed. Op haar dijen zaten twee opzwellende rode vlekken, zo groot als een handpalm, die gevuld waren met een heldere vloeistof. Tilly leegde haar moeders po meerdere malen per dag, verbond haar wonden en vervulde elke wens die de oude vrouw te kennen gaf. De blaren slonken, met achterlating van twee pijnlijke plekken.

# 9

Buiten het dorp zat Elsbeth op Windswept Crest verstard in de erker, met gebalde vuisten en tranen in haar ogen. Mona trok zich terug in de verste hoeken van de keuken, waar ze glanzende oppervlakken afveegde, in de oven keek en controleerde of de deksels op de voorraadbussen zaten, terwijl ze zijdelingse blikken op haar moeder wierp.

William leunde in de pub tegen de bar, denkend aan zijn moeder, en het feit dat het etenstijd was. De jongelui rondom hem dronken hun bier op en liepen zigzaggend naar de deur, op weg naar de danszaal. Scotty Pullit sloeg hem op de rug. 'Kom, laten we de meisjes met onze danspassen in vervoering brengen.' Voorovergebogen en hoestend liep hij weg.

William bleef voor het postkantoor staan, liet een paar munten in zijn zak rinkelen en keek naar de openbare telefoon. Hij was nog steeds niet bekomen van zijn ontmoeting met meneer Pratt en de aanblik van de dikke map waarop WINDSWEPT CREST stond. Scotty Pullit dook weer naast hem op en gaf hem een fles met heldere watermeloenbrandewijn. William nam een grote slok, hoestte, hapte naar adem, en volgde Scotty en de andere footballspelers, boerenzonen en -dochters de zaal in. Binnen waren tussen de pilaren slingers en ballonnen opgehangen. Hij liep naar het buffet, waar hij en de jongens punch dronken en sigaretten rookten. Meisjes uit Dungatar fladderden kwetterend en kletsend met z'n tweeën of drieën naar tafels in de hoek.

De O'Brien Brothers stemden hun instrumenten. Hamish sloeg wat op het drumstel, terwijl zijn vrouw achter de piano stond en neuriënd haar vingers rekte. Faith had zich in een brandweerrode kunstzijden jurk geperst. Haar donkerbruine krullen waren, à la Carmen Miranda, met bloemen op haar hoofd gestapeld en aan haar oren bungelden plastic bloemen. Een bijpassende ring bedekte maar liefst drie knokkels. Ze had te veel foundation en poeder op. 'De blaaspartij,' siste Beula. Met haar dikke kont en opbollende rok liet ze zich op een piepklein krukje neerploffen, waarna ze haar keel schraapte en een toonladder in mineur begon te kwelen, helemaal tot aan een pijnlijk hoge C. Naast haar was Reginald – 'Faiths fiedelaar' – met zijn strijkstok over de snaren aan het jakkeren, verwoed proberend Faiths noten te volgen. Bobby Pickett plukte aan zijn Fender en glimlachte door zijn ontbrekende tand, terwijl al deze geluiden keihard rondzongen. Faith tikte op de microfoon. 'Eén twee, één twee', en blies er vervolgens op. Een schril elektrisch gesnerp werd door de dakspanten weerkaatst. William kromp ineen en stak zijn vingers in zijn oren.

'Goedenavond, en welkom op ons schemer- en schuifelfeest van deze zaterdagavond met Faithful O'Brien's Band...'

'Hé, de Blood and O'Brien Bróthers Band!' brulde Hamish.

Faith sloeg haar ogen ten hemel, zette haar handen op haar welgevormde heupen en zei in de microfoon: 'Hamish, dit hebben we al eerder besproken. Jullie zijn geen broers.'

Hamish kletste twee cimbalen tegen elkaar en de muzikanten begonnen aan 'God Save the King'. Iedereen ging in de houding staan. Het deed William denken aan zijn moeder, dus greep hij Scotty's fles met watermeloenbrandewijn en nam een teug om zijn geweten uit te schakelen. Toen het volkslied voorbij was, leidde een rij footballspelers ieder zelfverzekerd een meisje naar de dansvloer en draaide zich toen met opgeheven armen om, met de blik op de eregalerij met foto's van footballhelden. Op dat moment zette de band 'Buttons and Bows' in en de koppels sprongen tegelijk opzij om met de klok mee door de zaal te koersen. Faith O'Briens familieband was nu ingespeeld en klaar voor een kwieke versie van 'Sunny Side of the Street'. Een gezette boer die naast William stond, werd meegetrokken door een meisje van een belendende boerderij, waarna ze wegzwierden op de dansvloer vol uitwaaierende wijde rokken, naadkousen, schoppende ballerina's en tevoorschijn piepende petticoats. Hier en daar dook een bedaard bewegende dame in een versleten wollen mantelpak van tien jaar geleden op tussen de wervelende ruches.

Gertrude Pratt kwam binnenslenteren met haar vest over haar schouders en haar tas aan haar arm. Ze liep recht op het buffet af. William draaide zich om om zijn sigaret in het zaagsel uit te trappen en te vertrekken, maar stond ineens recht tegenover Gertrude. Hij keek naar het meisje met het vollemaansgezicht en de zachte bruine ogen en zei met een verontschuldigend glimlachje, terwijl hij naar de deur achter haar wees: 'Ik wilde net naar huis gaan...'

Ze stapte naar voren, nam zijn opgestoken hand in de hare en zwierde met hem de dansvloer op, tussen de andere dansers.

William had niet meer gedanst sinds hij dansles had gehad bij juffrouw Dimm, toen hij vijftien en onhandig was. Het meisje in zijn armen deed hem denken aan die tijd, behalve dat ze zich verrassend licht bewoog, zacht aanvoelde en naar parfum rook. Hij voelde haar heupen draaien, de warme huid van haar taille onder zijn handen bewegen, haar weelderige bruine haar tegen zijn wang. Omdat hij struikelde, op haar tenen stond en met zijn knieën tegen de hare stootte, hield ze hem steviger vast, dichter tegen zich aan, waardoor hij haar zachte borsten tegen zijn revers voelde drukken. Na een poosje had het vriendelijke meisje in zijn armen hem weer op zijn gemak gesteld. Ze voelde hemels aan en wat hem betrof was dat ook waar ze waren: in de hemel.

Toen de muzikanten pauzeerden, ging hij punch halen. Hij trof Scotty bij het buffet aan, waar hij gulzig dronk uit de fles met watermeloenbrandewijn. Scotty keek naar Gertrude. 'Het onderhoud van die meid gaat je een lieve duit kosten,' merkte hij op.

'Nou, waarschijnlijk betaalt haar vader haar onderhoud momenteel al van mijn geld,' zei William wanhopig. Hij wilde dat hij er op de een of andere manier wat van kon terughalen, of dat hij een lening kreeg, gewoon om zijn leven op de rit te krijgen. Hij vroeg zich af of... Weer dronk hij van de watermeloenbrandewijn, waarna hij naar de tafel liep, waar Gertrude Pratt op haar punch stond te wachten. 'Het is hier erg warm,' merkte ze op.

'Ja,' bevestigde William.

'Zullen we buiten een wandelingetje maken?' Ze pakte Williams hand.

De dansers stonden te wachten op de dansvloer, als de in actie gestolde kampioenen op sporttrofeeën. Barney McSwiney sloeg Faiths besmeurde bladzijden om, terwijl de band dreunend en pingelend zocht naar een gemeenschappelijke noot. Zodra de twee jongelui in de deuropening verschenen, zagen ze Tilly Dunnage aan de arm lopen van Teddy McSwiney, de ster van het footballteam. Daarna trokken ze Faiths aandacht en viel de band stil. Alle hoofden draaiden zich naar hen om. Ergens knapte een ballon.

Tilly hield haar blik strak gericht op de middenafstand. Ze besefte dat het een vergissing was. Het was te snel, te doortastend. Een koortsachtige misselijkheid overspoelde haar, schuldgevoel, en hoewel ze tegen zichzelf zei: het was niet mijn schuld, deed ze toch een stap achteruit. Maar Teddy hield haar stevig om haar middel vast.

'Ik kan niet blijven,' fluisterde ze. Desondanks liep hij naar voren, voerde hij haar verder. De stellen aan de kant staarden naar Tilly, die gehuld was in een opvallend groen gewaad dat haar ranke figuur volmaakt omvatte. De stof welfde mee met haar heupen, spande over haar borsten en sloot nauw aan bij haar benen. Het materiaal: crêpe georgette, twee shilling en sixpence per meter uit de uitverkoop in de winkel van Pratt. De meisjes in hun korte jurken met ingesnoerde tailles, hun haar in stijve krullen, staarden hen met open, roze gestifte mond aan, en trokken onzeker aan hun wijdstaande rokken. De muurbloempjes trokken zich verder tegen de muur terug en de jongemannen gaven massaal bewonderende knikjes.

Terwijl ze naar de lege tafel aan de rand van de zaal liepen, vlak naast de band, bleef haar gezicht onbewogen. Toen Teddy haar sjaal pakte en hem voorzichtig over de rug van haar stoel hing, ging zij zitten. Haar schouders staken bleek af tegen het groen en een lange, aan haar kapsel ontsnapte haarlok krulde in haar nek en hing tussen haar schouderbladen.

Teddy liep naar het buffet. De menigte mannen liet hem door. Hij kocht punch voor Tilly en bier voor zichzelf, waarna hij naast haar ging zitten. Ze keken naar de band. De band keek terug. Tilly trok één wenkbrauw op naar Faith. Die knipperde met haar ogen en richtte haar blik weer op haar keyboard. Een ogenblik later begon de herrie weer. De band worstelde zich door 'If You Knew Suzie, Like I Knew Suzie, (Oh, Oh)'.

Teddy leunde naar achteren, sloeg zijn onderbeen over een knie en legde een arm over de rugleuning van Tilly's stoel. Ze beefde. Hij stootte haar aan. 'Laten we dansen.'

'Nee.' De hele avond bleef ze met haar gezicht naar de band haar schuldgevoel zitten te onderdrukken, tot ze er buikpijn van kreeg. Ze was eraan gewend dat ze het vergat en het naar haar zin had, waarna ze er plotseling weer aan moest denken en ze zich plotseling verachtelijk voelde. Die avond kwam er niemand naar de ster van het footballteam en zijn partner toe. Daar was ze blij om, het was eenvoudiger zo.

Toen het duidelijk werd dat William niet op tijd voor het eten thuis zou zijn, las Mona een poosje, in het felle gele schijnsel van de lamp in de hoek. Het huis vulde zich met het kalme, matte gemurmel van de radio-grammofoon. Elsbeth Beaumont bleef stil zitten. Haar silhouet tekende zich af in het erkerraam, waarbij het heldere maanlicht de lijn van haar neus duidelijk uitlichtte.

Mona zei: 'Ik denk dat ik maar naar bed ga, moeder.'

Haar moeder negeerde haar. Mona deed de slaapkamerdeur resoluut achter zich dicht. Ze liep naar haar toilettafel en pakte haar handspiegel. Ze sloot de gordijnen, verschoof haar nachtlampje, trok haar kunstzijden slipje uit en tilde haar rok op. Ze ging op de rand van haar bed zitten en hield de spiegel zo dat ze het paarszwarte gevederte in haar kruis kon bekijken. Glimlachend keek ze naar de donkere vlezige plooien. Daarna kleedde ze zich langzaam uit, zichzelf in de spiegel bekijkend, terwijl ze de bandjes van haar onderjurk over haar schouders trok en hem rond haar enkels liet vallen. Ze streelde haar borsten en liet haar hand over haar hals glijden. Toen, onder haar polyester sprei, kreeg Mona Beaumont haar rustige avondorgasme.

Op de oever van de beek stootte William gretig en gezwollen tegen de warme ronde dij van Gertrude Pratt. Terwijl hij zijn hand uitstak naar zijn gulp, kon hij maar één ding bedenken om te zeggen: 'Ik hou van je, Gertrude.'

'Ja,' zei Gertrude, waarna ze haar benen iets verder spreidde. Gertrude Pratt kreeg William Beaumont, door hem toe te staan zijn rechtermiddelvinger te steken tussen de vochtige crêpeachtige plooien van haar paarskleurige binnenste schaamlippen tot waar ze dichtgeknepen waren, dus niet tot aan haar knopje.

Blozend en dankbaar keerde William terug naar Windswept Crest.

Zijn moeder zat bewegingsloos in haar erkerraam, het vroege ochtendlicht achter haar. 'Goedemorgen, moeder,' zei hij.

Ze keerde zich naar hem toe. De tranen biggelden over haar wangen, die wit waren als linnen en dropen op de pauw van marcasiet op haar borst. 'Ik heb de hele nacht op je zitten wachten.'

'Da's toch nie nodig, moeder,'

'Je hebt gedronken.'

'Ik ben nu een man, moeder, en 't is zaterdagavond – tenminste, dat was 't.'

Elsbeth snufte en depte haar ogen met haar zakdoek.

'Het was... leuk. De volgende keer moet Mona echt meekomen,' zei hij, waarna hij de aftocht blies naar zijn kamer.

Teddy McSwiney bracht Tilly naar huis, naar haar deur.

'Welterusten,' zei ze.

'Het viel toch wel mee?'

Ze trok haar sjaal strakker rond haar schouders.

'Ik kan voor je zorgen...' Glimlachend boog hij zich naar haar toe.

Ze had haar tabak in haar sjaal geknoopt en wendde zich af om er in de plooien naar te zoeken.

'... tenminste, als je dat wilt.'

Met het tabaksblikje in haar hand likte ze aan een vloeitje. 'Welterusten,' zei ze, en ze opende de achterdeur.

'Ze moeten gewoon aan je wennen,' zei hij schouderophalend.

'Nee,' zei ze, 'ik moet aan hen wennen.' Ze sloot de deur achter zich.

11

# Shantoeng

Weefsel in effenbinding van garen van wilde zijde, wat resulteert in een onregelmatige textuur. Het van nature crèmekleurige weefsel wordt vaak in uitgesproken kleuren geverfd, wat een stralend effect heeft. Valt enigszins stug en heeft een zachte glans. Geschikt voor jurken, blouses en garneringen.

*Fabrics for Needlework*

# 10

Brigadier Farrat zat tot aan zijn tepels in stomend water, terwijl de wekker tikte en het hete water drupte. Rondom zijn natte roze lichaam dreven plukjes rozemarijn (ter stimulering van de helderheid van geest) en citroengras (vanwege het aroma). Omdat hij zijn haar met een rauw eendenei aan het wassen was, gleden er snotachtige strepen over zijn voorhoofd, die zich bij de uiteindes van zijn witte wenkbrauwen mengden met het masker van aloëverapulp. Op het badrekje voor hem stond een kopje kamillethee, met daarnaast een opschrijfboekje. Sabbelend op zijn potlood piekerde hij over de jurk die hij had geschetst. Er ontbrak nog een veer aan, een pauwenveer misschien.

De wekker ging. Hij had nog een uur voor Beula zou komen, vol haat en beschuldigingen over al het vreselijks dat was voorgevallen op het dansfeest. Met dichtgeknepen neus liet hij zich dieper in het bruine water zakken, terwijl hij de schoonheidsbevorderende middelen van zijn ondergedompelde lichaam waste. Met zijn billen tegen het emaillen bad gedrukt klauterde hij eruit en ging hij staan, waarbij zijn tomaatrode scrotum lang en dampend omlaag hing. Hij pakte een handdoek en trippelde druipend naar zijn slaapkamer om zich aan te kleden en op de komende week voor te bereiden.

Toen Beula Harridene op de deur van het politiebureau begon te bonken, bestudeerde de brigadier leunend op de balie in zijn breicatalogus, getiteld *Quaker Girl*, de in kleine lettertjes gedrukte instructies voor een patroon van een Italiaanse trui, ontworpen door BIKI uit Milaan. Hij mompelde: 'Naalden nr. 14, 138 st.

opz., brei 9 cm, 1 r., 1 av., boordst. aldus meerderen: 21 r., (11 r., meerder in vlg. st.) en dat acht keer...' Over zijn dikke wijsvinger was een fijne wollen draad gespannen en in zijn handpalmen rustten twee opzij gestoken dunne metalen naalden. Brigadier Farrat droeg zijn politie-uniform, dunne bleekroze sokken en elegante abrikooskleurige balletschoenen met witte satijnen linten die losjes rond zijn stevige enkels waren vastgeknoopt. Beula negerend bleef hij de steken overpeinzen die als bloemblaadjes onder de naalden hingen, en daarna het patroon. Eindelijk legde hij alles neer, vertrok hij al pirouette draaiend naar zijn slaapkamer en deed hij de sokken en schoenen aan die bij zijn uniform hoorden. Vervolgens haalde hij de politiebureaudeur van het slot en ging hij weer achter de balie staan, terwijl Beula al kwebbelend achter hem aan kwam.

'... en de ontucht die zaterdagavond in dit oord werd gepleegd, brigadier Farrat, was verachtelijk en walgelijk. Geloof maar dat er problemen komen als ik die Alvin Pratt eens vertel wat zijn dochter...'

'Brei jij ook, Beula?'

Beula knipperde met haar ogen. Hij draaide de catalogus om en duwde hem naar haar toe. Met haar kin tegen haar hals getrokken bekeek ze het patroon.

'Ik wil dat je in gewoon Engels opschrijft wat deze afkortingen betekenen.' Hij fluisterde in haar oor: 'Codetaal. Ik probeer een bericht van het hoofdkwartier te ontcijferen. Volstrekt geheim natuurlijk, maar ik weet dat je goed geheimen kunt bewaren.'

In de drogisterij positioneerde Nancy meneer Almanac zachtzinnig op een plek vanwaar hij de open deur in de gaten kon houden. Ze gaf hem een duwtje en hij kwam traag in beweging, met een afwijking naar links. Nancy legde haar handen aan weerszijden van haar wangen en trok een gezicht. Meneer Almanac botste tegen een tafel, stuiterde naar de muur en eindigde daar, alsof hij een ladder was die tegen de muur rustte.

'Waarom laat u mij vandaag de post niet halen, meneer A.?'

'Ik hou van mijn ochtendwandeling,' zei hij.

Nancy werkte zijn stijve lichaam de deur door, naar de stoep, zette hem met zijn gezicht de goede kant op en gaf hem een zetje.

'Blijf de scheur in het midden volgen.' Ze keek hoe zijn hoofdeloze gebogen lichaam wegwankelde en rende naar binnen om een telefoontje te plegen.

Ruth was bezig een dikke brief aan Tilly Dunnage boven haar elektrische waterkoker open te stomen. Toen ze telefoongerinkel hoorde, liep ze naar de centrale. Terwijl ze de koptelefoon oppakte, draaide ze de microfoon voor haar mond, trok ze het snoer uit en maakte verbinding met de drogisterij. 'Nance?'

'Ja, met Nance. Hij is onderweg.'

Ruth keerde terug naar de waterkoker, hield de envelop boven de stoom, trok het laatste beetje gom los en liet de brief eruit glijden. Hij was in het Spaans. Ze deed hem terug in haar posttas, verzamelde de post van meneer Almanac en liep naar de deur. Terwijl ze het slot opendraaide, trok ze het rolgordijn omhoog, keerde het bordje op de deur naar OPEN en ging buiten op de stoep staan. Meneer Almanac kwam keurig de scheur volgend op haar af geschuifeld.

'Morgen.' Ze legde haar hand op zijn glanzende schedel.

Hij mat de tijd af aan zijn voetstappen, tot het stopsignaal van zijn hersenen zijn voeten bereikte. 'Goedemorgen,' zei hij, terwijl een veerkrachtige speekselsliert tussen zijn schoenen viel.

Ruth stopte een in bruin papier en met touw omwikkeld bundeltje onder een van zijn stijve armen, keerde hem honderdtachtig graden om en duwde met een wijsvinger tegen zijn schouderbladen. Hij schuifelde weer weg.

'Blijft u wel op de lijn in het midden lopen?'

Eén straat verderop stopte Nancy met het vegen van de stoep voor de drogisterij om naar haar vriend te zwaaien. Reginald sprong de winkel binnen en gebaarde dat Nancy hem moest volgen.

'Wat kan ik voor je doen, Reg?'

Reg zag er gepijnigd uit. 'Ik heb iets nodig voor... een soort uitslag,' fluisterde hij.

'Laat maar zien,' zei Nancy.

Reg trok een gezicht. 'Het is eerder pijnlijk, geïrriteerd...'

'O, je hebt iets verzachtends nodig,' zei Nancy met een veelbetekenend knikje.

'Ja, verzachtend,' zei Reg, en hij zag dat ze de koelkast van meneer Almanac opende. 'Twee grote potten graag.'

Muriel wreef verwoed met een poetsdoek over de benzinepomp voor de winkel toen Beula Harridene met ferme stappen rood en geërgerd op haar af liep.

'Hallo, Beula.'

'Die Myrtle Dunnage, of eigenlijk noemt ze zich nu Tilly, is zaterdagavond naar het dansfeest geweest.'

'Echt?'

'Met die Teddy McSwiney.'

'Echt?' zei Muriel weer.

'En je raadt nooit wat ze droeg, of liever gezegd, bijna droeg: een groen tafelkleed dat ze bij jullie heeft gekocht. Ze had het gewoon om zich heen gewikkeld. Je kon alles zien. Van afschuw kon niemand een woord uitbrengen. Die meid gaat weer het verkeerde pad op, ze is nog erger dan haar moeder.'

'Dat geloof ik direct,' zei Muriel.

'En raad eens wie er de héle avond bij Gertrude was?'

'Wie dan?'

Juist op dat moment reed William langzaam voorbij in zijn moeders oude zwarte monster. Toen de dames zich naar hem omdraaiden, tilde hij twee vingers op van het stuur, neeg zijn hoofd en gleed verder.

Muriel keek Beula aan en sloeg haar armen over elkaar.

Beula knikte. 'Let op mijn woorden, Muriel. Voor je het weet neemt hij haar mee naar achter de begraafplaats.'

Lois zat op haar knieën met één vuile arm tot aan haar pols in een emmer vol warm zeepwater en rondom haar een natte glanzende vloer. Ze was een gedrongen vrouw met een schort van vet dat op haar dijbenen wipte wanneer ze liep. Haar korte, grijze haar vormde een soort hanenkam en op haar schouders sneeuwde het plakkerige hoofdhuidschilfers. Hoewel ze nog maar één vierkante meter van Irma Almanacs vloer had geboend, zweette ze al flink, waardoor er zilt vocht van het puntje van haar rode neus droop.

Irma was op weg naar haar plekje. Met haar stramme knokkels trok ze aan de wielen van haar rolstoel, haar botten knarsend als krijt op een schoolbord. Met piepende as rolde de rolstoel richting haard.

'Irmalief, waar is je boter?' vroeg Lois.

Irma gebaarde met haar blauwe ogen naar de koelkast. Lois wreef de tandwielen en de bewegende delen van de rolstoel rijkelijk met boter in en reed hem heen en weer, heen en weer.

Het gepiep was voorbij, maar Irma kromp ineen en haar ogen werden vochtig.

'Heb je ook wat smeermiddel voor je botten nodig, Irmalief?'

Irma keek toe hoe Lois haar vloer boende. Ze wilde dat ze de kracht had haar opdracht te geven de stoelen op tafel te zetten en ook eronder schoon te maken. Dat stukje vloer was al niet meer gedaan sinds Lois jaren geleden was ingehuurd om het huis 'schoon te maken'.

'Hoe was het feest?' vroeg ze.

'Tja, ik wil natuurlijk niet roddelen...'

'Nee.'

'... maar die Myrtle Dunnage, die zichzelf tegenwoordig Tilly noemt – nou, die is volkomen onbeschaamd, ze droeg namelijk een vreselijk uitdagende jurk, gewoonweg obsceen, en liep de hele avond als een hondje achter Teddy McSwiney aan. Als je 't mij vraagt, zijn dat slechte lui. Het gaat mij niet an, net als 't mij niet angaat wat Faif O'Brien allemaal doet, maar die Tilly gaat nog voor veel problemen zorgen, wacht maar af. Blijkbaar zijn de jonge Gertrude Pratt en die William de hele avond samen geweest...'

'Gertrude, zei je?'

'... en Nancy vertelde dat Beula had gezegd dat ze denkt dat Gertrude nu wel gaat trouwen. En wat denk je dat Elsbef daarvan vindt?' Lois had zoals altijd moeite met bepaalde klanken.

# 11

De zon bescheen brigadier Farrats rug terwijl hij op zijn achterveranda zat te ontbijten. Hij hield een banaan bij het uiteinde vast, zorgde dat het kromme deel stevig op een bord lag en sneed hem doormidden, om hem vervolgens te verdelen in partjes van gelijke grootte. Hij legde zijn mes neer en verwijderde met een sierlijk dessertvorkje voorzichtig de schil, waarna hij een halvemaantje in zijn mond stopte en snel kauwde. Nadat hij over Tilly's groene jurk had gehoord, vroeg hij zich af of hij haar om een struisvogelveer kon vragen. Hij at wat toast met marmelade, veegde de kruimels van zijn kleding – een pakje van Rita Hayworth dat hij had nagemaakt van een foto van Rita's huwelijk met Aly Khan. Hij had zijn hoed voorzien van een bredere rand, vijfenveertig centimeter, en aan de rand een bleekblauwe voile en witte rozen van crêpepapier bevestigd. Hij zuchtte. Deze kledij zou volmaakt geschikt zijn geweest voor een bezoek aan de paardenrennen.

Boven op de Heuvel zat Tilly gebogen over haar naaimachine een vijftien centimeter lange rits aan een lijfje van een violette jurk te bevestigen, waarbij haar ervaren vingers de stof ratelend over de steekplaat leidden. Molly kwam de keuken binnen en sloeg onderweg naar de achterdeur met haar wandelstok de peper- en zoutvaatjes, een vaas vol gedroogde kruiden en een wierookbrander van het aanrecht. Tilly naaide door. Steunend tegen de veranda zag Molly buiten een gedaante naderbij komen: een jongeman die zijn armen hoog opzwaaide bij wijze van tegenwicht voor een in een enorme laars gestoken horrelvoet onder zijn verschrompelde been. Bij het hek nam hij zijn gedeukte hoed af en bleef daar met een brede grijns dampend staan, ondanks de vele rode pukkels met gele puntjes op zijn gezicht. Zijn mond was klein en hij had te veel tanden. Zijn jasje zat strak en zijn korte broek te wijd.

'Mevrouw Dunnage?'

'Ik weet het,' zei ze.

Barneys glimlach verdween. 'Ik ben het, Barney.'

'Zijn wij familie van elkaar?'

'Nee.'

'Godzijdank.'

'Mag ik Tilly alstublieft spreken?

'Denk je serieus dat ze jou zou willen spreken?'

Barney knipperde met zijn ogen en slikte. Zijn gezicht betrok en hij verfrommelde zijn hoed tussen zijn knuisten.

'Hallo, Barney.' Tilly was achter Molly komen staan. Ze glimlachte naar hem.

'O, goed,' zei hij, en pas toen zag hij dat ze slechts een korte helderblauwe zijden onderjurk droeg. Hij wiebelde van de ene voet op de andere en toen weer terug, treurig leunend op zijn horrelvoet.

'Heeft Teddy je gestuurd?'

'Ja.'

'Barney...' Ze kwam het trapje af en liep naar hem toe, waarop hij een stap achteruit deed. 'Wil je alsjeblieft teruggaan en Teddy vertellen dat ik echt niet met hem naar de paardenrennen wil, en dat ik dat serieus meende?'

'Ja, ik weet het, maar ik dacht dat je misschien wel met mij wilde gaan. Alsjeblieft?' Hij boog weer en deukte zijn hoed in.

Terwijl Molly haar mond al opendeed, draaide Tilly zich om en legde haar hand erop. 'Molly, voor mijn part pleeg je zelfmoord, maar ik ga niet,' zei ze. Molly's verbrande dijbenen deden in een warm bad nog steeds pijn. Tilly draaide zich weer om naar de terneergeslagen knaap. 'Het is niet dat ik niet met jou wil gaan...'

'Nonsens, dat is het wel. Het komt doordat je spastisch bent,' piepte Molly.

Naar de grond starend telde Tilly tot tien voor ze opkeek in Barneys gekwetste gezicht met de betraande blauwe oogjes. 'Wil je binnenkomen terwijl ik een zoom leg in mijn jurk, Barney? Het duurt maar een minuutje.' Ze wendde zich tot haar moeder: 'En ga jij hier maar staan wortelschieten.'

'Ik ben dol op wortels,' reageerde Molly met een glimlach naar Barney. 'Kom binnen, jongen, ik zet een kopje thee voor je. Laat haar maar niets voor je maken, ze is een gifmengster. Is het niet vreselijk onhandig om altijd maar die horrelvoet met je mee te slepen? En heb je toevallig ook een bochel?'

Brigadier Farrat stond voor de spiegel. Hij was naakt tot aan zijn brede nieuwe corrigerende wikkelgordel, speciaal ontworpen om 'de zwemband aan het zicht te onttrekken en tegelijkertijd het middenrif in bedwang te houden'. Zorgvuldig kleedde hij zich aan en pakte vervolgens zijn Brownie-boxcamera, terwijl hij zijn slankere spiegelbeeld bewonderde. Zijn blik viel op het pakje van Rita Hayworth, dat op het bed achter hem lag, en hij fronste zijn wenkbrauwen.

De tribune zat vol, iedereen wachtte op de volgende race. Elsbeth leek zich ongemakkelijk te voelen in de warme, naar paarden ruikende lucht. William Beaumont verscheen met Gertrude Pratt aan zijn arm en Alvin in zijn kielzog. De toeschouwers stopten met zichzelf koelte toe te wuiven met hun raceformulier om naar hen te kunnen kijken. Mona hapte naar adem en Elsbeths hand schoot omhoog naar de broche van marcasiet op haar kraag. Ze wendde zich af en gebruikte haar toneelkijker om met een ernstig gezicht de verre, lege startboxen te bestuderen. Mona hield haar zakdoek voor haar mond en schoof dichter tegen haar moeder aan. William, Gertrude en Alvin baanden zich een weg door de menigte en namen plaats naast Elsbeth. Alvin glimlachte breed naar haar en begroette haar, terwijl Gertrude haar glimlach richtte op een bepaald punt voorbij de boomtoppen en William vriendelijk lachte naar de starende mensen op de tribune.

Toen vroeg Alvin: 'Heb jij een weddenschap geplaatst, Elsbeth?'

'Ik gok nooit,' zei ze.

Alvin stootte een kort lachje uit. 'Aha, je bent hier alleen als nieuwsgierig Aagje.'

Elsbeth gaf haar toneelkijker aan Mona.

Alvin ging vrolijk verder: 'Ik denk dat ik maar eens ga inzetten op nummer dertien, op Goede Partij.'

De toeschouwers begonnen langzaam weer met hun raceformulieren te wapperen. Elsbeth krijste: 'Ja, jij wilt er natuurlijk met de hoofdprijs vandoor.'

Gertrude bloosde en William beet op zijn onderlip, terwijl hij naar zijn schoenen staarde.

Alvin stond op, schraapte zijn keel en zei heel, heel duidelijk: 'Mevrouw Beaumont, aangezien ik zeker wist dat ik u hier zou tegenkomen, heb ik de gelegenheid te baat genomen uw openstaande rekeningen mee te brengen van... de afgelopen twee jaar.'

Hij stak zijn hand in de binnenzak van zijn jas. 'Ik dacht dat ik mezelf zo de postzegels kon besparen. U weet hoe het is.' Ze griste de dikke stapel rekeningen uit zijn hand. Gertrude stond op en beende weg door de menigte, die plaats voor haar maakte.

William stond naast Alvin op en keek woedend naar zijn moeder. 'Potjandorie,' zei hij, waarna hij zich een weg baande door de strooien hoeden, zonnehoeden en baretten en de in witte handschoenen gestoken handen die woest met hun wedstrijdformulieren wapperden.

Tilly kwam in haar nieuwe jurk en met een breedgerande strooien hoed op naar de keukentafel. Haastig stond Barney op, waardoor zijn stoel omviel. Hij slikte. Op het puntje van zijn vooruitstekende kin plakten kokos en roze glazuur. Tilly stond met het licht achter haar in de grijze keuken in haar violette jurk. Hij was gemaakt van shantoeng en had een diepe vierkante halsuitsnijding en een lijfje dat tot over haar dijen de vorm van haar lichaam volgde. Ter hoogte van haar knieën wervelde en danste een korte, aangerimpelde satijnen rok. Haar armen en benen waren bloot en Barney bedacht dat het een hele toer moest zijn om in evenwicht te blijven op die hooggehakte zwarte sandaaltjes.

'Barney,' zei Tilly, 'ik denk dat je er recht op hebt om dit te weten. Je broer heeft jou gestuurd om mij mee te vragen naar de paardenrennen. Zodra we daar aankomen, wil hij mij van je overnemen. En dan gaat hij jou geld geven om weg te gaan. Heb ik daar gelijk in?'

'Nee. Dat klopt niet. Ik heb ervoor gezorgd dat hij me nu al betaald heeft.'

Teddy wachtte op de hoek bij de bibliotheek in een stokoude, maar helder glanzende Ford toen Tilly, sprankelend in het zonlicht in haar briljante zijden japon, langsslenterde aan de arm van de hobbelende Barney. Terwijl ze voorbijliepen over de beekoever aan de overkant, waren ze druk aan het kletsen en negeerden ze hem, hoewel hij naast hen bleef stappen, onderweg naar Oval Street, naar het footballveld, dat buiten het seizoen fungeerde als renbaan of cricketveld.

De vrouwen in hun degelijke doorknoopjurk van gebloemde katoen met geplooide rok bleven stilstaan om hen aan te staren. Hun mond viel open, terwijl ze met opgetrokken wenkbrauwen wezen en fluisterden: 'Die denkt zeker dat ze de koningin is.'

Tilly schreed aan Barneys arm naar de stallen. Teddy liep glimlachend naast hen en tikte tegen zijn hoed toen hij langs de gapende dorpsbewoners liep. Het drietal keerde de menigte de rug toe en ging op het stalhek geleund naar de paarden kijken. Barney zei: 'Mijn beste vriend, Graham, is een paard.'

'Jij ook,' mompelde Teddy.

'Ik hou van paarden,' zei Tilly.

'Mam zegt dat ik niet helemaal af ben. Volgens pap ben ik half geld waard.'

'Over mij zeggen ze ook van alles, Barney.' Ze vingen zachte sisklanken op en Teddy hoorde Tilly heel zachtjes zeggen: 'Als je wilt, kunnen we naar huis gaan.' Hij draaide zich om, om naar de vrouwen achter hen te kijken. Ze stonden daar dicht naast elkaar in groepjes en paren, te kijken naar hun eigen jurken van bleke gedessineerde kunstzijde, met schoudervullingen, taillebanden, opvallende bustenaden, preutse hooggesloten halslijnen, driekwart mouwen, tweedpakken, handschoenen en vormeloze grote hoeden met voor hun gezicht hangende randen.

Het kwam door de violette jurk. Ze hadden het over Tilly's jurk.

'Er is geen reden om weg te gaan,' zei Teddy.

Gertrude Pratt kwam naar voren en ging tussen Tilly en Barney staan. 'Heb jij die jurk gemaakt?' vroeg ze.

Tilly draaide zich naar haar toe en antwoordde behoedzaam: 'Ja. Ik ben coupeuse. Je kent Barney wel, hé?' Tilly gebaarde naar Barney, die achter Gertrudes rug stond te schuifelen.

'Iedereen kent Barney,' zei Gertrude geringschattend. Haar blik bleef rusten op Tilly's gezicht. Het was een ongewoon gezicht, met een fluwelige lichtblanke huid. Ze zag eruit als iemand uit een film en het leek wel of de lucht rondom haar anders was.

'Ah-ha, Gertrude, daar ben je!' Het was brigadier Farrat.

Ze keerde zich naar hem toe. 'Jeetje, wat een mooie parasol.'

'Uit de gevonden voorwerpen. William zoekt je, Gertrude. Ik denk dat je hem zult aantreffen bij...'

Gertrude draaide zich weer om naar Tilly. 'De brigadier bedoelt William Beaumont. William en ik zijn verloofd, bijna in elk geval.'

'Gefeliciteerd,' zei Tilly.

'Dus je hebt de coupeuseopleiding gevolgd?'

'Ja,' antwoordde Tilly.

'Waar?'

'In het buitenland.'

'Kijk, nu komt hij hierheen,' zei brigadier Farrat.

Gertrude haastte zich om haar vriend te onderscheppen, de lange jongeman vast te grijpen en hem mee te trekken.

'Je ziet er heel aantrekkelijk uit, Tilly,' zei brigadier Farrat stralend, maar Tilly keek naar Gertrudes jongeman en hij keek naar haar.

'Ik herinner me hem,' zei Tilly.

'Hij plaste vroeger op school in zijn broek,' zei Teddy.

William vond het lange meisje met het ongewone gezicht en de krachtige schouders opvallend mooi. Aan weerszijden van haar stond een McSwiney, als schildwachten naast een stralend standbeeld.

Gertrude trok aan Williams arm. 'Is dat...' vroeg hij.

'Myrtle Dunnage en de McSwineys. Ze verdienen elkaar.'

'Ik hoorde dat ze terug was,' zei William, starend. 'Ze is een schoonheid.'

Weer trok Gertrude aan zijn arm. Hij keek omlaag naar zijn poezelige bruinogige vriendin, met rode ogen en een rode neus van het huilen, en de zon in haar gezicht.

Die avond lag Gertrude met haar benen wijd op de achterbank van de auto. Williams armen verdwenen tot aan zijn ellebogen in haar onderjurken, zijn mond was op de hare geperst en hij hijgde door zijn neus, toen ze haar gezicht wegdraaide met de woorden: 'Het is tijd om naar binnen te gaan.'

'Ja!' zei William, en hij reikte al naar zijn gulp.

'Néé!' zei Gertrude en ze duwde tegen zijn schouders. Ze worstelde, tastte rond in het donker, terwijl Williams vocht overal op droop en hij aan de huid in haar hals zoog. Ze kroop onder hem vandaan en verdween. William bleef gezwollen hijgend en alleen in zijn moeders auto achter. Hij krabde op zijn hoofd, trok zijn das recht en zuchtte. Hij reed naar het Station Hotel, maar daar was geen teken van leven te bespeuren. Op de top van de Heuvel brandde een zachtgeel licht, dus reed hij daarheen, en hij stopte aan de voet om een sigaret te roken. Mona zei dat die meid van Dunnage blijkbaar had gereisd en juffrouw Dimm tot wanhoop dreef, omdat ze in de bibliotheek steeds vreemde boeken reserveerde. Ruth Dimm zei dat ze zelfs elke maand met de post een Franse krant kreeg.

Hij reed naar huis, waar zijn moeder hem opwachtte. 'Waarom?' riep ze.

'Waarom niet?'

'Je kunt niet met haar trouwen, met zo'n vette koe!'

'Dat kan ik best, als ik dat wil,' zei William, en hij stak zijn kin in de lucht.

Elsbeth keek naar haar enige zoon en krijste: 'Ah, ze hééft je zeker al gehad, en er is niet veel fantasie voor nodig om te bedenken hoe dat is gegaan.'

Williams stem rees tot het typische, schelle Beaumont-geluid. 'Ik wil een toekomst, een leven...'

'Je hebt al een leven!'

'Maar geen éígen leven.' Stampvoetend liep William naar zijn kamer.

'Néé!' jammerde zijn moeder.

Hij draaide zich om. 'Het is zij of Tilly Dunnage.'

Elsbeth liet zich in haar stoel vallen. Terwijl hij langs Mona's kamer liep, riep William: 'En jij zou ook iemand moeten vinden.'

Mona's vochtige gewrijf onder de dekens stopte en ze beet op het laken.

De volgende dag toog William naar Alvin Pratt en tegen de avond was alles beklonken. William zou beneden zijn stand trouwen, waarmee hij zijn moeder weer op haar plaats zette.

# 12

Marigold Pettyman, Lois Pickett, Beula Harridene en Faith O'Brien stonden bij de lege etalage van Pratt. Alvin had twee dagen geleden alle speciale aankondigingen weggehaald. Purl, Nancy en Ruth voegden zich bij de groeiende menigte. Eindelijk verscheen Alvin in de etalage, helemaal onder het beige stof. Hij veegde een paar dode bromvliegen weg en legde een catalogus open neer bij een bladzijde met daarop vijf bruidstaarten, die vanuit alle mogelijke hoeken gefotografeerd waren. Daarnaast zette hij een rijkelijk versierde, volmaakte bruidstaart met twee verdiepingen op een zilveren blad. Voor hij de kanten gordijnen achter zich sloot, glimlachte hij liefdevol naar zijn prachtige creatie.

Binnen bladerden Muriel, Gertrude en Trudy op de fournituurentoonbank samen in een tijdschrift. Molly zat in haar rolstoel naast hen, terwijl ze door de deur naar buiten keek.

'Lois Pickett ziet er ook altijd uit als een zakdoek vol theevlekken,' merkte ze op.

Tilly schonk haar een verwijtende blik.

'En we weten allemaal dat Marigold Pettyman de laatste tijd behoorlijk uit haar evenwicht is.'

De trouwjurk waar ze naar keken was strapless, met een overdreven strak ingesnoerde taille, omwonden door een dikke satijnen band, met daaronder een overrok van met kraaltjes bezette tule die er erg gewoontjes uitzag. Boven aan het lijfje zat weer een prop satijn, een strik, bedoeld om elk spoor van een decolleté te camoufleren.

Gertrude wees naar een plaatje en zei: 'Die, die is mooi.'

'Die is prachtig, Gert,' zei Muriel, en ze deed een stapje achteruit om zich haar dochter in de witte trouwjurk voor te stellen.

'Daarin kun je die dijen van je verstoppen,' zei Molly.

Tilly duwde haar moeder naar de ijzerwarenafdeling en parkeerde haar voor een plank met dozen vol spijkers. Molly had weliswaar gelijk over de dijen, maar Gertrude beschikte over een taille die Tilly kon accentueren, wat haar heupen ook beter zou doen uitkomen. En dan had je nog haar vierkante achterwerk, de vormeloze stakerige benen en bijbehorende armen, en onder dat vest was Gertrude ook nog eens flink behaard, waardoor er van blote huid geen sprake kon zijn. Bovendien had ze een kippenborst. Weer bekeek Tilly de japon. 'O, nee,' zei ze, 'dat kan nog veel beter', en Gertrude durfde weer adem te halen.

Teddy leunde op de bar, terwijl Purl hem alles over de bruiloft vertelde.

'... dus Elsbeth is natuurlijk woedend. Volgens Ruth heeft ze de uitnodigingen nog niet op de post gedaan, maar Myrtle Dunnage heeft met Winyerp gebeld en zes meter stof en vijf meter kant besteld. Dat zou vrijdag moeten aankomen.'

'Vrijdag?' herhaalde Teddy.

'Per trein.'

Teddy kwam die avond naar de veranda op de Heuvel en vertelde over de slechte postbezorging rond kerst en de nieuwe dieseltreinen waarover Hamish altijd klaagde omdat ze steevast te laat waren. Tilly luisterde tegen de deurstijl geleund met over elkaar geslagen armen. Ze trok een wenkbrauw op.

'... en volgens mij is het een overhaaste beslissing van William,' zei hij, 'volkomen overhaast.'

'Dus jij denkt dat Gertrude haar trouwjurk zo snel mogelijk nodig heeft?'

'Ik niet, maar ik vermoed dat Gertrude dat wel denkt, zodat het allemaal in kannen en kruiken is.'

'Misschien zouden we het aan de treinen moeten overlaten, en aan het lot.'

'Maar dan zou niemand ooit te weten komen hoe goed je kunt

naaien.' Hij stak zijn handen in zijn zakken en keek naar de sterren. 'En ik rijd morgen toevallig naar Winyerp.' Hij keek haar aan. 'Molly zou het misschien een leuk ritje vinden. Heb je ooit in een auto gereden, Molly?'

'Het lijkt me maar niks,' zei ze.

Teddy zei dat hij rond achten zou vertrekken.

Toen hij de volgende ochtend bij zijn auto kwam, zat ze er al in, heel charmant met haar cloche en zonnebril. Ze keek op haar horloge en joeg een vlieg weg. 'Hallo,' zei Teddy. Hij liet haar met rust en zette haar om negen uur af met het plan om rond twaalven weer bij de pub met haar af te spreken. Bij de lunch trakteerde hij haar op een bord groenten en een glas donker bier, en nam hij haar pakjes mee, waarna hij haar de hele middag met rust liet. Aan het eind van de middag bracht hij haar naar huis. Toen ze naar binnen ging, ontdekte ze dat Molly haar naaimachine volledig uit elkaar had gehaald. Het duurde drie dagen voor ze alle onderdelen weer had gevonden en hem weer in elkaar kon zetten.

Een week voor Kerstmis zat Tilly gebogen over haar naaimachine aan de keukentafel, blij om weer iets te kunnen maken. Molly zat in haar rolstoel naast het fornuis de trui die ze droeg uit te halen, waardoor er een kronkelig hoopje wol op haar knieën ontstond. Tilly wierp er een blik op. 'Waarom doe je dat?' vroeg ze.

'Ik heb het warm.'

'Ga dan weg bij het vuur.'

'Dat wil ik niet.'

'Doe waar je zin in hebt.'

Ze trapte stevig op het elektrische pedaal. Molly pakte de pook, verstopte hem onder het dekentje op haar knieën en bracht de rolstoel langzaam in beweging.

Tilly's vingers duwden het gladde goed onder het vlug bewegende voetje door, terwijl de naald voortraasde. Molly rommelde onder haar dekentje, vond de pook, hief hem hoog op en liet hem juist op Tilly's hoofd neerkomen toen Teddy op de hordeur roffelde. Hij hoorde gejammer en daarna gestommel.

Hij zag Tilly in de hoek staan, met haar handen om haar achterhoofd. Molly zat onschuldig naast de haard haar trui uit elkaar te trekken. Op de grond bij de tafel lagen satijn en kant op een hoopje bij elkaar, als een wolkvormig kussen.

'Wat is er gebeurd?'

'Ze heeft me geslagen,' zei Tilly.

'Nietes.'

'Jawel, je hebt me met de pook geslagen.'

'Liegbeest. Je wilt gewoon dat ze me komen halen. Jij bent hier degene die gevaarlijk is, je hebt mijn buidelrat vermoord.' Molly begon te huilen.

'Vanwege de rook in de schoorsteen is hij terugverhuisd naar de boom, je kunt hem altijd opzoeken.' Ze wreef over haar hoofd.

'Als jij niet de hele tijd in je ketel staat te roeren.'

Teddy keek van de een naar de ander, liep vervolgens op Molly af, wreef over haar knokige rug en gaf haar zijn zakdoek. 'Kalm maar,' suste hij.

Jammerend liet Molly zich tegen hem aan vallen. Hij gaf haar zijn heupfles. 'Ik heb precies wat je nodig hebt.' Ze griste hem uit zijn hand en zette hem aan haar lippen.

Intussen ging Teddy naar Tilly en stak zijn hand naar haar uit. 'Laat eens zien.'

'Niets aan de hand.' Ze kroop dieper in de hoek, maar hij hield vol. Hij stak zijn vingers in haar prachtige haardos en voelde aan haar warme schedel. 'Er zit een bult op je hoofd.' Hij keek juist naar Molly toen ze zijn heupfles voorin haar nachtpon liet glijden.

'Geef eens terug.'

'Kom maar halen.'

Teddy trok een grimas. Tilly greep met beide handen onder haar moeders nachtpon, vond de fles en gaf hem terug aan Teddy.

'Hij is leeg,' zei deze.

Tilly legde de stof van Gertrudes trouwjurk op een hoopje op tafel.

'Ik wilde jullie allebei uitnodigen voor een kerstborrel morgenavond, maar...' Hij keek opzij naar Molly en schudde nogmaals met zijn fles.

'Ik zou dolgraag komen,' zei Molly, waarna ze een boer liet.

'Ik kom niet,' zei Tilly.

'Geen enkel probleem. Hij komt me wel ophalen, toch, jongen?'

Dat deed hij inderdaad, en hij bracht rozen mee voor Tilly. Een enorme bos fluwelige scharlakenzwarte rozen, die sterk geurden naar zoetigheid, zomer en beekwater in de mist. Tilly was stomverbaasd.

'Gisteravond heb ik mijn leven voor je geriskeerd om ze te bemachtigen.'

'Welke tuin, die van Beula of brigadier Farrat?'

Teddy knipoogde. 'Kom je mee?'

'Nee.'

'Eén drankje maar.'

'Ik waardeer het dat je een uur of wat op Molly past, dat meen ik echt.'

'Je kunt nog steeds komen.'

'Ik vind het wel fijn om even alleen te zijn.'

Molly stond al bij het verandatrapje. 'Kom dan, laat haar maar pruilen,' riep ze.

Vanaf het trapje vroeg Teddy een laatste keer smekend: 'Kom, alsjeblieft. Het wordt een leuke avond bij de vuilnisbelt, met voor de kinderen een stapel cadeaus van de Kerstman onder de boom, ze krijsen er beneden allemaal om.'

Glimlachend sloot ze de deur en zei zachtjes: 'Daar zou ik verdrietig van worden.'

# 13

Elsbeth ging naar bed en weigerde ook maar iets met de huwelijksplannen te maken te hebben. Hoewel William een beetje wanhopig werd, leek er gewoon vooruitgang geboekt te worden. Meneer Pratt stond weer toe dat ze op krediet kochten, waardoor hij toch serieus kon overwegen verbeteringen op het bedrijf door te voeren. Om te beginnen kon hij wat stalen hekpalen kopen om een paar afrasteringen te repareren, een nieuwe tractor aanschaffen, de oogst van het volgende jaar zeker stellen. Er zouden kinderen komen, die zouden grootgebracht moeten worden, en Gertrude zou zich schikken, ze zou dingen leren...

Hij las haar een sonnet voor – Shakespeare, nummer 130. 'Wat vond je ervan, schat?'

'Wat?'

'Dat was Shakespeare, William Shakespeare.'

'Prachtig.'

'Ja, en wat vond je er het mooist aan, Gertrude?'

'De meeste gedichten zijn te lang, dit niet.'

Ze stonden onder een lichtkrans van motten die rond de lamp boven de achterdeur van Pratt ronddansten. William draaide de hele tijd zijn hoed rond in zijn handen. 'Volgens Mona zijn de uitnodigingen klaar om verstuurd te worden...'

Mona had nooit durven dromen dat ze ooit iemands bruidsmeisje zou zijn. Aangezien Elsbeth weigerde een gastenlijst te leveren, stelde Mona er eentje voor Gertrude samen. Daarop zette ze eenvoudigweg ieder familielid en ieder schoolvriendje dat William ooit had gehad.

'... ik had eigenlijk gehoopt op een kleine bruiloft, ik had niet beseft...'

'Kus me, William, je hebt me al eeuwen niet meer gekust,' zei Gertrude pruilend.

Hij gaf haar een kusje op haar wang, maar ze stak haar armen naar hem uit.

'Gertrude, ik moet je iets vertellen, eh... ik weet dat je je jurk al hebt en alles...'

'Het is een trouwjapon, William, een trouwjapon.'

'... en alle voorbereidingen gaan allemaal zo... nou ja... snel, het lijkt erop dat je het allemaal uitstekend regelt. Ik vraag me alleen af, omdat dit toch voor de rest van ons leven wordt geacht te zijn, het ging gewoon... zo snel en... Nou ja, als je niet zeker weet of je wel gelukkig zult zijn met mij buiten het dorp, en met moeder en Mona, dan kan het geen kwaad om te wachten, tot we er meer vertrouwen in hebben, en we het niet meer zo druk hebben, na de oogst... We kunnen makkelijk... Dat zou ik begrijpen.'

Toen Gertrudes kin zich samentrok, verschenen er kuiltjes in, en ze kneep haar ogen zo stijf dicht dat het verschrompelde abrikozen leken. 'Maar je, ik bedoel we... Ik zou nooit... Ik dacht dat je van me hield. En mijn goede naam dan?' Er ging een lamp branden aan de voorkant van het huis. Gertrude zonk neer op de houten vloerplanken en ging met haar handen voor haar gezicht tussen de oude schoenen en het tuingereedschap zitten. Zuchtend boog William zich naar haar toe. Hij wreef over haar schouder.

Hij zat naar zijn schoenveters te staren toen hij rumoer bij de kerkdeur opmerkte. De gasten draaiden zich om en de menigte zei als één man: *ooo*. William sloot zijn ogen, terwijl Faith de bruidsmars speelde. Hij haalde diep adem, opende zijn ogen en keek door het gangpad. De diepe frons tussen zijn wenkbrauwen verdween en zijn wangen kregen weer kleur. Zijn schouders ontspanden en hij hupte op zijn tenen. Zenuwen, het waren alleen maar zenuwen geweest. Ze zag er prachtig uit. Haar donkere kastanjebruine lokken waren in een soort golf opgestoken en werden op hun plaats gehouden door een rijtje wondermooie roze rozen, haar fluweelbruine ogen sprankelden. Haar hals leek slank en haar huid een perzikhuidje. Daar stond ze in een abrikooskleurige tafzijden japon met een diepe hals – maar niet te diep –, met driekwart mouwen van effen gebroken witte tule. Het lijfje was nauwsluitend en de stof spande naar beneden toe om haar heupen, waar het allerfraaiste te zien was: een grote zachte strik onder haar zitvlak, waaronder de stof elegant en zwierig omlaag viel. Aan de strik hingen linten die een sleep van wel drie meter vormden, terwijl ze langzaam naar hem toe liep, waarbij de tafzijde dun en soepel rond haar benen danste. Gertrude Pratt oogde vrouwelijk en begeerlijk, en dat wist ze. Bevend en gebogen kroop Mona achter haar aan. Haar haar viel in zachte krullen op haar schouders en ze droeg een krans van roestkleurige matte rozen die volmaakt paste bij haar oranjebruine tafzijden japon. Hij was zo ontworpen dat hij de paar welvingen waarover Mona beschikte mooi liet uitkomen. De zijde omspande haar dijbenen en liep vanaf haar knieën iets wijd uit. Over haar afhangende schouders was een gebroken witte tulen watervalhals gedrapeerd, die in een opvallende lus tot onder aan haar rug hing. De bruid en het bruidsmeisje hielden enorme boeketten van vrolijk gekleurde rozen in hun handen. Toen ze voorbijliepen, zagen de vrouwen dat de naaister echt kon toveren met stof en schaar. Gertrude zag William haar blik stralend beantwoorden en ze wist dat alles in orde was.

Elsbeth zat met een uitdrukkingsloos gezicht in de voorste bank. Ze was pas opgestaan toen Williams studievriënden en al haar familieleden binnenkwamen, juichend en joelend over de heuglijke gelegenheid.

Haar modieus geklede nicht Una uit Melbourne boog zich naar haar toe met de woorden: 'Uit de kunst', en glimlachte vervolgens goedkeurend.

Elsbeth draaide zich vertwijfeld om en nam een hooghartige houding aan. Haar kin ging omhoog en ze nam wederom haar 'ik-ruik-poep-aan-iemands-schoenuitdrukking' aan. 'Ja,' zei ze tegen haar nicht, 'mijn schoondochters familie zit in de handel, ze bewegen zich in commercieel georiënteerde kringen.' Gertrude stond te stralen en steunde bij het altaar op de arm van haar trotse vader. Omdat Muriel in tranen uitbarstte en rood en benauwd werd, moest ze naar buiten worden gebracht, waar ze haar korset uittrok. Daardoor miste ze de ceremonie.

Na afloop stond het fraai uitgedoste bruiloftsgezelschap in de uitbundige zonneschijn stralend te lachen naar de klikkende sluiters van de Brownie-boxcamera's. Kleine meisjes in mooie jurken hingen kanten hoefijzers aan Gertrudes arm, terwijl brigadier Farrat Williams arm lange tijd krachtig schudde, intussen kijkend naar de mooie afwerking van de japonnen. Gertrude en William bleven stilstaan bij de Triumph Gloria om te wuiven naar de nieuwsgierige aagjes Purl en Fred, Lois, Nancy, Ruth en haar zuster juffrouw Dimm en Beula, die allemaal in hun peignoirs en op hun sloffen langs het hek stonden te toe te kijken. Muriel had de vrienden die ze al haar hele leven kende en trouwe klanten willen uitnodigen voor de bruiloft van haar enige dochter, maar Gertrude had eenvoudigweg gezegd: 'We zullen raadslid en Marigold Pettyman vragen te komen, en de brigadier, maar dat is het.'

In de zaal dromden de gasten vrolijk samen rond gebleekte damasten tafelkleden onder crêpepapieren pioenrozen en satijnen linten. De dames van de bond voor plattelandsvrouwen schonken de champagne in voor het proosten, bier voor de mannen en wijn voor de vrouwen, en serveerden kipsalade, gevolgd door schuimtaart.

Tilly Dunnage kwam nog net op tijd voor de toespraken. In het donker stond ze buiten door de deuropening over de hoofden van de zittende gasten te kijken.

William stond op en tikte met zijn lepel tegen zijn glas. Hij zag er blozend en opgetogen uit. Zijn eerste woorden waren: 'In het leven van iedere man komt er een moment waarop...' Hij bedankte zijn moeder, zijn overleden vader, zijn zuster, meneer en mevrouw Pratt, zijn prachtige stralende bruid, het legertje cateraars en vrienden die met de verfrissingen hielpen, zonder wie dit hele festijn niet mogelijk was geweest, de dominee voor zijn mooie woorden, brigadier Farrat en mejuffrouw Beula Harridene voor de schitterende bloemen. Hij eindigde met: '... en ik denk dat ik iedereen nu wel gehad heb, dus wil ik nu zonder verdere omhaal een toost uitbrengen...', waarop er precies tegelijkertijd geschraap van vijftig stoelen klonk toen de gasten massaal opstonden om samen met hem staande te proosten op de koning en het vaderland, de minister-president, de blije gebeurtenis en de toekomst. Bravo.

Iedere vrouw die die middag in de War Memorial Hall zat, spitste haar oren, en wachtte met ingehouden adem op de naam van de naaister of costumière. Ze werd niet genoemd.

Thuis zat Tilly bij de haard met een glas bier en een sigaret herinneringen op te halen aan haar schooltijd met de kleine dikke Gertrude, die extra elastiekjes in haar vlechten moest doen vanwege haar dikke bos haar. Tijdens de lunchpauze zat Tilly altijd op de houten bank aan de rand van het schoolplein te kijken naar de jongens die cricket speelden. In de hoek er schuin tegenover waren de kleine Gertrude, Nancy, Mona en nog een paar meisjes aan het hinkelen.

Toen stuiterde er een rubberen cricketbal over de grond en rolde langs haar. Stewart Pettyman riep: 'Pak hem, Dunnybum, pak hem!'

Een andere jongen riep: 'Nee, nee, dan neemt ze hem weer mee naar de meisjes-wc!'

'Ja, dan kunnen we haar weer pakken!'

Ze begonnen allemaal te brullen: 'Pak de bal, Dunnybum, en we zullen je pakken, pak de bal, Dunnybum, en we zullen op je kakken.' De meisjes gingen meedoen. Myrtle rende naar binnen.

Na school zette Myrtle het op een lopen, maar hij wachtte haar op, blokkeerde haar de weg op de hoek bij de bibliotheek. Hij greep haar bij haar nek, trok haar naast de bibliotheek omlaag, duwde haar bij haar keel tegen de muur aan en wreef ruw over haar gleufje onder de stof van haar broekje. Ze kon niet ademhalen en ze voelde dat ze moest overgeven. Het maagzuur brandde in haar neus.

Toen hij klaar was, keek hij haar in de ogen, als een rode duivel. Hij was nat en rook warm, naar plas. Hij zei: 'Sta nu heel stil, Dunnybum, of ik kom vanavond naar je huis en dan vermoord ik die hoer van een moeder van je, en als ze dood is, pak ik jou.'

Myrtle stond doodstil, rechtop tegen de muur. Achteruit liep hij weg, met een duivelse blik in zijn ogen naar haar starend. Ze wist al wat hij ging doen, het was zijn lievelingsspelletje. Hij stak zijn hoofd als een stier vooruit en stormde stormde stormde zo snel hij kon op haar af, met zijn hoofd ter hoogte van haar buik naar voren gestoken, als een aanvallende stier. Ze trok haar buik in en sloot haar ogen – misschien vermoordde hij haar wel.

Ze besloot te sterven.

Daarna veranderde ze van gedachten.

Ze deed een stap opzij.

De jongen stoof met zijn hoofd vooruit tegen de bibliotheekmuur van rode baksteen. Hij kromp in elkaar en stortte op het hete droge gras.

Molly reed naar binnen. Ze was gehecht geraakt aan haar rolstoel en had hem versierd. Wanneer ze bij de haard zat, of op de veranda in de zon, wikkelde ze stukjes wol en gevlochten linten om de armleuningen, weefde ze geraniumranken door de spaken en legde ze verschillende kleine vierkante gebreide kleedjes op de zitting. Wanneer ze het in haar hoofd kreeg om met haar wandelstok te lopen, liet ze haar kleurrijke rolstoel voor wat hij was en kuierde ze door het huis, porde met haar stok in servieskasten, trok gordijnrails los of veegde van alles van het aanrecht op de vloer. Ze zette haar stoel bij de haard naast het meisje dat in het vuur zat te staren. 'Hoe was het bal, Assepoester?' vroeg ze.

'De japonnen waren prachtig.' Ze hield zichzelf voor dat ze niets van dit dorp kon verwachten. 'Het was een bruiloft.'

'Jammer.'

Gertrude stapte uit haar trouwjurk en hing hem op een hanger. Haar oog viel op haar spiegelbeeld in de badkamerspiegel: een onopvallende brunette met trildijen en niet erg fraaie borsten. Ze liet het theekleurige zijden negligé over haar koude tepels glijden en keek nogmaals in de spiegel.

'Ik ben mevrouw William Beaumont van Windswept Crest,' zei ze.

William was in bed nonchalant een boek aan het lezen, zijn gestreepte flanellen pyjamajasje hing open over zijn borst. Toen ze naast haar echtgenoot tussen de lakens gleed zei hij: 'Nou', waarna hij opzij rolde om het licht uit te doen. Ze pakte een handdoekje uit haar toilettasje en schoof het onder haar billen.

William vond haar in het donker. Ze omhelsden elkaar, kusten. Zijn lichaam voelde hard en toch flanelzacht aan, haar lichaam sponzig en glibberig.

William lag boven op Gertrude en ze spreidde haar benen. Er stak iets warms en hards uit zijn pyjama, dat tegen de binnenkant van haar dijen duwde. Hij begon in haar oor te steunen en te puffen, dus ze verschoof net zo lang onder hem tot zijn penis een vochtig plekje te midden van haar schaamhaar vond, waarna hij begon te duwen.

Hij lag naast haar. 'Heb ik je pijn gedaan, lieverd?'

'Een beetje,' antwoordde ze. Het had totaal niet geleken op de beschrijvingen in *Married Life*. Het ongemak was maar kort en plaatselijk – een ruw, onprettig gevoel. Toen ze jong was, had ze op een keer haar hand voor een weddenschap in een holle boomstam gestoken. Haar vingers raakten toen iets wat warm, kliederig, plakkerig, prikkend en slijmerig was: kapotte eieren. Een vogelnest in de stam. Ook die sensatie had haar vreemd genoeg een beledigd gevoel gegeven.

'Nou,' zei William, en hij kuste haar wang. Hij was behoorlijk tevreden en vond dat het goed gegaan was. Hij had zijn gewillige bruid net zo benaderd als het kleine chocolade-ei dat hij altijd kreeg na de elfuurdienst op paaszondag. Eerst trok hij het aluminiumfolie zachtjes weg, waardoor het kleine chocoladeoppervlak zichtbaar werd. Vervolgens brak hij een stukje af om erop te zuigen, ervan te genieten. Maar op dat moment werd William steevast door de smaak overmand, waarna hij het ei in zijn geheel in zijn mond propte en het opslokte. Daarna voelde hij zich zowel voldaan als vreemd onvoldaan.

'Ben je gelukkig?' vroeg William.

Zijn vrouw antwoordde: 'Ik ben nu gelukkig.'

William pakte haar hand en hield hem vast.

Gertrude liet het handdoekje de hele nacht onder haar billen liggen. 's Ochtends inspecteerde ze de rode vlokkige vegen. Ze rook eraan; daarna pakte ze het in bruin papier en legde ze het pakje weg om het op een discreet moment in de vuilnisbak te gooien. Toen ze onder de douche stapte, neuriede ze. De kersverse mevrouw Beaumont weigerde om in bed te ontbijten en verscheen keurig gekapt en gekleed en stralend aan tafel. Elsbeth en Mona ontdekten prompt iets in hun eieren wat serieus bestudeerd moest worden en William spreidde ritselend een krant voor zich uit, maar Gertrude bloosde niet.

'Goedemorgen, allemaal,' zei ze.

'Goedemorgen,' klonk het in koor.

Gevolgd door een ongemakkelijke stilte.

'Jeetje, nu zit er aan elke kant van de tafel iemand,' merkte Mona op.

'Wanneer is de oogsttijd voorbij?' vroeg Gertrude.

'Zoals ik al zei: dat hangt van het weer af.' William keek steun zoekend naar zijn moeder, maar Elsbeth staarde uit het raam.

'Kun je niet iemand inhuren om er toezicht op te houden?'

'Tja, lieverd, Edward McSwiney kan dat natuurlijk doen, maar ik...'

‘O, William, niet die vreselijke man!’ Elsbeth smeet haar theezakje op het schoteltje en sloeg haar armen over elkaar.

Gertrude glimlachte liefjes. ‘Ik vind het echt niet zo erg, van onze huwelijksreis, William, echt niet. Het is alleen... Het is alleen absolúút noodzakelijk om naar Melbourne af te reizen. Ik moet hoognodig nieuwe stof kopen voor gordijnen in onze kamer...’

‘Ik vond ze anders goed genoeg,’ zei Elsbeth.

‘Wil iemand nog thee?’ Mona draaide de theepot rond.

‘Hou daarmee op, je slijt nog een kring in de tafel,’ snauwde Elsbeth.

‘We hebben nieuw linnengoed nodig en ik moet nog een paar zaken aanschaffen voor mijn uitzet, zodat ik op gepaste wijze aan mijn nieuwe leven kan beginnen.’ Gertrude hapte in haar toast en strooide zout op het bord naast haar ei. Elsbeth zond William heimelijk een vuile blik, waarna hij weer achter zijn krant verdween.

Mevrouw William Beaumont ging verder: ‘Papa heeft een rekening lopen bij Myer en hij heeft me een blanco cheque gegeven.’

William werd vuurrood. Alle kleur verdween uit Elsbeths gezicht en Mona riep: ‘O, laten we gaan! Het is jaren geleden dat we gewinkeld hebben!’

Voor ze op de bovenkant van haar zachtgekookte ei sloeg, bekeek Gertrude fronsend de mat geworden theelepel.

# 14

Tilly zat in de schaduw van de steeds voller wordende blauweregen te kijken hoe een lange goederentrein langzaam wegreed van de silo en er in zuidelijke richting omheen kroop, waarna hij achter de Heuvel verdween. Ratelend reed hij toen naar het westen, naar een waterige horizon. Het was weer zomer, heet, die tijd van het jaar dat Kerstmis en de scheertijd komen en gaan, en de zon de gewassen doet rijpen. Het geluid van rollend staal, dreunend, metaal op metaal, draagt via de rails over Dungatar, terwijl enorme locomotieven aankomen om de graanwagons bij elkaar te zetten naast de vierkante geribbelde silo. Wanneer de locomotieven arriveren, komen er kinderen naar de silo om te kijken en te spelen. Treinen komen aanrollen met lege goederenwagons die volgeladen zullen worden met tarwe, terwijl andere wagons uit Winyerp komen en al volgeladen zijn met sorghum. De velden van de boerderijen rond Dungatar lijken wel gouden graanzeeën, ontdaan van halmen door de maaier die het graan in de opleggers spuugt. Vervolgens wordt het graan met vrachtwagens weggebracht, waarna het in de silo wordt gestort. Zodra de hopen droog zijn, wordt er een enorme schroeftransporteur middenin gestoken, waardoor het graan spiraalsgewijs omhoogkomt, naar een transportband die het naar het laadplatform brengt. Hier wordt het gestort in een lege goederenwagon, die tot de rand toe met het goudgele graan wordt gevuld. In de hete middagzon ontstaan er verstikkende stofwolken rond de silo. De graanwagons worden er vlakbij neergezet, wachtend tot de locomotieven op hun plek rollen en ze gekoppeld worden, allemaal achter elkaar, achter aan de rij met sorghum gevulde wagons. Uiteindelijk brengen de locomotieven ze weg, tot de rand toe volgeladen met stoffig goudbruin zaad, weg van het uitgestrekte graangebied waar de zon het grootste deel van het jaar schijnt en het nauwelijks regent. De locomotieven zullen keer op keer stoppen bij graansilo's en rangeersporen om brandstof of nog meer graanwagons op te halen en de wagons voort te slepen naar een verre haven. Passagiers in auto's die bij spoorwegovergangen moeten wachten, tellen soms wel vijftig langsdenderende wagons.

De tarwe zal meel worden, of misschien per boot naar landen aan de andere kant van de oceaan worden gebracht. De volwassenen zullen wachten op het footballseizoen. Tilly was maar al te bekend met deze cyclus, alsof het een plattegrond was.

Molly schuifelde de keuken uit en prikte Tilly met haar wandelstok. 'Waar zit jij naar te kijken?'

'Het leven,' zei Tilly, en ze pakte haar rieten mand. 'Ik ben zo terug.' Ze liep de Heuvel af.

'Doe geen moeite,' riep Molly haar na. 'Ik heb liever dat mijn buidelrat terugkomt.'

Marigold Pettyman en Beula Harridene stopten met praten om naar haar naderbij komende gestalte te kijken. 'Je denkt zeker dat je goed kunt naaien, hè?' sneerde Beula.

'Je hebt die jurken gewoon nagemaakt uit *Women's Weekly*, heb ik gehoord,' zei Marigold, alsof ze een slimme opmerking maakte. 'Kun je ook verstellen?'

Tilly keek naar de smadelijke vrouwen. 'Jazeker,' zei ze kortaf. Met gebalde vuisten en opeengeklemde kaken liep ze met haar boodschappen de Heuvel weer op. Op het verandatrapje trof ze Lois Pickett aan, die een volle verfrommelde papieren zak in haar handen geklemd hield.

'Je hebt hierboven een mooi uitzicht,' zei ze, 'en ook nog eens een mooie tuin.'

Tilly liep langs haar naar de veranda.

Lois stond op. 'Ik heb gehoord dat je goed kunt naaien. Je hebt de jurk die je naar de paardenrennen droeg zelf gemaakt en Muriel zei dat je voor Gerts trouwjurk niet eens een patroon gebruikte, alleen een paspop.'

'Kom binnen,' zei Tilly vriendelijk.

Lois opende de papieren zak, spreidde een stokoude smoezelige jurk, stijf en vettig, op de keukentafel uit en wees op de vergane stof bij de oksels. 'Helemaal versleten, zie je.'

Tilly zag er gepijnigd uit, schudde haar hoofd en deed juist haar mond open om iets te zeggen, toen Purl Bundle 'Jóéhóé' riep vanaf de veranda en meteen naar binnen klikklakte op haar hooggehakte muiltjes met daarboven een rode kuitbroek, volkomen blijmoedig, blond en barjuffrouwachtig. Ze gooide een aantal meters satijn en kant naar Tilly en zei: 'Graag een aantal stuks nachtkledij en lingerie waardoor de veren in onze oude matras weer wat te doen krijgen.'

Tilly knikte. 'Goed.'

Lois vroeg: 'Is 't niet mogelijk de bovenkant ervan af te knippen om er een rok van te maken?'

Die middag zat Molly zich onder haar stapel dekentjes op haar knieën te krabben, terwijl Barney op het verandatrapje aan haar voeten zat. Zijn dikke onderlip hing omlaag en zijn gezicht drukte een en al verwondering uit. Tilly was met haar Hout 3-golfstick ballen aan het slaan tussen de vuilnisbelt en het huis van de McSwineys. Een van die ballen suisde vlak langs juffrouw Dimm, die juist de heuveltop op kwam gekuierd, met haar gezicht naar de wolken en een uitgestoken arm voor ongeziene obstakels. Onder één arm hield ze een rol blauwgeruite katoen en een papieren zak vol knopen, ritsen en patronen voor schooluniformen in allerlei maten. Juffrouw Dimm was erg kippig en bovendien zeer ijdel, dus droeg ze haar bril alleen in het klaslokaal. Ze droeg haar haar altijd in een kort pagekopje en stopte haar witte blouse stevig in haar wijduitstaande gerimpelde rok. Ze had een enorm achterwerk, maar was zeer tevreden met haar piepkleine voetjes, dus trippelde ze overal heen op haar sierlijke muiltjes die met linten om haar enkels zaten, en als ze zat, hield ze haar gekruiste enkels vol in het zicht. Struikelend kwam ze bij de golftas, waar ze de clubs voelde uitsteken.

'Golfclubs,' zei Tilly. Ze hield er eentje omhoog.

'O,' zei juffrouw Dimm. 'Geluksvogel, je hebt er heel veel! Ik ben op zoek naar Myrtle Dunnage.' Ze liep in de richting van het huis. Op de veranda staarde ze recht naar de roze-met-blauwe theemuts op Molly's hoofd en zei: 'Ik ben hier namens de ouder- en lerarenraad van de school en ik zou graag de kleine Myrtle Dunnage zien, alstublieft.'

'Dat geloof ik graag,' zei Molly. 'Sterker nog: ik vind dat je haar inderdáád zou moeten zien, dan zou je begrijpen wat wij elke keer als we jou zien moeten doorstaan.'

'Kom binnen, juffrouw Dimm,' zei Tilly.

'O, daar ben je.' Juffrouw Dimm keerde zich naar de met zonlicht overgoten blauweregen achter Molly en stak haar hand uit.

Ze kwamen een redelijke prijs overeen, evenals de nodige pasbeurten voor negen schooluniformen, en terwijl ze vertrok, bedankte juffrouw Dimm wederom Molly's hoofddeksel, viel ze van het trapje, hervond ze haar evenwicht en huppelde ze weg. Barney had de golfballen verzameld in Tilly's rieten mand en sloeg ze net over de heuvelkam met Tilly's IJzer 1-stick toen de gewoontjes uitziende lerares hem passeerde en struikelend en buitelend uit het zicht verdween, met wapperende kanten onderjurk en wervelende muiltjeslinten.

Teddy was halverwege de Heuvel toen hij werd geveld door juffrouw Dimm. 'O god,' riep hij. Hij klauterde naar haar toe, terwijl ze plat op haar rug lag, met haar rok over haar gezicht en haar bobbelige dijen voor iedereen zichtbaar, als paars brokaat op een vetlaag. Barney boog zich over de heuvelkam.

'Wat denk je dat je aan het doen bent, stomkop?' Teddy stond op en veegde het gras van zijn nieuwe geruite broek.

'Golfen,' antwoordde Barney, en hij hield een IJzer 1 omhoog.

'De ballen belanden op mijn dak.'

'Goeie bal,' zei Tilly, waarna ze hem de hand schudde. 'Je verdient een kopje thee.' Ze nam hem mee.

Knipperend keek Teddy naar zijn magere, puisterige en kromme broer, die wegstrompelde met de mooiste vrouw die hij ooit had gezien. Hij hielp juffrouw Dimm overeind. 'Kom, ik zal u naar het pad brengen.'

'Hartelijk dank... Wie ben jij?'

De volgende ochtend bladerde Faith door *Women's Illustrated*, terwijl Tilly geknield voor haar lag om haar zoom te spelden. De kop op de voorkant luidde: 'De extravagantie van Dior brengt vrouwen tien jaar terug in de tijd – Balenciaga komt in opstand, p. 10'. Faith vormde met haar mond de klanken 'Balensieaga' en bestudeerde de modetermen: tuniek, zacht, afstaande kraag, teddy, seersucker, denim, Amerika, Anna Klein, Galanos, Chanel, Schiaparelli, Molyneux, en nog wat namen die ze niet kon uitspreken. 'Ruth vertelde dat je heel veel pakjes uit de stad krijgt,' zei ze, op Tilly neerkijkend. 'En ansichtkaarten uit Parijs, met Franse tekst, geschreven door iemand die Madelaine heet?'

Tilly stond op en trok het lijfje losser, waardoor Faiths decolleté minder diep werd. Faith trok het prompt weer omlaag.

Molly schraapte haar keel en zei met haar beste Elsbeth Beaumont-stem: 'Ze beweert te hebben gezorgd voor de beroemde Parijse modeontwerpster madame Madelaine Vionnet.' Ze keek beschuldigend naar Tilly. 'Die is waarschijnlijk overléden.'

'Ze was heel oud,' mompelde Tilly met de spelden in haar mond.

'Heeft zij je leren naaien?' vroeg Faith.

Met haar neus gebaarde Molly naar de foto's aan de muur. 'Blijkbaar heeft madame Vionnet ons genie hier aanbevolen bij Balenciaga vanwege haar ongewone talent voor het schuin op de draad knippen van stof.' Molly maakte met haar tong en trillende lippen een vochtig klinkend scheetgeluid.

'Ik heb beide namen nog nooit gehoord,' zei Molly.

'Elsbeths nicht, Una, zei dat Gertrudes trouwjurk zo uit Parijs had kunnen komen,' zei Faith. 'Op een dag ga ik naar Parijs,' zei ze vervolgens dromerig.

'Met wie?' Molly kakelde ondeugend.

'Als je wilt, kan ik die zoom naaien terwijl je wacht.'

Faith wierp een blik op Molly.

Tilly hield vol. 'Molly kan op de veranda zitten. Wil je een kopje thee?' Faith knikte en trok haar jurk uit. In haar onderjurk en kousen bekeek ze Tilly's catalogussen, bestudeerde ze de foto's. Toen Tilly haar de keurig gezoomde rok overhandigde, legde Faith de catalogussen opzij. 'Eigenlijk had ik niet zoveel moeite moeten doen, het is alleen maar een stomme oude plooirok die wel afgedankt kan worden. Waarschijnlijk krijgt een van de meisjes McSwiney hem ooit.'

Daarna kwam Muriel. 'Maak nog iets voor me dat bij me past, deze keer iets wat ik naar het werk kan dragen, maar dat er toch goed uitziet, zoals mijn jurk voor Gerts bruiloft.'

'Met alle plezier,' zei Tilly.

Toen Ruth de volgende ochtend met de postzakken terugkwam van het treinstation, keerden zij en Nancy de zakken om op de vloer van het postkantoor en vonden ze Nancy's dikke bruine envelop. Ze opende hem en bladerde door haar nieuwe tijdschrift tot ze vond wat ze zocht: kleurenfoto's van een modeshow in New York, waar de nieuwste ontwerpen van Emilio Pucci en Roberto Capucci werden geshowd. Ze keken naar de kledingstijlen en de hoekige meisjes met geprononceerde jukbeenderen en donkere strepen op hun oogleden, en zeiden: 'Wat een meiden.' Daarna vertrok Nancy naar de Heuvel.

Tilly werd gewekt door geklop op de achterdeur. Haar blaas was nog vol, de slaap zat nog in haar ogen en haar haar hing wild over haar schouders toen ze de deur opende, terwijl ze een zijden sarong om zich heen sloeg. Omdat Nancy werd afgeleid door Tilly's naakte schouders, hield ze alleen de januari-editie van *Vogue* omhoog en wees ze naar een model in een elegant broekpak met smal toelopende pijpen in een wervelend dessin in vrolijke kleuren. 'Zie je haar? Dit wil ik.'

Tilly was verbluft, dus ging Nancy verder: 'Je kunt de stof bij je vrienden in Melbourne kopen, maar laat hem aan niemand zien, ik wil geen na-apers.'

'O,' zei Tilly, 'het broekpak.'

'Je heb een pakje en een ansichtkaart uit Florence.' Nancy gaf ze aan Tilly en vertrok.

Die avond zat Teddy op de veranda bier uit een flesje te drinken, te roken, en te kijken hoe Barney onkruid wiedde in Tilly's moestuin, waarna hij de plantjes in de kruiwagen gooide. Zodra die vol was, duwde Teddy hem naar de kar en mikte het gras erop. Graham draaide zijn hoofd om te zien wanneer Teddy weer met de kruiwagen wegliep, waarna het paard zuchtte, zijn gewicht verplaatste en zijn hoofd weer liet zakken. Molly schuifelde de keuken uit en haalde een leeg glas tevoorschijn vanonder haar dekentje, dus Teddy goot het laatste bier in haar glas en ging naar de hordeur.

Tilly stond bij het raam iets verfijnds met de hand te naaien. 'Ik denk dat ik maar een wandelingetje ga maken, een vishengel in de beek hangen, het is daar mooi in de schemering, we zouden...'

'Ik moet mijn zaak draaiende houden,' zei ze met een glimlach naar hem – een brede glimlach, die helemaal tot aan haar ogen reikte.

'Prachtig,' zei hij.

# 15

Nancy bevestigde haar oude borstel aan een nieuwe bezemsteel en Muriel veegde over het etalageraam van Pratt met een stuk in terpentine gedrenkte krant. Beula Harridene kwam de hoek om gehold en bleef staan tussen de twee vrouwen. 'Nieuwe kleren?'

De vrouwen grijnsden en knikten. 'Jij zou ook iets moeten laten maken, die Tilly kan toveren,' zei Muriel.

'Dat kun je wel zeggen, als ze je het idee geeft dat je er daarin goed uitziet,' zei Beula.

Op dat moment reed de Triumph Gloria het dorp binnen. Zwijgend keken de vrouwen ernaar. William bestuurde de auto. Naast hem zat een vreemde en Gertrude, Elsbeth en Mona bevonden zich op de achterbank, alle drie met een nieuwe hoed op. Op het bagagerek op de bumper lagen drie spiksplinternieuwe koffers en in een nieuwe aanhangwagen bevond zich een aantal grote theekisten. Terwijl de grote oude auto de bocht naar de hoofdstraat nam, zette Evan Pettyman zijn kopje ochtendkoffie op tafel en boog zich dichter naar het raam toe om de triomfantelijke terugkeer van de Beaumonts te bekijken. In de school zette juffrouw Dimm haar bril op om te zien wat dat grote gevaarte was dat daar voorbijgleed, en Purl staakte het uitkloppen van matten op de veranda van de pub om te kunnen zien wat er gebeurde.

Voor de inwoners van Dungatar viel er opeens meer te verwachten, en die verwachting hing zwaar in de lucht. Het chique, pas getrouwde stel, met hun koffers volgestouwd met modieuze artikelen uit de Melbournse Collins Street, zou spoedig ontdekken dat de vrouwen in het dorp opvallende nieuwe kleding droegen, en dat elke roklengte precies voldeed aan eisen van de huidige Europese mode.

Op zaterdagochtend arriveerden Elsbeth Beaumont en haar schoondochter bij het warenhuis van Pratt, beiden gehuld in een nieuwe jurk met bijpassende handschoenen. Om negen uur 's ochtends stonden ze tussen de groezelige planken, zeer omvangrijk in hun wijduitstaande klokvormige Dior-rokken van meters en meters taf, terwijl hun zomen de hangende schoenlepels lieten ratelen en over de blikjes Nugget-schoenpoets en de flesjes met schoenwitsel streken.

'Heremijntijd, wat zie jij er schitterend uit,' zei Muriel.

'Hallo, Muriel,' zei Elsbeth enigszins krampachtig.

'Hallo, moeder.' Gertrude boog zich voorover om zich op haar wang te laten kussen.

'Fijne reis gehad?' vroeg Muriel ronduit.

'O, za-lig!' antwoordde Gertrude.

Elsbeth knikte bevestigend. 'Prááächtig.'

Muriel kwam achter de toonbank vandaan. Haar schoenen moesten nodig gepoetst worden en haar haar gekamd, maar ook zij droeg nieuwe kleren: een lange blauwgrijze tuniek van een fijn linnen weefsel voorzien van een ongewone hals met inzet en een kaarsrechte rok tot op haar kuiten. Op haar rug waren de tuniek en de rok dubbelgevouwen en vastgezet met een rugceintuur. De kleding was fraai van snit, chic en praktisch, en hij paste bij haar. Gertrude en Elsbeth waren zowel verrast als nijdig.

'Waar is vader?' vroeg Gertrude.

'"Vader" is nog steeds achter, Gert. Als je "Hé, pap" roept, geeft hij nog steeds antwoord,' was Muriels reactie.

'Ga je hem niet vertellen dat ik terug ben en dat we hem moeten spreken?'

Muriel sloeg haar armen over elkaar en keek haar dochter recht aan. 'Reg,' zei ze. Reginald deed zijn mond dicht. 'Wil je Alvin alsjeblieft voor me halen?' Hij zette het dienblad met ingewanden op het marmeren blad van de toonbank en ging Alvin halen.

De nieuwe Gertrude vervolgde: 'Elsbeth en ik hebben grote plannen om het komende jaar allerlei opwindende dingen te doen. We zullen iedereen in Dóéngatáh eens wat laten zien. Zal dat niet enig zijn, Elsbeth?'

Elsbeth kneep haar ogen dicht en trok van algehele verzaliging haar schouders op. 'Inderdaad, énig!' zei ze.

Reginald kwam terug. 'Pardon, juffer, uw "vader" haast zich om aan uw verzoek te voldoen en zal hier zo snel als mogelijk zijn', en hij schonk haar een nauwelijks merkbaar knikje.

'Dank je,' zei Elsbeth hoffelijk. Reg keerde terug naar zijn ingewanden en karkassen.

'Hallo daar, hallo daar,' bulderde Alvin met zijn joviaalste winkelstem. Hij kwam met open armen op zijn dochter af (die hij bij zo'n goede partij had weten te slijten), tilde haar bij haar middel op en liet haar in de rondte zwieren, zodat haar petticoats van Dior een klok vormden en de luchtstroom het stof liet opdwarrelen. Onhandig zette hij haar kuchend weer op de houten vloer. Ze was zwaarder dan hij had gedacht. 'Mijn kleine meisje,' zei hij stralend, haar vollemaanswangen omvattend met zijn met meel bestoven handen. Gertrude kromp ineen en zond een wanhopige blik naar Elsbeth. Ze streek haar hoed glad.

'Ja, ik zag het al,' zei Alvin. 'Een nieuwe hoed!' En hij knikte naar Muriel, die haar ogen ten hemel sloeg.

'Papa, Elsbeth en ik willen dat je deze prospectus goed in het zicht in de etalage legt en er nog een aantal op allerlei plekken in de winkel ophangt. We hebben diverse gestencilde exemplaren en er zullen aankondigingen in de plaatselijke krant verschijnen...'

'We hebben een culturele sociëteit opgericht,' kondigde Elsbeth aan. 'Ik ben secretaris, Trudy is voorzitter en Mona wordt onze typiste. We dachten dat Muriel onze penningmeester kon worden en...'

'Trúdy?'

'Ja, moeder, vanaf nu heet ik Trudy. Onze eerste bijeenkomst staat gepland op maandag en wordt gehouden bij ons thuis, op Windswept Crest. We hebben de data van alle evenementen en we gaan de plaatselijke bevolking bij elkaar brengen om allerlei feestelijkheden te organiseren, met name benefietvoorstellingen... theepartijen, croquetwedstrijden, dansfeesten –'

Elsbeth onderbrak haar: 'Een bál, een benefietbál.'

'Een bal, het grootste en mooiste dat we hier ooit gehad hebben...'

'En er zal een toneelwedstrijd worden gehouden, een *eisteddfod*, waarbij er een deel speciaal gewijd zal zijn aan EL-O-KWEN-TSIE,' benadrukte Elsbeth.

'Dus!' zei Gertrude met een knikje naar Elsbeth. Elsbeth duwde de gestencilde prospectussen in Alvins handen. Het was een keurige stapel met vetgedrukte teksten als: TRUDY EN ELSBETH BEAUMONT NODIGEN DE VOORUITSTREVENDE DAMES VAN DUNGATAH UIT VOOR EEN BIJEENKOMST, en daaronder stond een alinea in elegante krullerige letters. Alvin haakte zijn duimen achter zijn schortbanden. Even was het groepje stil.

'Dungatáh?' vroeg Alvin.

'Waar is Mona?' vroeg Muriel.

'Ze beoefent op het moment de dressuur- en ruiterkunst,' zei Gertrude. 'We hebben er op de boerderij een nieuwe man bij.'

'Maar Mona is doodsbang voor paarden,' zei Muriel.

'Precies! Daar gaat het om.' Hoofdschuddend klakte Trudy met haar tong.

Alvin keek verrast. 'Hebben jullie een nieuwe man?'

'Hij heet Lesley Muncan en het is een echte heer,' kondigde Elsbeth aan en ze trok haar neus op naar Alvin.

De glimlach bleef op Alvins gezicht geplakt. 'Tjongejonge.' Hij bekeek de dames van boven tot onder, van de deinende veren op hun opvallende hoofdtooi tot hun samengedrukte tenen in hun modieuze nieuwe schoenen. 'Jullie hebben zeker flink gewinkeld in Melbourne?'

Gertrude glimlachte samenzweerderig naar Elsbeth, die haar kameraadschappelijk in haar arm kneep.

'Ik neem aan dat William dan wel snel de oogstinkomsten hier komt brengen, gezien de kwestie van de openstaande rekening, mevrouwen Beaumont, en jullie hebben vast alle reçu's van alle aankopen meegebracht, dus zullen we ze samen doornemen voor ik ze bij het dossier voeg?'

De glimlach verdween van de gezichten van de dames Beaumont. 'Maar papa, ik dacht...' zei Gertrude.

'Ik zei dat je voor jezélf een kleine uitzet kon aanschaffen,' zei Alvin. Vervolgens keek hij naar Elsbeth en trok zijn neus op.

Met een nijdige blik naar haar kersverse schoondochter schoof Elsbeth de brochures naar Muriel toe.

Septimus Crescant zat in de hoek van de bar met Hamish O'Brien te praten. Purl stond achter de bar haar nagels te lakken, terwijl Fred, Bobby Pickett en Scotty Pullit aan de kaarttafel zaten te drinken, roken en schudden. Eindelijk zei Fred met een blik naar Teddy's lege stoel: 'Laten we maar beginnen.' Reginald deelde de kaarten en iedere man gooide tien tweeshillingmunten op tafel.

De telefoon rinkelde. Gretig liep Purl naar de muur aan de andere kant van de ruimte en pakte de hoorn voorzichtig op om haar nagels niet te beschadigen.

Bobby wuifde met zijn kaarten naar Purl en mompelde: 'Zeg haar maar dat ik net ben vertrokken.'

'Hallo, Station Hotel...'

De pokerspelers keken toe.

'Luister, schat, ik waardeer het echt, maar ik heb zondag al iets anders te doen, oké, dag.' Purl hing de hoorn weer op de haak.

'Dat was die arme gekwelde lieve Mona, die belde namens de Dungatarse culturele sociëteit. Ze nodigde me uit voor hun inwijdingsbijeenkomst op Scheetheuvel om hun allereerste croquetdag en theekrans voor het goede doel te bespreken, en er zal ook een "voordrachtsavond" komen.'

'Nou, dat is iets om naar uit te kijken,' zei Fred.

Purl sloot haar ogen en bewoog haar hoofd langzaam van links naar rechts. 'Ik kan nauwelijks wachten.'

De mannen hervatten hun kaartspel en Hamish en Septimus hervatten hun gesprek. 'Tuurlijk ging 't de verkeerde kant op toen de mens gewassen ging veredelen en het nodig was om de oogst te beschermen en in groepjes bij elkaar te gaan wonen en om muren neer te zetten om zich hongerige steentijdmensen van het lijf te houden.'

'Nee, de mensheid werd pas echt in het ongeluk gestort door het wiel,' beweerde Septimus.

'Ach, je hebt toch wielen nodig om dingen te vervoeren?'

'Daarna kwamen de industriële revolutie en de mechanisatie, die de rest van de schade aanrichtten...'

'Maar neem nou stoommachines; stoom is onschadelijk, een stoomtrein op volle kracht is een waar genoegen om naar te luisteren...'

'Diesel is anders schoner.' Septimus dronk van zijn bier.

De deler van de kaarten stopte met schudden; de spelers richtten hun blik op de twee discussiërende stamgasten in de hoek van de bar.

Hamish draaide zijn gezicht naar zijn metgezel. 'En de wereld is rond!'

Kalmpjes goot hij de resterende helft Guinness uit zijn glas in de helm van Septimus, die op de grond naast de bar lag. Septimus plensde op zijn beurt de inhoud van zijn glas op Hamish' hoofd, waardoor zijn walrussnor begon te druipen. Hamish hief zijn gebalde vuisten en nam een klassieke, bedreigende Jack 'de onverslaanbare' Dempsey-pose aan en begon een soort danspasjes te maken, terwijl hij zijn armen als koppelstangen op treinwielen op en neer bewoog. Purl wapperde haastig met haar natte vingernagels en Fred zuchtte.

'Kom dan, Septimus, laten we buiten knokken...' Hamish deelde een stoot uit, juist toen Septimus zijn helm van de vloer wilde grissen. Hij maaide nog twee keer tevergeefs met zijn vuist door de lucht, maar bij de derde poging trof hij doel toen Septimus omhoogkwam en zijn armen optilde om zijn helm op te zetten. Er klonk een zachte, maar toch hoorbare klets, alsof er een rauw ei op tafel viel. Septimus klapte voorover met zijn handen om zijn bloedende neus.

'Hamish, het is tijd om te vertrekken,' zei Fred.

Hamish zette zijn stationschefpet op en riep vrolijk zwaaiend vanuit de deuropening: 'Tot morgen.'

Purl gaf Septimus een zakdoek.

Septimus liep naar de deur. 'In dit oord mag een man wel echtbreken, maar op de waarheid spreken staat een bloedneus.'

'Klopt,' zei Fred, 'dus als ik jou was zou ik er maar niet te veel woorden aan vuilmaken, of je krijgt de volgende keer een gebróken neus.'

Septimus vertrok.

Purl vroeg Reg of hij dit jaar vlees aan de footballclub zou schenken.

'En de tijd bijhouden,' zei Scotty.

Ruth en juffrouw Dimm, Nancy en Lois Pickett, Beula Harridene, Irma Almanac en Marigold Pettyman werden stuk voor stuk benaderd door de Dungatarse culturele sociëteit. Faith was niet thuis. Ze was aan het repeteren, met Reginald. Mona vroeg de dames of ze op Windswept Crest de inwijdingsbijeenkomst wilden bijwonen en of ze alsjeblieft een bord mee wilden nemen. De zojuist ingelijfde leden van de Dungatarse culturele sociëteit belden ogenblikkelijk Ruth bij de telefooncentrale en vroegen haar hen met Tilly Dunnage door te verbinden.

'Elsbeth heeft haar al aan de lijn...' zei ze. 'Daarna is 't mijn beurt, en daarna bel ik jullie allemaal.'

Toen Ruth aankwam op de top van de Heuvel, bonsde ze op de achterdeur en riep ze: 'Iemand thuis?'

'Je denkt toch niet dat we ergens op bezoek zijn?' klonk Molly's antwoord.

Daarna kwamen de anderen en moesten ze in de keuken wachten bij Malle Molly, die in elkaar gedoken in haar versierde rolstoel met haar wandelstok tegen een brandend stuk hout zat de duwen. Ze snoot haar neus met haar vingers, schoot het groene slijm op de sintels en keek aandachtig toe hoe het borrelde, siste en verdween.

De professionele en hoffelijke Tilly nam haar klanten om beurten mee naar de eetkamer om hun wensen en dromen te bespreken. Ze merkte op dat de leden van de onlangs opgerichte Dungatarse culturele sociëteit zich van de ene op de andere dag een accent hadden aangemeten: een Dungatarse interpretatie van Engels met een vorstelijk accent.

Heel overzichtelijk wilde iedere klant hetzelfde: er beter uitzien dan wie ook, vooral Elsbeth.

Op Windswept Crest zat Lesley Muncan, de nieuwe man, in de keuken met sierlijk over elkaar geslagen benen naar Mona's rug te kijken, terwijl ze bij de gootsteen stond af te wassen.

Lesley werkte bij de wasserij van het hotel waar de Beaumonts tijdens hun huwelijksreis verbleven toen hij William ontmoette, die in de foyer de krant aan het lezen was.

'De dames zijn zeker al uw geld in de winkels aan het uitgeven?' grapte hij.

'Inderdaad,' zei William verrast.

'Bevalt het u hier?'

'Ja,' antwoordde William. 'U ook?'

Lesley trok aan zijn manchetten. 'Het is een mooi hotel,' zei hij. 'U woont toch op het platteland?'

'Ja,' zei William met een glimlach.

Vluchtig keek Lesley de foyer door en vervolgens ging hij naast William op de divan zitten. 'Ik heb veel met paarden gewerkt en ik ben op zoek naar een passende werkomgeving. U kent zeker niet toevallig iemand die een rijinstructeur nodig heeft?'

'Nou...' zei William.

Lesleys blik gleed naar de receptie. 'Iemand die de paarden verzorgt? Of zelfs een stalknecht? Ik kan meteen beginnen.'

Op dat moment stommelden Elsbeth, Trudy en Mona naar binnen, overvloedig geurend naar hun bezoekje aan de parfumafdeling van Myer. Lesley sprong meteen op om hen met hun pakjes te helpen.

William zei: 'Dit is een medegast, meneer...'

'Muncan, Lesley Muncan, aangenaam kennis met u te maken.'

'Meneer Muncan werkt met paarden,' zei William.

'Echt waar?' had Gertrude gevraagd.

'Mona,' zei Lesley nu, terwijl hij op zijn sigaret tikte. 'Als ik mijn voet in een stijgbeugel kan steken, dan kun jij dat ook. Je bent nog maar pas begonnen, meisje.'

Mona was bang voor paarden, maar ze wilde dat Lesley haar aardig vond. 'Ik zal het proberen,' zei ze, met de afwaskwast alsmaar over hetzelfde schone bord borstelend. Ze zocht iemand, een medestander. Inmiddels waren haar moeder en Trudy de beste vrienden, waardoor Mona vaak alleen was in het grote huis. Dan zat ze in de erker te kijken naar de stallen waar Lesley werkte. Hij woonde nu op zolder, maar de afgelopen paar dagen kwam hij steeds naar de keuken als hij haar door het raam zag.

'Goed,' zei hij, 'dat is tenminste wat je moeder wil, en we kunnen de baas toch moeilijk teleurstellen?'

Elsbeth en Trudy waren samen met William aan het ontspannen in de bibliotheek, een ruimte zonder ramen midden in het slecht ontworpen huis, die tot die dag als rommelkamer werd gebruikt. William rookte sinds kort pijp. Hij had ontdekt dat de pijp uit zijn mond halen en ermee gebaren nuttig was om een idee te benadrukken. De meeste van zijn meningen waren weliswaar afkomstig van Trudy, maar zij schonk ze hem graag. Dan kon ze tenminste zeggen: 'Maar William, je zei toch dat een leren bankstel langer zou meegaan?' Op de nieuwe platenspeler werd zachtjes muziek uit *South Pacific* gespeeld: 'Bali Haiiiiiii, come to meeeeeee.' Zonder enige waarschuwing verstarde Trudy; ze sloeg haar hand voor haar mond en stoof de kamer uit. Elsbeth en William keken elkaar vragend aan.

Mona huppelde door de hal, roepend: 'Mama, William, kom vlug!'

Lesley riep: 'Ze heeft zojuist op de afwas overgegeven!', waarna hij zijn ogen sloot en de rug van zijn hand naar zijn voorhoofd bracht.

'Maar Trudy,' zei William, en hij liep naar haar toe. Elsbeth sloeg haar hand voor haar mond en hield zichzelf met behulp van de koelkast in evenwicht.

'Ik ga theewater koken,' zei Mona.

'Voel je je de laatste tijd soms niet lekker, lieverd?' vroeg Elsbeth, die zich opeens belangrijk voelde.

'Ik ben alleen een beetje moe.'

Elsbeth keek veelbetekenend naar haar zoon, waarna ze samen met een liefdevolle en overstelpend dankbare blik naar Trudy keken. Ze staken hun armen naar haar uit, terwijl Lesley tegen het plafond mompelde: 'O mijn god. Ze is zwang-er.'

Mona klemde de theepot tegen haar borst en zei: 'Dan hebben jullie mijn kamer zeker nodig als kinderkamer?'

Elsbeth liep op haar dochter af. 'Egoïstisch klein kreng,' snauwde ze, en ze gaf haar een kletsende oorvijg.

# 16

Beula Harridene was op een avond een wandelingetje aan het maken toen ze ontdekte dat Alvin met een zaklamp in de achterbak van een rondreizende verkoper scheen en tussen de goedkope stoffen snuffelde. De volgende ochtend trof ze diezelfde stoffen op Muriels toonbank aan, maar dan dubbel zo duur. Op de fourniturenafdeling was het aanbod van knopen, ritsen en kralen toegenomen, die Alvin aanschafte bij gespecialiseerde winkels in Richmond, terwijl hij accessoires kocht bij groothandels in Collins Street en die vervolgens met honderd procent winstmarge doorverkocht aan de rivaliserende plaatselijke bewoners. Tegenwoordig maakten vrouwen hun peignoirs van 'geïmporteerd' brokaat met knopen van ivoor of glitterstenen; ze liepen in hun plattelandsbungalows rond gehuld in pastelkleurige zijden chiffon of een taps toelopende fluwelen broek met een cummerband rond hun taille en een strak coltruitje, net als filmsterren.

Er bleven maar theekisten komen voor mej. T. Dunnage, Dungatar, Australië. Brigadier Farrat kwam 's avonds een keer de Heuvel op geklommen, terwijl Ruth een kist van het postkantoor naar Tilly's veranda zeulde.

'Lieve help, zit daar soms lood in?' vroeg de brigadier.

'Naaibenodigdheden,' zei Tilly, 'katoen, patronen, lovertjes, tijdschriften, veren...'

'Veren?' Brigadier Farrat sloeg zijn handen in elkaar.

'O, ja,' zei Ruth, 'en ook nog eens allemaal verschillende soorten.'

Tilly zond haar een koele blik en trok een wenkbrauw op. Ruths hand vloog naar haar mond.

Brigadier Farrat merkte deze uitwisseling op. ‘Struisvogelveren?’

‘Ik weet het niet precies, brigadier,’ antwoordde Ruth. ‘Ik kan me zo vóórstellen dat dat wel zo is. Ik bedoel, ik zou niet precies wéten wat er in de kist zit, maar alle leden van de sociëteit hebben het gehad over hun nieuwe jurk voor de inwijdingsavond...’

Alle drie keken ze naar de theekist. De zegels waren verbroken en er zaten ruwe gaten waar recentelijk klinknagels waren verwijderd, en daarnaast waren er weer gloednieuwe nagels onhandig in geslagen. De originele tape was losgescheurd en daarvoor in de plaats was de standaard posttape gekomen.

‘Nou,’ zei Ruth, ‘ik kan maar beter voortmaken, Purl zal wel op haar nieuwe schoenen zitten te wachten en Faith krijgt nieuwe bladmuziek om te oefenen.’ Ze zagen haar busje wegtuffen.

Glimlachend vroeg de brigadier aan Tilly: ‘Hoe gaat het tegenwoordig met je moeder?’

‘Tegenwoordig wordt ze bepaald niet verwaarloosd.’ Tilly sloeg haar armen over elkaar en keek hem aan.

Brigadier Farrat zette zijn politiepet af en hield hem voor zijn borst. ‘Ja,’ zei hij, en hij keek naar de grond.

‘Het is ongelooflijk hoeveel effect een beetje goed eten heeft,’ ging ze verder. ‘Ze heeft goede en minder goede dagen, maar ze is altijd onderhoudend en af en toe herinnert ze zich weer dingen.’ Ze trokken de theekist de keuken in.

‘Ik dacht dat Mae voor haar zorgde,’ zei de brigadier.

Molly schuifelde de keuken binnen in haar ochtendjas en op sloffen, een stuk touw achter zich aan slepend. Ze bleef stilstaan en keek eens goed naar brigadier Farrat. ‘Ze zit zeker in de problemen? Verbaast me niets.’

‘Zou je met ons willen theedrinken en een stukje cake eten, Molly?’

Tilly negerend boog ze zich dichter naar brigadier Farrat toe. ‘Mijn buidelrat is verdwenen,’ zei ze, ‘maar ik denk te weten wat er met hem gebeurd is.’ Ze knikte naar een grote pan die op het fornuis stond te pruttelen.

'Ik begrijp het.' Hij knikte ernstig. Molly schuifelde verder. Tilly gaf de brigadier een kopje thee. Hij tikte met de zijkant van zijn schoen tegen de theekist en liep er daarna omheen. 'Je hebt een tang nodig om hem open te krijgen,' zei hij. Ze overhandigde hem er een, waarna hij zijn theekopje neerzette en op zijn knieën voor de kist ging liggen. Hij wrikte het deksel eraf en stak zijn hand erin, haalde pakjes tevoorschijn, hield ze onder zijn neus en snoof. 'Mag ik ze alsjeblieft openmaken?'

'Tja, eigenlijk was ik...'

Gretig rukte hij aan de hoeken van het papier, trok de stof eruit en wreef hem tussen duim en wijsvinger, waarna hij de inhoud op haar kleine werktafel legde. Tilly bekeek haar schetsen en de maten die ze had opgeschreven en legde ze bij de stof. Brigadier Farrat pakte het laatste pakje van de bodem van de theekist. Hij drukte het tegen zijn hart en scheurde daarna het bruine papier open om vele meters vurig fuchsiazijden organza te bevrijden. 'O,' riep hij en hij begroef zijn gezicht in de vurig getinte massa. Abrupt hield hij ermee op, staarde Tilly aan en sloeg walgend van zijn gebrek aan zelfbeheersing zijn handen voor zijn gezicht.

'Prachtig, hè?' zei Tilly. 'Het is van mij.'

De brigadier liep naar haar toe, nam haar hand in de zijne en keek haar in de ogen. 'Mag ik alsjeblieft een van je pauwenveren hebben?'

'Ja.'

Hij kuste haar hand, drapeerde vervolgens de fuchsiazijden organza als een enorme pelerine over zijn schouders en trippelde elegant op denkbeeldige stilettohakken naar de spiegel. Hij draaide pirouettes, genoot van zijn spiegelbeeld, keek weer naar Tilly en zei: 'Ik ben zeer vaardig met lovertjes en glanzende steentjes, en ik weet zeker dat ik net zo snel kan zomen als jij. Ik ben een kei met ritsen, meetlinten en knooplussen.

'En hoe sta je tegenover plooikragen en ruches?'

'Daar heb ik een hekel aan.'

'Ik ook,' zei ze.

Voorbij Windswept Crest reikten de keurig gemaaide stoppelvelden als een nieuwe kokosmat tot aan de horizon. Op de landerijen van Beaumont stond het vee tot aan de buik in de lage grijze stoppels, de overblijfselen van de oogst van het vorige seizoen. De boerderij lag in een groene oase, omringd door gombomen, en had een dak dat extra rood leek in het zonlicht. Geparkeerde auto's glinsterden in de zon en er stonden kleine gestreepte tenten voor het groene eiland. Op een omheind terrein sprong een paard stijfjes rond aan het einde van een touw dat werd vastgehouden door een kleine gedaante in een rode jas: Lesley, die dressuur aan het demonstreren was. Her en der stonden mensen in de gemaaide wei die afliep naar de beek van Dungatar, waarlangs grijze, in het water staande gombomen stonden.

William vertelde Bobby en Reg over de nieuwe ontwikkelingen. 'We hebben Ed McSwiney een nieuw stuk grond laten afzetten en hem nieuwe stallen laten bouwen voor de paarden. De tennisbaan wordt gerenoveerd en we hebben een nieuw irrigatiesysteem laten graven voor de tuinen, de kippen en dergelijke, en natuurlijk zijn jullie allemaal hier gekomen om het nieuwe croquetveld uit te proberen. Ik geloof dat moeder nog een nieuw project gaat aankondigen wanneer ze bekendmaakt wie de bakwedstrijd heeft gewonnen' – de glimlach verdween van Williams gezicht en zijn stem stierf weg – 'en ik heb ook plannen op landbouwkundig gebied, als ik nieuwe machines krijg...' Hij stak zijn handen in zijn zakken en wandelde weg.

Scotty Pullit zei: 'Dus daarom zijn we hier: om voor alles te betalen.'

'Mooi gazon,' zei Bobby. De footballspelers keken glimlachend naar het croquetveld.

Muriel liep langs de kraampjes om het ingezamelde geld op te halen, dat ze vervolgens in een bruine papieren zak stopte. Met haar canvas krukje onder haar arm hinkte ze naar Trudy. Ze klapte het uit, schopte haar stoffige witte sandalen van haar voeten en liet zich naast haar dochter vallen, die op haar ligstoel op de veranda lag. Nerveus keek Trudy rond. Aan de uiteinden van elk haartje in Muriels bleke snor zat lipstick, waardoor de haartjes net piepkleine lucifers met rode kopjes leken. Ze kon een verfbeurt en een permanent gebruiken en haar voeten waren droog en gebarsten, als grote lange wratten.

'Er zijn hier een paar familieleden uit Toorak,' zei Gertrude.

'Elsbeths nicht Una?' vroeg Muriel.

'Je hebt je toch niet aan haar voorgesteld?'

'Eigenlijk hebben we al heel lang geleden kennisgemaakt, Gert...'

'Trúdy – moet ik blijven herhalen dat ik nu Trudy heet?'

'En ze wonen helemaal niet in Toorak, maar vlakbij, in Prahran.' Muriel stond abrupt op, pakte haar krukje en gooide de papieren zak op Trudy's schoot. 'Dat zou ik toch moeten weten, ik ben tenslotte geboren en getogen in South Yarra.' Muriel hinkte weg met haar sandalen zwaaiend aan haar hand en haar rok tussen haar billen. Ze zag de grond onder haar voeten door glijden. 'Mijn eigen dochter is veranderd in het type waaraan ik wilde ontsnappen door hierheen te verhuizen.'

Graham stak zijn lange stoffige fluwelen neus in de lucht en keek achter zich. Hij had zich door een halve rij wortelen, ongeveer vijftien kroppen ijsbergsla, één of twee nog onrijpe tomatenplanten, wat bonen en een paar komkommers heen geknabbeld. Toen hij eenmaal had ontdekt dat hij niet van komkommers hield, keerde hij terug naar de wortelen. Hij rukte ze aan hun groene bovenkant uit de aarde, schudde de aarde eraf en schoof ze tussen zijn dikke, zachte lippen. Faith slenterde voorbij op weg naar een rendez-vous met Reginald. Glimlachend zei ze: 'Je bent een stout paard.'

Hamish bevond zich aan de andere kant van het terrein, waar hij de seinen bediende van de miniatuurstoomtrein die puffend en toeterend rondjes reed op de piepkleine metalen rails. 'Kom niet te dichtbij,' gromde hij tegen de wachtende kinderen. 'Het is een prachtig, maar kwetsbaar stukje machinerie, afgesteld, uitgebalanceerd... Luister naar dat ritme... magnifiek. Natuurlijk was er een model dat nog beter was dan dit, de D-klasse, type 4-6-0. Dat had twee cilinders van achtenveertig centimeter, door koppelstangen verbonden wielen, 27/40 centimeter in diameter 'HÉ, IK ZEI: TOCH NIET AANKOMEN? ZET DIE WATERTOREN METEEN TERUG!'

Zes van Lesleys jonge leerlingen reden naar het midden van het omheinde terrein op eenvoudige paarden en shetlandpony's. 'Dames en heren, ouders...' Lesley keek glimlachend naar de lieden van het land voor hem, afkomstig uit afgelegen boerderijen, die in hun rijbroek naast paardentrailers aan uitklaptafels zaten te picknicken. Ze knikten terug. Achter hem gingen de pony's in een slordige rij diagonaal opzij. 'De basis van dressuur is tact, souplesse, aanleuning, impuls, rechtgerichtheid en verzameling. Tact is het ritme en het tempo is de tijd tussen de passen. Een ruiter dient de muziek te horen die het paard maakt.' De ouders van het land gebaarden lachend met hun thermosbekers. Toen Lesley zich omdraaide, zag hij dat de paarden en shetlanders zijwaarts waren samengedromd in een hoek van het terrein, waar ze bijtend, schoppend en bokkend in het rond krioelden, terwijl de kinderen brullend in hun zadel zaten.

Teddy trok de boogjes uit het croquetveld en begon een balletje te trappen. Iemand schopte een stuurloze bal, die naar de beek stuiterde. Faith pakte hem op toen ze de helling op kwam lopen, waarna ze het gras uit haar haar en van haar kleren klopte. Ze schoot een krachtige korte bal recht in Scotty Pullits laag gehouden armen en bleef vervolgens bij de achterlijn staan, vlak naast de beek. Nancy voegde zich bij de spelers voor de boerderij, en daarna Ruth. Teddy leidde alle spelers naar het midden, waar ze twee teams samenstelden. Bobby, Reginald en Barney staken hindernisbalken van het paardenspringen in tweehonderdlitervaten om als doelpalen te dienen. Ze tosten en de spelers liepen naar hun positie. Barney kreeg een wit overhemd, waarmee hij moest zwaaien wanneer de bal tussen de doelpalen door rolde. Trots nam hij zijn positie in, het witte overhemd omhooghoudend, klaar voor de strijd. Teddy schopte de eerste *try*, en terwijl de bal naar de doelpalen zeilde, riep hij: 'Goed opletten, Barney.' Barney liet het overhemd zakken en ving de bal. Reginald Blood verklaarde dat dit tegen de regels was. Daarop gaf Teddy Barney een zachte tik tegen zijn achterhoofd, waarna Reg aankondigde dat Teddy's team een strafpunt kreeg. Er werd geruzied, het geschreeuw echode over de beek, het schorre gelach weerkaatste tegen de gombomen, waardoor de kammen van slapende rosékaketoes rechtovereind gingen staan. Elsbeth Beaumont wees haar nichten op de paardentrailers en rancheigenaars. 'Het is altijd hetzelfde liedje met dat gepeupel,' snoof ze.

Terwijl de dorpsbewoners football speelden, telde Trudy Beaumont het geld.

Mona en Lesley rustten in de schemerige stallen uit op de hooibalen. 'Ik denk dat ik mijn bruidsmeisjesjurk maar aantrek,' zei Mona met een zucht.

'Hoe ziet die eruit?'

'Hij is roest-'

'O, die, met de watervalhals. Waarom vraag je dat schandelijke wezen Tilly hoe-heet-ze niet om wat nieuws voor je te maken? Ik heb gehoord dat ze goedkoop is.'

'Volgens moeder heb ik mijn oranje jurk nog niet afgedragen.' Ze plukten aan strosprieten en zwaaiden met hun rijlaarzen. 'Ga je, eh... met een speciaal iemand naar de inwijdingsavond, maestro?'

'Maar natuurlijk!' piepte Lesley. 'Ik haal Lois Pickett om zeven uur op.'

'Aha.'

Lesley trok een gezicht, en toen begreep Mona dat haar vriend, haar maestro, een grapje had gemaakt. Giechelend vielen ze in het hooi.

Toen Mona die avond door de deur van de zaal stapte, straalde ze gewoonweg. Ze droeg een eenvoudige blauwe jurk van kunstzijde met een wijde rok met een dubbele plooi middenvoor, die ze al jaren had, maar deze keer had ze een rode bloemensjaal over haar schouders gedrapeerd en een rode bloem achter haar oor gestoken. Ze mengde zich onder de andere vrouwen, die nog steeds de voorkeur gaven aan hun lange zwarte handschoenen, hun geaccentueerde tailles en plooirokken, taf, glanzende bedrukte katoen, jurken met een prinsessenlijn, allemaal in moderne ontwerpen. Maar Tilly Dunnage had hun kleding zo kunstig aangepast dat die Europese invloeden vertoonde en bijna avantgarde leek. Het tempo in de zaal lag hoog, de sfeer was vrolijk en opgewonden.

Lesley keerde zich tot Mona en zei: 'Trek nu je schouders naar achteren en loop zoals ik je gezegd heb.'

Toen Trudy en Elsbeth het podium op stapten en hun plaats achter de microfoon innamen, verstomde de menigte. Alle hoofden draaiden zich naar hen toe. Elsbeth droeg een prachtige japon van kersenrode changeanttafzijde. De halslijn was laag en breed en liet de schouders vrij, en Tilly had een slim en rijkelijk versierd lijfje met een moderne overslag gemaakt.

Door de zwangerschap was Trudy bijna twintig kilo aangekomen. Haar gezicht was gezwollen, waardoor haar wangen wel opbollende zeilen leken. De soepele stof van haar jurk omvatte haar achtersteven als twee dobberende reddingsboeien en viel als een waterval langs haar benen, om bij haar enkels weer bij elkaar te komen. Om de aandacht van Trudy's verschijning af te leiden, had Tilly een ontwerp gemaakt dat heel erg *Vogue* was, een en al lijn en glans. De kuitlange jurk was van marineblauwe tafzijde, met een strapless onderlijfje, verstevigd met baleinen en vooraan geplooid om haar gezwollen middenrif de ruimte te geven. Daaronder waaierde de rok uit in brede ongeperste plooien.

Mona liep gevolgd door Lesley naar het podium. Hij boog zich naar haar toe en zei uit zijn mondhoek: 'Het tocht in het zuiden.'

Ze keek naar buiten. 'Ik heb het anders niet koud.'

'Ik zie je onderjurk.' Hij knikte naar de zoom van haar rok en vervolgens naar de deur. Stilletjes gingen ze erop af en liepen ze naar buiten, het donker in. Lesley hield Mona's sjaal vast, terwijl ze frummelde aan het bandje van haar onderjurk en met een veiligheidsspeld die ze aan haar slipje had bevestigd.

'Vlug,' zei Lesley, 'ze gaan bijna de welkomsttoespraak houden.'

Mona trok haar jurk uit en duwde hem in Lesleys handen met de woorden: 'Pak beet.'

'Dames en heren,' kwinkeleerde Elsbeth, 'welkom op de inwijdingsbijeenkomst van de allereerste Dungatarse culturele sociëteit.' Ze wachtte even, terwijl iedereen applaudisseerde. 'Vanavond zullen we de leden van de commissie voorstellen en onze plannen bespreken om geld in te zamelen voor de Dungatarse culturele sociëteit! Onze thee- en croquetmiddag was een opwindend eerste initiatief, en het was een heel drukbezochte dag!' Ze glimlachte breed, maar omdat niemand klapte, sprak ze verder. 'Natuurlijk hebben we niet voldoende geld ingezameld om ons voor te kunnen bereiden op ons grote fondsenwervingsbal zonder de hulp van de dames die in de culturele sociëteitscommissie zitten. Allereerst onze secretaris en penningmeester, mevrouw Alvin Pratt.' Terwijl de gasten klapten, kwam Muriel het podium op. Ze glimlachte en boog.

'En we willen speciaal onze onvermoeibare typiste en manusje-van-alles bedanken: mejuffrouw Mona Beaumont...'

Maar Mona was in geen velden of wegen te bekennen. Het publiek roezemoesde, hun hoofden draaiden. Omdat Nancy achter in de zaal tegen de deurpost geleund stond, zwaaide ze naar Trudy en dook ze naar buiten. 'Psst, Mona.'

'Wat?'

'Je bent aan de beurt.' Nancy liep weer naar binnen. 'Ze komen eraan,' riep ze. Trudy en Elsbeth glimlachten naar de wachtende mensen.

Mona en Lesley struikelden de zaal binnen, waarop de menigte begon te klappen. Ze liepen naar het podium en Mona ging tussen haar moeder en schoonzus in staan. Het applaus stierf weg en iemand giechelde. Er klonk gefluister en voetengeschuifel. Dames sloegen hun hand voor hun mond en de mannen keken naar het plafond.

Pas toen merkte Lesley op dat Mona's jurk binnenstebuiten zat.

Tilly was omringd door een kleurrijke puinhoop in haar huisje. De voorgaande twee weken was ze vreselijk druk geweest met naaien met de hand, met plooien en tooien, en nu was binnenkort het bal. Teddy verscheen in een nieuwe blauwe Levi's, een helderwit T-shirt en een leren jasje met allerlei ritsen en klinknagels. Zijn haar glom van de Brylcreem en hij had zich een brutale pose met zijn bovenlichaam aangemeten waarbij hij vanuit zijn heup scheef hing, met bijbehorende pruillip. 'Ga je leer en denim dragen, de allereerste keer dat de culturele soos iets organiseert?'

'Wat doe jij aan?'

'Ik ga niet.'

'Kom op.' Hij deed een stap naar haar toe.

'Ik heb niets om aan te trekken.'

'Flans gewoon iets in elkaar. Je ziet er toch beter uit dan wie ook.'

Ze glimlachte en zei: 'Dat zal mijn zaak niet helpen, of wel?'

'Laten we gewoon in een hoek gaan zitten kijken naar al die mooie creaties die juffrouw Dimm en Lois en Muriel door de zaal laten zwieren.' Hij zweeg. 'Ik begrijp wat je bedoelt.' Hij ging onderuitgezakt in een stoel bij het vuur zitten en legde zijn laarzen op de houten kist.

Molly keek naar Teddy, trok haar bovenlip op en stuurde een dun straaltje speeksel met haar tong de vlammen in. 'Je denkt zeker dat je knap bent?' zei ze tegen hem.

'We kunnen in Winyerp naar de bioscoop gaan,' zei Teddy. 'Of we kunnen hier de hele avond bij Molly blijven zitten.'

'Wat draait er?' vroeg Tilly verheugd.

'*Sunset Boulevard*, met Gloria Swanson.'

'Gaan jullie maar samen naar de bioscoop voor een leuke avond,' zei Molly. 'Maak je maar geen zorgen om mij. Met mij zal het hier prima gaan... in mijn eentje. Zoals altijd.'

Molly eiste dat ze tijdens haar allereerst autorit voorin mocht zitten in Teddy's Ford. 'Als ik toch dood moet, dan wil ik graag de boom zien waartegen ik uit elkaar ga spatten,' zei ze. Daarna stond ze erop dat ze in de bioscoop op de allervoorste rij gingen zitten, vlak onder het scherm. Ze zat tussen hen in, joelend en lachend om Tom en Jerry, en daarna leverde ze luid geringschattend, kleinerend commentaar op al het volgende. 'Dat is geen echte auto waar ze in zitten, ze doen maar alsof... Hij is niet echt overtuigend, hè? Ze heeft hem net gekust, en toch zie ik nergens vlekken lipstick en haar ogen lijken wel oksels... Sta op en maak plaats, ik moet naar de wc, vlug!'

Weer thuis boden ze aan haar naar bed te helpen, maar ze werkte niet mee. 'Ik heb geen slaap,' zei ze, omhoogkijkend naar de sterrenhemel om een geeuw te onderdrukken. Teddy ging naar binnen en haalde een glas, waarin hij drank uit zijn heupfles goot. Hij gaf het aan Molly. Ze dronk het op en stak haar glas uit voor een tweede portie. Vragend keek hij naar Tilly, die naar beneden tuurde, naar de lichtjes van de zaal, vanwaar flarden van gesprekken omhoogdreven, dus gaf hij Molly een tweede plons watermeloenbrandewijn. Kort daarna tilden ze haar op haar bed.

Ze zaten weer onder de sterren, kijkend hoe de lichtjes van de zaal uitdoofden en de dames van de high society uiteengingen.

Teddy keerde zich naar haar toe. 'Waar ben je van hier naartoe gegaan?'

'Naar Melbourne, naar school.'

'En waarheen toen?'

Ze gaf geen antwoord. Ongeduldig zei hij: 'Kom op, ik ben het, niet zij.'

'Het komt gewoon doordat ik er nooit eerder echt over heb gepraat.'

Zijn blik bleef op haar rusten, alsof hij haar zo kon aansporen.

Uiteindelijk zei ze: 'Ik vond een baan in een fabriek. Eigenlijk moest ik daar voorgoed blijven werken om mijn "weldoener" terug te betalen, maar het was er verschrikkelijk. In elk geval was het wel een kledingfabriek.'

'Wist je wie je weldoener was?'

'Ik heb het altijd geweten.'

'En daarna?'

'Liep ik weg. Naar Londen.'

'En toen naar Spanje.'

'Toen Spanje, Milaan, Parijs.' Ze keek van hem weg.

'En toen? Dat was vast niet alles.'

Ze stond op. 'Ik denk dat ik maar naar binnen ga...'

'Goed, goed.' Hij greep haar bij haar enkel, wat ze niet erg leek te vinden, dus ging hij staan en liet hij een arm om haar schouder glijden, waarna ze heel lichtjes tegen hem aan leunde.

# 17

Uiteindelijk stopte Mona met huilen omdat Lesley erover begon te giechelen. Intussen hadden Trudy en Elsbeth een oplossing bedacht.

‘Je zult met haar moeten trouwen...’ zei Elsbeth.

De volmaakte oplossing voor alles.

Abrupt ging Lesley zitten. ‘Maar ik wil helemaal niet...’

‘... of het dorp verlaten,’ vulde Trudy aan.

Lesley had Tilly een nieuw, nauw aansluitend rijkostuum voor hem laten maken, van hemelsblauwe en roze zijde en met een spierwitte rijbroek. Bij R.M. Williams in Adelaide bestelde hij kniehoge rijlaarzen met Cubaanse hakken. Mona droeg haar bruidsmeisjesjurk. Achter haar oor had ze een witte roos gestoken. Het was een rustige ceremonie in de voortuin van Windswept Crest. Brigadier Farrat trouwde hen tijdens een korte plechtigheid. William bracht meneer en mevrouw Lesley Muncan naar het treinstation. Vanuit de wegrijdende trein zwaaiden ze naar hem, terwijl hij met zijn pijp tussen zijn tanden naast Hamish en Beula stond. De Dungatarse culturele sociëteit had als huwelijkscadeau twee treinkaartjes gedoneerd, zodat meneer en mevrouw Lesley Muncan een nacht konden doorbrengen in de Grand Suite van het Grand Hotel, dat uitkeek over de rivier in Winyerp.

Toen het pasgetrouwde stel slechts vijf minuten nadat de hôtelier hen naar hun suite had begeleid al terugkeerde naar de receptie, was hij erg verrast.

‘We gaan de bezienswaardigheden bekijken,’ meldde Lesley.

'We komen de sleutel rond halfzes halen en willen om zes uur dineren.'

'Jullie mogen 't zeggen,' zei de hôtelier met een knipoog.

Na het eten gingen ze naar boven. Bij de deur van de Grand Suite, de grote hoekkamer met het boograam, die het dichtst bij de badkamer lag, keerde Lesley zich naar zijn kersverse echtgenote en zei: 'Ik heb een verrassing voor je.'

'Ik ook voor jou.' Tilly had vlug nog twee dingen voor Mona's uitzet genaaid, en een daarvan was een tamelijk 'aanstootgevend' negligé, Tilly's eigen ontwerp.

Lesley gooide de deur naar de Grand Suite open. Op een plantentafeltje naast het bed stond een emaillen kan vol ijsklontjes en een fles bubbelwijn. Ernaast stonden twee bierglazen van 200 milliliter, met ertussen een kaart. Hierop werd in reliëf met gouden huwelijksklokken en slingers het woord GEFELICITEERD gevormd. Binnenin had de vrouw van de hôtelier geschreven:

Felicitaties + veel geluk
van ons allemaal xxx

'O, maestro, ik ben zo terug,' zei Mona. Ze pakte haar koffer en verdween in de badkamer naast hun kamer. Lesley rende meteen naar het herentoilet, boog zich over de toiletpot en begon tevergeefs te kokhalzen. Na een poosje keerde hij met bezwete handpalmen en een asgrauw gezicht terug naar de Grand Suite, waar Mona in haar nieuwe negligé zenuwachtig op de chenille sprei lag.

Lesley was onder de indruk. 'O mijn god, Mona.' Hij pakte haar handen en trok haar omhoog, deed toen een stapje achteruit en liep tweemaal om haar heen. Daarna stak hij ritselend zijn handen tot aan zijn ellebogen in haar elegante zijden peignoir en zei: 'Mona, hij is gewoonweg prách-teg!' Hij opende de wijnfles, vulde hun glazen en ze nipten er met verstrengelde armen van.

Mona bloosde. 'Ik denk niet dat ik veel ga drinken... lieveling.'

'Nonsens,' zei Les. Hij kuste haar wang. 'Je zult doen wat ik zeg, ongehoorzame vrouw, of ik draag je op me ervan langs te geven met je rijzweep.' Ze gierden het uit en klonken met hun glazen.

Halverwege de eerste fles haalde Lesley een tweede uit zijn koffer en zette hem in het ijs. Halverwege de tweede fles raakte Mona bewusteloos, dus dronk Lesley de rest van de champagne op, vlijde zijn hals in de vouwen van zijn vrouws peignoir, stak zijn duim in zijn mond en viel in slaap, met zijn neus diep in de zijden plooien, die lichtjes roken naar lelietjes-van-dalenparfum.

Mona werd met hoofdpijn wakker. Het eerste wat ze zag was haar kersverse echtgenoot die voor het raam stond – volledig gekapt en gekleed, klaar om de trein naar huis te pakken. Mona's hart sloeg traag, verzadigd van pijn; haar kin trilde en aan haar amandelen kleefde een brok zo groot als een kweepeer. Ze kon nauwelijks slikken. Nog geen knuffel kon er voor haar vanaf.

'Kom, vrouw,' zei Les glimlachend. 'Beneden wacht er een lekker bakje thee op ons.'

Weer terug op Windswept Crest liet Trudy haar haar oude kamer zien, die nu een kinderkamer was. Daarna overhandigde haar moeder haar een cheque.

'Moeder...' Mona's gezicht klaarde op.

'Het is geen cadeau, dit is je erfenis. Ik heb er flink wat moeite voor moeten doen. Zoals je kunt zien staat hij op naam van Alvin Pratt Onroerend Goed. Het is een aanbetaling voor dat leegstaande huisje in het dorp.' Ze draaide zich op haar hakken om, en terwijl ze door de deuropening liep, riep ze over haar schouder: 'Vanaf nu ben je Lesleys verantwoordelijkheid.'

Die middag verhuisden meneer en mevrouw Lesley Muncan naar het arbeidershuisje tussen Evan en Marigold Pettymans keurige woning en het comfortabele houten huis van Alvin en Muriel Pratt.

Faith knipte letters uit *Women's Weekly* en plakte ze angstvallig netjes naast elkaar op roze karton om de woorden samen te stellen, daarna tekende ze ballonnen en slingers tussen de letters door en strooide ze glitter op lijm. Ze knipte een ster uit een kerstkaart en plakte hem schuin naast het woord STER.

Kom op kom allemaal
begin het footballseizoen dansend op
Het bal van de Dungatarse culturele sociëteit
waar nieuwe muziek gespeeld wordt door de nieuwe
Faithful O'Briens,
EN
VERKIEZING: STER VAN HET BAL
Kaartverkoop: Bobby of Faith.

Hamish zwaaide met zijn vlag, zodat de middagtrein het station binnen kon rijden. Terwijl ze naar de Pratts liep, keek Faith naar hem. Toen de trein tot stilstand was gekomen hielp hij een onbekende vrouw uit het rijtuig op het perron te stappen.

Bezorgd keek ze om zich heen, waarna ze vroeg: 'Wanneer vertrekt de volgende trein weer?'

'Overmorgen, halftien 's ochtends, een stoomtrein uit de D-klasse...'

'Gaat er een bus?'

Met zijn handen op zijn rug en gekruiste vingers antwoordde hij: 'Nee.'

'Dank u,' zei ze, waarna ze wegliep.

Hamish wees haar op Edward McSwiney, die met zijn kar bij de ingang stond te wachten. 'Onze taxi daar ken u naar 't hotel brengen.' De vrouw legde een gehandschoende vinger onder haar neus en wees op haar varkensleren koffers op het perron, tussen de postzakken en de kratten met kippen. Hamish overhandigde ze aan Edward en de vreemdelinge pakte haar attachékoffertje en liep aarzelend met een grote boog om Graham heen. Op haar krokodillenleren pumps baande ze zich een weg over de oneffen betonnen stoep en bereikte ze uiteindelijk de foyer van het Station Hotel. Daar ontdeed ze zich van haar zonnebril en handschoenen, en schraapte haar keel. Fred keek op van zijn krant en liet zijn blik zoekend door de pub glijden. Weer schraapte ze haar keel. Daarop wandelde Fred door de verbindingsdeur tussen de pub en het hotel. Over de rand van zijn bifocale bril bestudeerde hij haar: de stoffige schoenen, de magere maar welgevormde kuiten, de kokerrok en de wijduitlopende mantel die ze uittrok, zodat de witte blouse van broderie anglaise zichtbaar werd. Haar ondergoed scheen erdoorheen.

'Bent u verdwaald?'

'Ik wil graag een kamer voor twee nachten... met een bad.' Ze reikte hem haar jas aan. Fred legde zijn formulierenboek neer, hing de jas over zijn arm en glimlachte hoffelijk. 'Zeker mevrouw, u kunt de kamer naast de badkamer krijgen. Die badkamer wordt weliswaar gedeeld, maar samen met meneer Pullit bent u de enige gast en hij heeft al negen jaar geen bad genomen, dus het bad is van u. Het is een mooie kamer, met ramen op het westen, van waaruit u uitzicht hebt op de ondergaande zon, een schilderachtig op een heuvel gelegen huisje en het schitterende uitzicht daarachter.'

Edward kwam door de voordeur binnen en zette haar koffers voorzichtig bij haar voeten.

'Dank u,' zei ze met een flauwe glimlach tegen hem, waarna ze haar blik weer op Fred richtte, die zich vooroverboog, haar koffers optilde en haar voorging naar boven. Ze inspecteerde de kamer, opende de kastdeuren, ging op het bed zitten, tilde een kussen op om het linnengoed te inspecteren en bekeek vervolgens zichzelf in de spiegel.

'Komt u van ver?' vroeg Fred.

'Ik dacht dat een paar nachten op het platteland verfrissend zouden zijn.' Ze keek naar Fred. 'Dat dacht ik tenminste.'

'Wenst u een maaltijd vanavond?'

'Dat hangt ervan af.' Ze liep het balkon op.

Fred zei haar dat ze maar een gil hoefde te geven als ze iets nodig had en haastte zich naar beneden om Purly te zoeken.

De vreemdelinge zat in de middagzon. Ze stak een sigaret op

en inhaleerde, keek toen omlaag naar de mensen in de hoofdstraat, merkte hun jurken op en bleef met open mond staren. De vrouwen van Dungatar kleedden zich verbazingwekkend goed. Ze kuierden gekleed in chique jurken van de bibliotheek naar de drogisterij en weer terug, droegen met flair broekpakken van synthetische stof en ontspanden zich in het park in zonnejurken met asymmetrische halslijnen zoals je die in Europese couture aantrof.

Ze ging naar beneden, naar de Ladies Lounge, en trof daar een groepje dames aan dat aan tafel zat te kletsen, citroenkwast dronk en kopieën van Balenciaga droeg, voorzien van een garnering van astrakan. Ze gluurde door de voordeur en bestudeerde een groep vrouwen met rieten manden in hun handen die iets aan het lezen waren in de etalage van het warenhuis. Een dikke dame met een onooglijk kapsel droeg een nauwsluitende tailleloze jurk in prinsessenlijn van wollen crêpe met een opstaand boordje en vleermuismouwen die als koude honing omlaag leken te druipen en haar koelkastachtige figuur mooi flatteerden. Een kleine, spitse vrouw droeg een zachtroze mantelpak met een dubbele rij knopen, een brede kraag met revers en paars garneersel, stuk voor stuk aspecten die haar leerachtige huid verzachtten. Naast haar leunde een meisje met een jongensachtig figuur op een bezem in een ontwerp waarvan ze zeker wist dat het nog niet was uitgevonden. Het was een elegante zwarte wollen jurk met een ondiepe boothals en korte mouwen. Het bovenstuk bloesde lichtjes boven een brede kalfsleren riem met een enorme zwarte gesp. De rok was smal en viel tot op de knie! Ook was er een blondine die blijk gaf over veel zwier te beschikken in een driekwartbroek van satijn en velours, een winkelier in een gekleed tuniekpak van faille en een keurig vrouwtje in een zijden capribroek en een heel chic mouwloos manteltje. De vreemdelinge liep terug naar haar kamer om sigaretten te roken. Ze vroeg zich af hoe Parijs zich een weg had weten te vinden naar zo'n achtergebleven uithoek en zulke verwaarloosde lichamen van doodgewone plattelandshuisvrouwen.

'Faith heeft voor een mooie aankondiging gezorgd,' verklaarde Ruth.

Allen knikten.

'Heel artistiek,' zei Marigold.

'Er staat anders niet hoeveel het kost,' bitste Beula.

'Dat is altijd hetzelfde,' zei Lois.

'Deze keer niet,' zei Beula, verwoed knikkend. 'De footballclub heeft nieuwe scheidsrechtersuniformen nodig en Faith vraagt ook geld voor de band; ze hebben veel geoefend, nieuwe liedjes geleerd... en weer een nieuwe naam.'

'Nou, dat zul jij het beste weten,' zei Purl.

Beula zette haar handen op haar heupen. 'Bovendien komt Winyerp eraan.'

Ze staarden haar aan.

'Komt Winyerp d'r aan?' vroeg Lois.

Beula knikte langzaam met gesloten ogen.

'Dan kunnen we maar beter een tafel reserveren...' zei Muriel.

'... naast elkaar,' voegde Lois eraan toe.

Weer keken ze naar de aankondiging.

Nancy, die achteraan met haar bezem stond, zei: 'Laatst kwam er weer een theekist voor haar.'

'Waar kwam hij deze keer vandaan?'

'Uit Spanje?'

'Uit Frankrijk?'

'Geen van beide. Uit New York,' zei brigadier Farrat. Geschrokken draaiden de dames zich om. 'Ja, New York,' zei hij. 'Ik was erbij toen ze de kist opende.'

'Ik heb mijn kleding al uitgekozen,' zei Purl. 'Je zou moeten zien wat ik aantrek.'

'Ik ook.'

'Mijn kleren zijn natuurlijk heel anders!'

'Ik krijg iets heel origineels!'

'Maar mijn hemel,' zei de brigadier. In extase haalde hij zijn schouders op en sloot hij zijn ogen. 'Je zou de stof moeten zien die Tilly voor zichzelf heeft besteld!' Hij legde zijn handen tegen zijn wangen. 'Zijden organza, fuchsia! En het ontwerp! Ze is een échte couturier,' zei hij met een zucht. 'De lijn van Balenciaga, de eenvoud van Chanel, de stof van Vionnet en de vaardigheid van Delaunay.' Met zijn pet modieus scheef op zijn hoofd wandelde hij op zijn glimmende schoenen weg.

'Ze houdt altijd het beste voor zichzelf,' zei Beula. De vrouwen richtten hun blik op de Heuvel en knepen hun ogen samen.

Purl wachtte, haar pen hangend boven haar notitieblokje. De vreemde dame bestudeerde de drie gerechten op het menu.

'Wat zal het wezen, schat?'

De vrouw keek naar haar op en vroeg: 'Waar heb je die jurk vandaan?'

'Van een meisje van hier. Ik stel of de biefstuk met salade voor, of de soep, als u niet echt honger hebt. Ik kan ook pastei opwarmen of zelfs een sandwich voor u maken...'

'Is dat "meisje van hier" ook 's avonds open?'

Zuchtend antwoordde Purl: 'Ik zou zeggen dat ze wel thuis was.'

'Waar woont ze?'

'Op de Heuvel.'

'Misschien kunt u beschrijven hoe...'

'Zodra u uw biefstuk op hebt, zal ik u uitleggen hoe je daar kunt komen. Hoe wilt u uw biefstuk hebben?'

De reizigster stond in haar onderjurk en op kousenvoeten voor de haard door Tilly's schetsboek te bladeren. Haar pakje van Chanel hing achteloos over een stoel. Tilly stond naast haar, met een notitieblok en meetlint in haar handen, en bewonderde haar zachte gepermanente krullen en haar slanke, gemanicuurde handen.

'Juist,' zei de reizigster met een glimlach. 'Ik wil in elk geval de jurk van wilde zijde met de opstaande kraag die de barjuffrouw ook heeft, en ik wil deze interpretatie van Dior, dit broekpak – een ontwerp van u, neem ik aan?' Ze bleef door Tilly's ontwerpen bladeren.

'Zullen er nog aanpassingen nodig zijn?' vroeg Tilly.

'Die zullen niet veel voorstellen. Als ze er al zijn, zorg ik daar zelf wel voor.' Ze keek naar Tilly. 'Er zitten hier originele ontwerpen bij.'

'Ja, mijn originele ontwerpen.'

'Ik begrijp het.' Ze sloot het schetsboek en keek Tilly aan. 'Waarom komt u niet voor mij werken?'

'Ik heb hier mijn eigen zaak.'

'Hier? En waar is "hier" precies?'

'Hier is waar ik ben – voorlopig dan.'

De reizigster zei meesmuilend: 'U verspilt uw tijd hier...'

'Integendeel, mijn diensten zijn hier erg gewild. Bovendien, ik mag op papier dan een klein fortuin waard zijn, maar ik kan pas naar Melbourne verhuizen als iedereen betaald heeft.'

De reizigster wierp een blik op de dichte deur achter Tilly. 'Ik zou graag uw werkkamer bekijken.'

Tilly glimlachte. 'Zou u mij ook úw werkkamer laten zien?'

Even later begeleidde Tilly de reizigster naar de achterdeur en gaf ze haar een zaklamp. 'Doe hem maar in de brievenbus onder aan de Heuvel. Vanaf daar zijn er straatlantaarns.'

'Dank u,' zei de reizigster. 'Stuurt u de rekening na?'

'Dat zal ik doen.'

'Dan zal ik hem betalen.' Ze schudden elkaar de hand. 'Als u ooit van gedachten verandert...'

'Ik waardeer het voorstel, maar zoals ik al zei: op het ogenblik ben ik om verschillende redenen niet in staat om te verhuizen. Ik weet waar ik u kan vinden,' zei Tilly en ze sloot de deur.

Naarmate de dag van het bal dichterbij kwam, kwamen ze in steeds groteren getale naar de Heuvel om op Tilly's deur te bonzen en allerlei eisen te stellen aan unieke ontwerpen en individuele accessoires. Ze liet hun foto's zien van beroemde Europese schoonheden en probeerde uit te leggen wat stijl was, en waarin die verschilde van mode. Ze stelde voor dat ze ofwel hun haar afknipten (wat resulteerde in een verbazingwekkend groot aantal dubbelgangers van Louise Brooks), ofwel het elke avond honderd slagen borstelden. Ze demonstreerde hoe je haar kon touperen, wat een pompadoerkapsel was en ze toonde nog meer haarstijlen. Ze liet hen haarspelden en met kralen versierde schelpen bestellen, evenals kunstbloemen, haarstukjes en valse vlechten, linten, met stenen bezette schuifspelden en haarkammen, bijouterieën van namaakgroenten, gekleurde glazen kralen en knopen in de vorm van sigaretten. Ze liet hen oorringen en armbanden rijgen van kralen en oude kettingen, ze liet hen pigmenten en henna kopen bij meneer Almanac (die dit al sinds de belle époque verkocht) en ze demonstreerde hoe je zonnebrand van Chadlee en Ambre Solaire moest aanbrengen, of bleke foundation en indigo kohl. Ze moedigde hen aan om nieuwe lingerie aan te schaffen en ze citeerde Dorothy Parker: 'Kortheid is het wezen van lingerie.' Ze vertelde hun over de verschillende lichaamstypen en wat het hunne flatteerde en waarom. Ze tekende speciaal voor hen patronen en ontwerpen, en legde uit dat ze per ontwerp driemaal moesten komen passen. Vervolgens droeg ze hun op een parfum uit te kiezen dat de uitstraling van hun kleding weerspiegelde.

Wederom haastten ze zich naar meneer Almanac, dus Nancy huurde een parfumeur in, zodat ze een middagje konden snuffelen en druppelen.

Tilly probeerde hun te onderrichten, hield weelderige stoffen tegen hun lichaam, zodat ze konden kennismaken met de liefkozing hiervan en ze enig idee kregen hoe ze moesten staan en lopen wanneer ze gehuld waren in door een genie geconstrueerde creaties.

De Faithful O'Briens kwamen naar haar toe, Faith en Hamish, Reginald Blood en Bobby Pickett, omdat ze nieuwe kostuums wilden. Faith zag de mannen het liefst in twee tinten rood en met lovertjes bezaaide revers, en zichzelf van top tot teen bedekt met lovertjes. Bobby Pickett stond met gespreide armen in de keuken, terwijl Tilly met een meetlint delen van zijn grote gedaante opmat en getallen noteerde in haar opschrijfboekje. Reg en Faith zaten geduldig aan de keukentafel, zachtjes uitroepen slakend en elkaar aanstotend bij de aanblik van modefoto's in buitenlandse tijdschriften. Molly rolde naar binnen en ging aan tafel zitten, vlak naast Hamish. Ze legde haar hand op zijn knie en liet die vervolgens over zijn dij naar zijn kruis glijden. Hij keerde haar zijn walrussengezicht toe en trok twee borstelige oranje wenkbrauwen op, dus glimlachte ze en tuitte ze haar lippen voor een kus. Haastig begon hij Tilly's platenverzameling te inspecteren.

'Zet er maar een op,' zei Tilly.

Hamish legde voorzichtig een plaat op de draaitafel, tilde de arm op en zette de naald zachtjes in de groef. Er klonk gekras, en vervolgens vulden melancholische klanken de kamer.

'Wat is dit nou voor vreselijke muziek?' vroeg Faith afkeurend.

'Muziek om je bij op te hangen,' bromde Hamish

'Blues,' zei Tilly.

'Ik vind het mooi,' zei Reg. 'Haar stem klinkt blikkerig, maar ze heeft wel iets...'

Hamish gromde. 'Pijn waarschijnlijk.'

'Hoe heet ze?' vroeg Reg.

'Billie Holiday.'

''t Klinkt inderdaad alsof ze vakantie nodig heeft,' vond Hamish.

Toen het donker was bezocht brigadier Farrat Tilly om twee lange platte dozen met kant, zijde, kralen en veren op te halen, evenals keurig opgevouwen japonnen, simpel en secuur, die alleen nog warm geperst hoefden te worden met een vochtige doek of wat druppels regenwater. Tilly klaagde tegen hem: 'Faith blijft maar vasthouden aan rode lovertjes.'

'Faith is het soort vrouw voor rode lovertjes,' zei de brigadier en hij liep naar de paspop.

Tilly hief haar handen. 'Dit is een dorp vol ronde schouders en naar buiten wijzende voeten.'

'En dat zal het altijd zijn, maar ik waardeer wat je voor ze maakt. Als zij dat nou ook eens deden.'

'Bij wie zit jij aan tafel?' vroeg Tilly.

'O, ik moet aan de tafel van de Beaumonts te zitten, bij de Pettymans; wij hoogwaardigheidsbekleders zitten altijd bij elkaar.' Hij zuchtte. 'Zal ik je vragen met me te dansen?'

'Ik ga niet.'

'O, maar de fuchsiazijden organza, lieverd, daarin zou je zo prachtig... Je moet echt komen. Met Teddy erbij ben je veilig.' Brigadier Farrat schudde de doos en zei: 'Ik maak dit pas af als je belooft te komen.'

'Je bent het aan de japonnen verschuldigd ze af te maken,' zei ze. 'Je zult het niet kunnen weerstaan.'

Dus vertrok hij om de rest van de avond te gaan zitten zomen, naden en beleg met kleine steekjes vast te naaien en haakjes en oogjes keurig te camoufleren.

Lesley Muncan hield zijn vrouw op armlengte vast en richtte zijn blik op het plafond. Op de pick-up draaide een plaat rondjes, de naald hangend in een groef aan de buitenkant, alsmaar in de rondte krassend. Mona verstevigde haar greep op zijn schouder, kwam naderbij en kuste haar echtgenoot op de wang. 'Mona, stop,' zei hij. Hij stapte bij haar vandaan.

Ze wrong haar handen in elkaar. 'Lesley, ik...'

'Ik heb je toch gezegd dat ik het niet kan!' Hij stampte met zijn voet op de grond en begroef zijn gezicht in zijn handen.

'Waarom niet?'

Lesley hield zijn handen voor zijn gezicht. 'Het werkt gewoon... niet. Ik weet niet waarom,' zei hij diep ongelukkig vanachter zijn handen.

Mona zat op de oude bank. Haar mondhoeken trokken omlaag. 'Dat had je me moeten zeggen,' zei ze met trillende stem.

'Ik wist het niet,' snufte Lesley.

'Nu jok je,' riep ze uit.

'Goed hoor, jij je zin!'

'Er is geen reden om boos op mij te zijn,' zei Mona, en ze trok haar zakdoek uit haar mouw.

Lesley zuchtte en liet zich naast haar op de bank vallen. Hij staarde met over elkaar geslagen armen naar zijn sloffen. Na een poosje vroeg hij: 'Wil je dat ik wegga?'

Mona sloeg haar ogen ten hemel.

Hij keek haar aan. 'Ik heb geen familie, geen vrienden.'

'Maar je zei...'

'Ik weet het, ik weet het.' Hij pakte haar handen. 'Mijn moeder is inderdaad gestorven, dat gedeelte is waar. Ze liet me haar gokschulden na, een besmette stal vol parasieten en een paar bejaarde paarden. De paarden zullen inmiddels wel het loodje hebben gelegd en de stallen zijn vast afgebrand.'

Mona bleef naar haar schoot kijken.

'Mona, kijk me aan,' zei Les. 'Alsjeblieft?'

Ze bleef omlaag kijken.

Hij zuchtte. 'Mona, jij hebt in deze wereld niet één echte vriend of vriendin, en ik ook niet...'

'Dus jij bent ook geen echte vriend?'

Lesley stond op en zette zijn handen op zijn heupen. 'Wat is er met jou aan de hand?'

'Ik kom gewoon voor mezelf op.' Ze keek hem aan. 'Ik hou van je, Lesley.' Lesley barstte in tranen uit. Mona stond op en sloeg haar armen om hem heen. Lange tijd stonden ze daar midden in de kamer, elkaar omhelzend, de naald nog steeds krassend in de groef. Uiteindelijk zei Mona: 'Niemand anders wil ons', en ze begonnen te lachen.

'Goed, waar waren we?' Lesley snoot zijn neus in Mona's zakdoek. 'Dit is toch een wals?'

'Ik kan niet zo goed dansen,' zei Mona.

'Ik kan een heleboel dingen niet zo goed, Mona,' zei hij rustig, 'maar we zullen er samen het beste van maken, goed?'

'Goed,' zei Mona.

Lesley gaf de platenspeler een schop, waarna de openingsakkoorden van 'An der schönen blauen Donau' knarsend klonken en meneer en mevrouw Muncan begonnen te walsen.

# 18

Tilly keek toe hoe een ondersteboven liggende kever zichzelf op de versleten vloerplanken probeerde om te keren. Ze pakte hem op en liet hem in het gras vallen. Beneden brandde het licht in Teddy's caravan. Ze ging de keuken binnen, controleerde eerst hoe laat het was en vervolgens haar kleding. Op haar bed gezeten, met de armen over elkaar geslagen en de blik op haar schoot gericht, fluisterde ze: 'Doe het niet, doe het niet, doe het niet', maar toen ze zijn voetstappen op de veranda hoorde, zei ze: 'Wat kan 't mij ook verdommen', en ging ze naar de keuken. Tegen wil en dank zat ze de laatste tijd steeds vaker naast hem, of pakte ze zijn arm wanneer ze naar de beek wandelden. Op een avond had ze al drie baarzen gevangen voor ze besefte dat Barney hen niet vergezelde. Vanavond zat hij op de grond naast Molly, die een wijsje zong op een totaal andere melodie dan die van Ella Fitzgerald. Teddy schonk bier voor hen in, liet zich in zijn kapotte leunstoel vallen, legde zijn laarzen op de houtkist en keek naar Tilly, die kwastjes bevestigde aan de zoom van een citroengele sjaal van jacquardweefsel voor Nancy. 'Ik snap niet waarom je de moeite neemt,' zei hij.

'Ze willen dat ik dingen voor ze maak, dat doe ik.' Ze legde haar naaiwerk neer en stak een sigaret aan.

'Ze hebben zich airs aangemeten, denken dat ze chique lui zijn. Je hebt geen goede invloed op ze.'

'Zij denken dat ik geen goede invloed heb op jou.' Tilly gaf haar sigaret aan Teddy. 'Iedereen vindt het prettig om een hekel aan iemand te kunnen hebben,' zei ze.

'Maar jij wilt dat ze je aardig vinden,' zei Molly. 'Het zijn allemaal leugenaars, zondaars en huichelaars.'

Teddy knikte en blies zijn rook in kringen uit.

'Niets is goed of slecht, want ons eigen denken bepaalt wat goed is en wat slecht,' zei Tilly.

Molly keek weer naar Teddy, maar de jonge man staarde met een intense blik naar Tilly.

'Ik ga de tuin omspitten,' kondigde Barney aan.

'Nu niet, het is te donker,' zei Teddy.

'Nee, morgen,' zei Barney.

Tilly knikte. 'Morgen, dan planten we meer groenten.'

'Je hebt niet alleen een golfpartner, maar ook een eersteklas tuinman,' zei Teddy.

'Het is zijn eigen tuin,' zei Tilly.

'Profiteurs. Jullie willen alleen maar eten hebben voor dat schorriemorrie beneden bij de vuilnisbelt,' zei Molly.

Tilly knipoogde naar Barney, die bloosde. Later, toen de gloeiende stukken hout veranderd waren in zachte as, toen Molly was weggedommeld en Barney allang naar bed was gegaan, keek Teddy naar Tilly, terwijl hij zijn hoofd schuin hield en zijn ogen twinkelden. Ze raakte erdoor van streek. Wanneer hij zo naar haar keek, werden haar handen vochtig en begonnen haar voeten te kriebelen.

'Je bent toch geen slecht soort vrouw, of wel?' Plotseling zette hij zijn voeten op de grond en boog hij zich met zijn ellebogen op zijn knieën dicht naar Tilly toe. 'Jij zou een kerel erg gelukkig kunnen maken.'

Hij wilde juist haar hand pakken toen ze opstond. 'Word op mij alsjeblieft niet verliefd, want ik ben valser dan een dronkemanseed. En nu moet ik Molly naar bed brengen.'

'Die ken ik niet,' zei Teddy.

'Aha,' zei Tilly. 'Vaarwel, vaarwel, zo'n zoete smart is scheiden...'

Ze gooide een kussen naar hem toe dat tegen de deur aankwam nadat die achter hem was dichtgevallen. Zijn hoofd verscheen weer om de deur. Hij wierp haar een kus toe en verdween.

Tilly wierp op haar beurt een kus naar de gesloten deur.

Hij kwam haar ophalen om naar het bal te gaan en droeg een nieuwe smoking, een strikje en lakleren schoenen. Zij had zich nog niet verkleed.

'Ga je in je ochtendjas?'

'En als er nu weer niemand met je praat, net als vorige keer?' vroeg ze grinnikend.

Schouderophalend zei Teddy: 'Ik kan toch met jou praten?'

'Ze zullen ervoor zorgen dat we ons ongemakkelijk voelen...'

Hij pakte haar hand. 'We gaan gewoon dansen.'

Toen ze hem weifelend aankeek, sloeg hij zijn armen om haar middel, waarna ze tegen hem aan leunde.

'Ik wist wel dat je me niet kon weerstaan.'

Ze lachte. Tegenwoordig kon hij haar aan het lachen maken.

Hij trok haar naar zich toe en ze dansten de tango rond de keukentafel. 'We gaan zo lekker swingen dat ze allemaal de dansvloer af vluchten!'

'En dan krijgen ze een nog grotere hekel aan me!' riep ze, achterover hangend in zijn arm, haar haar tot op de grond.

'Hoe groter de hekel die ze aan je hebben, hoe meer we zullen dansen,' zei Teddy en hij trok haar omhoog, dicht tegen zich aan. Ze keken elkaar in de ogen, hun gezichten dicht bij elkaar, hun neuzen elkaar bijna rakend.

'Misselijkmakend,' vond Molly.

Teddy trok de rits op de rug van haar jurk omhoog en stak zijn handen in zijn zakken, waarna hij aandachtig bestudeerde hoe volmaakt de rits haar ruggengraat en haar vormen volgde en hoe ze haar haar had opgestoken. Ook bewonderde hij haar haar fraaie oorlelletjes en het fijne dons boven haar welgevormde lip. Hij deed een stap achteruit om haar beter in haar schitterende jurk te kunnen monsteren. Tilly had een van Diors beroemdste japonnen gekopieerd, de Lys Noir, een strapless, tot op de vloer vallende creatie die een beetje leek op een sarong. Ze had de rok iets ingekort, waardoor de fuchsiakleurige zijden organza aan de voorkant tot vlak boven de knie reikte en aan de achterkant tussen haar schouderbladen samenkwam, waarna hij in een korte sleep omlaag viel, die sierlijk op de vloer achter haar lag.

'Gevaarlijk,' was Teddy's commentaar.

'Jouw woorden.' Ze stak haar hand naar hem uit. Hij pakte hem, vouwde zijn sterke handen eromheen. Hij was haar goede vriend en haar bondgenoot. Ze tilde haar sleep op en hing hem over haar vrije arm. Toen trok hij haar naar zich toe en kuste haar. Het was een warme, zachte en zalige kus, die ze tot in haar voetzolen voelde. Haar tenen krulden om en haar hart smolt. Ze kreeg zin om haar knieën op te tillen en haar benen te spreiden. De kus maakte dat ze haar heupen tegen de zijne drukte en er van achter in haar keel gekreun klonk. Langzaam trok hij een spoor van kussen over haar hals en weer terug naar haar oor, en vervolgens naar haar mond, die enigszins naar adem hapte.

'Waar ben ik mee bezig?' fluisterde ze.

Weer kuste hij haar.

Molly reed stilletjes naar hen toe. Ze draaiden zich om en keken naar de oude vrouw met de theemuts op haar hoofd, de wollen draden en linten die als vuile manen aan haar rolstoel hingen en de gedroogde geraniumranken die rond haar spaken gewikkeld waren.

'Mijn bedoelingen zijn volkomen eerbaar,' zei Teddy.

'Je weet best dat meisjes die zulke jurken dragen geen waarde hechten aan eerbare bedoelingen,' merkte Molly op.

Ze barstten allebei in lachen uit en ze voelde haar borsten tegen hem aan drukken, voelde zijn hart slaan en zijn buik langs de hare schuiven terwijl ze lachten. Teddy hield haar vast alsof ze elk moment kon breken, wat haar deed glimlachen. Hij reed de Heuvel af met haar hand in de zijne.

De in haute couture gestoken Dungatarse dames arriveerden pas laat en traden de zaal met intervallen van drie minuten binnen, waardig, met hun neus in de lucht en hun mondhoeken omlaag wijzend. Langzaam schreden ze tussen de starende gasten uit Winyerp door naar het midden van de zaal.

Gewoonlijk stuurde Marigold Lois naar Tilly, met haar maten en een foto van wat ze wilde, maar deze keer was ze zelf komen passen. Tilly had haar gespannen, trillende vormen gehuld in lange kalmerende lijnen van pastelblauwe zijden crêpe, nauwkeurig schuin op draad geknipt en met een vlot sleepje. Haar hals was bedekt met sierlijk fijn gaas (om haar uitslag te verbergen), dat bezaaid was met lichte diamantjes.

De mouwen liepen ietwat wijd uit, waren driekwart en van gaas. Haar pony was hoog opgekruld. Evan vertelde haar handenwrijvend dat ze eruitzag 'als een serafijn'.

Lois Pickett had Tilly een tekening laten zien met de woorden: 'Wat vind je hiervan?' Tilly wierp een vluchtige blik op de blouse met manchetten, wijde mouwen en een opstaande kraag en de strokenrok daaronder. Vervolgens maakte ze een nauwsluitende, tot op de vloer reikende japon van zwarte crêpe, met een aan de voorkant verkorte rok, waardoor Lois' slanke enkels zichtbaar waren. De vlindermouwen vielen tot op haar polsen, de halslijn was hoefijzervormig en diep, en liet een respectabel doch verleidelijk decolleté zien. Aan de voorkant bevestigde Tilly een roze satijnen roos, vlak naast haar heup, waardoor Lois' stevige verschijning verzacht werd. Ze zweefde naar het midden van de zaal, eruitziend als een heuse levensgenietster, drie maten slanker ogend, met een kort watergolfkapsel dat met glitter was bestrooid. Voor juffrouw Prudence Dimm had Tilly een nauwsluitende japon van koningsblauwe wollen crêpe gemaakt, met aan de zijkant een hemelsblauwe dubbele plooi van zijde, die wanneer ze liep glanzend openviel. Ze volgde Nancy, die straalde in slechts een halterjurk met een diepe ruguitsnijding van zilverlamé, die haar lichaam volgde als warme karamelsaus op een appel. Omdat de rok zo strak zat, was heupwiegen niet mogelijk, dus bleef ze stijf rechtop staan (deze keer zonder de steun van een bezemsteel) voor het geval de revers van lamé zouden opkrullen en de zijkanten van haar borsten zichtbaar zouden zijn. Ruth liep achter Prudence. Tilly had de volmaakte kleding ontworpen om Ruths zongebruinde schouders te verbergen: een transparante zwarte bovenkant met lange mouwen en een hoge hals met een lichte kralenversiering die ter hoogte van haar tepels begon en naar haar taille toe steeds dichter werd. De zijden rok was lang en zacht, met een split tot boven aan haar slanke dij. Ze zou niet misstaan in de New Yorkse Cotton Club.

Purl had gewezen naar een foto van Marilyn Monroe in *Bus Stop* met de woorden: 'Zo wil ik eruitzien.' Roomblank en glanzend stond ze in de deuropening aan Freds arm in een minuscuul grijsgroen satijnen lijfje voorzien van smalle met kralen bezette schouderbandjes. Een wijduitstaande matgroene tulen rok, die verleidelijk opbolde bij haar o zo smalle taille, en waarvan de puntige driehoeken van de zoom rond haar met kralen bezette enkelbandjes en naaldhakken dansten. Haar haar was platinablond geworden en ze had Jean Harlows schouderlange kringels en krullen gekopieerd. Freds glimlach was even stralend als haar uiterlijk.

De modeshow was nog niet afgelopen. Voor Gertrude had Tilly pastelroze satijn uitgekozen. Het lijfje was chic, met een boothals en kapmouwtjes. De taille liep aan de achterkant in een punt omlaag en aan de voorkant enigszins omhoog om haar in haar bevruchte staat alle ruimte te geven. De rok viel in een schuin op draad geknipte A-lijn die vrolijk rond haar enkels zwierde. William had een Clark Gable-snor laten groeien en begeleidde zijn vrouw naar het midden van de zaal met één hand achter zijn rug en de andere ietsje geheven, waarop Trudy's hand rustte. Ze volgden Elsbeth, die rondschreed alsof ze een vaas op haar hoofd liet balanceren. Haar japon was van weelderig flessengroen fluweel, mouwloos, voorzien van een vierkante hals met garneersel van zwart satijn. Een brede satijnen band hing laag op haar heupen en was midden op haar billen royaal gestrikt, waarna de uiteinden als een sleep achter haar op de vloer lagen. Tilly had er bijpassende ellebooglange zwarte satijnen handschoenen bij gemaakt. Elsbeth en Trudy droegen hun haar allebei in een Franse rol.

Brigadier Farrat was gestoken in een hoge hoed en pandjesjas, en liep meteen naar zijn tafel. Evan en Marigold zaten tegenover hem. De aan weerszijden van William gezeten Trudy en Elsbeth bogen zich voor hem langs om te praten. 'Wanneer begint de Ster van het Bal-verkiezing?' vroeg Trudy.

Elsbeth keek de zaal rond. 'Zie je al een fuchsia jurk?'

'Ze is er nog niet,' zei William.

Elsbeth wendde zich tot haar zoon. 'Aan welke tafel zit ze?'

Evan gaf een klopje op de hand van zijn vrouw en zei: 'Ik denk niet dat het vanavond voor de juryleden moeilijk zal zijn om de Ster van het Bal uit te kiezen.' Hij knipoogde naar Elsbeth en Trudy.

Op dat moment kwam Beula Harridene door de deur gemarcheerd. Met blozende wangen en warrige haren, gehuld in een wit vest over een tot op de grond reikende bleekgroene doorknoopjurk met een groezelige zoom.

'Ze zijn onderweg!' riep ze, waarna ze plaatsnam naast brigadier Farrat.

Elsbeth, Trudy en Evan stonden op en liepen naar het podium. De Faithful O'Briens speelden 'My Melancholy Baby'. Lesley keerde zich naar Mona en zei op formele toon: 'Mag ik deze dans van je, schat?', waarop ze naar de dansvloer togen, gevolgd door brigadier Farrat en Marigold en de resterende Dungatarse stellen. Ruisend schuifelden ze rondjes, met hun kin in de lucht. De dames uit Winyerp en Itheca bleven zitten om hun jurken als schuimtaarten en kanten sjaals aan het zicht te onttrekken. Toen Nancy naar de damestoiletten ging, stond daar een vrouw in een stijve strapless japon met pauwenogen naast haar voor de spiegel die vroeg: 'Wie maakt toch jullie betoverend mooie jurken?'

'Dat is ons geheim,' antwoordde Nancy en ze keerde haar de rug toe.

Evan Pettyman stond achter de microfoon en veegde met een vierkante witte zakdoek het zweet van zijn voorhoofd. Hij heette de gasten van buiten welkom en sprak vervolgens over goede buren en rivalen, waarna hij vroeg of de kandidaten voor de Ster van het Bal-verkiezing wilden opstaan om nogmaals te pronken met hun jurk, zodat de juryleden hun definitieve, uitermate zware beslissing konden nemen. Purl, Lois, Nancy en Ruth, juffrouw Dimm, Mona en Marigold paradeerden plechtstatig en glimlachend voor Trudy en Elsbeth, terwijl laatstgenoemden met de hoofden bij elkaar knikten en fluisterden. Onder Hamish' trommelgeroffel boog Evan zijn hoofd naar dat van hen.

'Lieve hemel,' riep Evan uit, en hij legde zijn hand op zijn hart. 'Dat is inderdaad het juiste oordeel. Vanavond is de Ster van het bal... mijn lieflijke echtgenote, Marigold Pet-ti-mon!' Hij liep naar zijn blozende vrouw, pakte haar kleine hand en trok haar mee naar de dansvloer om iedereen voor te gaan bij de eerste wals van die avond.

Aan het einde van de wals hielp Beula Marigold naar de damestoiletten, zodat ze op adem kon komen en koud water over haar polsen kon laten stromen. Beula wuifde haar met een dikke stapel toiletpapier koelte toe. 'Dus je bent Ster van het Bal in een jurk die zíj heeft gemaakt,' siste ze.

Marigold knikte.

'Je weet toch wel wie haar vader is?' vroeg Beula.

'Een rondreizende reparateur van Singer-naaimachines,' antwoordde de Ster.

'Fout. Molly gaf haar zijn naam, het is haar tweede voornaam.' Beula boog zich dichter naar Marigold toe om haar iets in het oor te fluisteren. Daarna deed ze een stap achteruit om de boodschap tot Marigold door te laten dringen, en zag ze haar uitslag paars worden.

Tilly en Teddy hielden elkaars handen vast, terwijl ze glimlachend in de deuropening stonden. Met hun voeten de maat tikkend keken ze toe hoe Tilly's jurken over de dansvloer wervelden. 'Lieve help,' zei ze toen Faith een fis probeerde te halen. Bij de deur was niemand; er stonden alleen twee lege stoelen, en op tafel lagen een lotenboekje en de loterijprijs, bestaande uit een nieuwe thermosfles en een opvouwbare canvas stoel.

Tilly pakte de plattegrond met de tafelschikking en bestudeerde die. Er waren zes tafels met een stuk of tien namen erbij. Ze tuurde ernaar.

'Kijk eens waar tafel zes is,' zei Teddy. Toen wenkte Fred Bundle hem vanuit de groep footballspelers die bij de ingang rondhingen, dus stapte Teddy over de drempel en liet hij haar hand uit de zijne glijden.

'Tafel zes,' zei Tilly. 'Norma en Scotty Pullit, Bobby Pickett en T. McSwiney...' Onder T. McSwiney stond in vage letters T. Dunnage, maar de naam was doorgekrast. Ze trof haar naam nogmaals aan bij de tafel met de Beaumonts, maar ze hadden een rode balpen gebruikt om haar naam te schrappen. Bij de tafel van de lagere school, bij juffrouw Dimm, Nancy, Ruth en een paar anderen, had iemand de moeite genomen om met behulp van een prikpen een naam uit de plattegrond te verwijderen, waardoor er een ruw rechthoekig gaatje was ontstaan. Bij de tafel van Purl zag ze dat er een onder aan de lijst toegevoegde naam met zwarte pen was doorgehaald. Helemaal vooraan, bij de tafel van de band, stond met potlood in blokletters, waarvan sommige achterstevoren, BARNEY. Naast zijn eigen naam had Barney met een rood potlood geschreven '+ TILLY'. Barney had tot taak te zorgen dat de glazen van de bandleden gevuld bleven en de bladmuziek voor Faith werden omgeslagen. Maar zelfs hier had iemand haar naam uitgegumd.

Ze rechtte haar rug en keerde zich naar de deuropening, maar daar stond Teddy niet meer. Ze zag alleen de brede ruggen van de footballspelers. Raadslid Evan Pettyman draaide zich naar haar toe, snoof, en spuugde op de grond naast haar rokzoom. Haar blik gleed omlaag naar de blauwpaarse klodder en toen omhoog naar Beula Harridenes barnsteenkleurige ogen. Met een glimlach zei de laatste: 'Bastaard, moordenares', waarna ze resoluut de deur dichttrok.

En daar stond Tilly dan, helemaal alleen in de foyer in haar glanzende fuchsia Lys Noir-japon. Ze wikkelde haar sjaal stevig om zich heen en pakte de deurknop. Maar aan de andere kant gaf iemand tegendruk.

Teddy vond haar in het park onder een boom, bevend en volkomen van haar stuk. Hij gaf haar wat watermeloenbrandewijn.

'Ze willen alleen maar dat we ze niet in hun hemd zetten.'

'Daar gaat het niet om. Het gaat om wat ik heb gedaan. Soms vergeet ik het, en net als ik... Het is het schuldgevoel en het kwaad in mij. Dat draag ik altijd met me mee, binnenin. Het is iets zwarts, iets zwaars... maakt zich onzichtbaar, en duikt weer op juist als ik me veilig voel... Die jongen is dood. En er is meer.' Ze nam nog een slok.

'Vertel.'

Ze begon te huilen.

'O, Til.' Hij sloeg zijn armen om haar heen. 'Vertel het me.'

Hij bracht haar naar zijn caravan bij de vuilnisbelt, waar ze tegenover elkaar gingen zitten en ze hem alles vertelde. Het duurde lang en ze moest vaak huilen, dus kuste hij haar keer op keer en huilde met haar mee en trok haar tegen zich aan. Hij streelde haar en kalmeerde haar en vertelde haar dat het niet haar schuld was, dat niets hiervan haar schuld was, dat iedereen ongelijk had. Na afloop bedreven ze teder de liefde, waarna ze in slaap viel.

Hij dekte haar toe met haar fuchsia japon en ging naakt naast haar zitten roken, peinzend over haar onrustige slaap, waarin de tranen over haar wangen liepen. Daarna maakte hij haar wakker. Hij overhandigde haar een glas champagne met de woorden: 'Ik vind dat we moeten trouwen.'

'Trouwen?' Ze lachte en huilde tegelijkertijd.

'Dat zouden ze het ergste van alles vinden. Trouwens, jij bent mijn droommeisje. Er zal nooit meer iemand anders voor me zijn.'

Ze knikte, door haar tranen heen naar hem glimlachend.

'We doen het hier. We houden een grote bruiloft in Dungatar en dan verhuizen we naar een betere plek.'

'Een betere plek?'

'Weg van slechte dingen, naar een goede plek, waar de zaterdagavondfeesten leuker zijn...'

'En neem je mijn malle moeder dan ook mee?'

'We kunnen zelfs mijn trage broer meenemen.'

'Barney.' Ze lachte weer en klapte in haar handen. 'Ja, Barney!'

'Ik meen het.'

Omdat ze geen antwoord gaf, zei hij: 'Het is het beste aanbod dat je hier ooit zult krijgen.'

'En waar zouden we naartoe gaan?'

'Naar de sterren,' zei hij. 'Ik neem je mee naar de sterren, maar eerst...' Ze stak haar armen naar hem uit, en weer ging hij naast haar liggen.

Later lagen ze samen op de silo naar boven te kijken: twee zwarte silhouetten op een dak van zilverkleurige golfplaten onder een met sterren bezaaide fluweelzwarte hemel en een kille witte maan. Hoewel de lucht fris was, had de herfstzon het metaal verwarmd.

'Je speelde nooit met me toen ik klein was,' merkte Tilly op.

'Je kwam nooit naar ons toe.'

'Ik zag jullie hier spelen, jij en Scotty en Reg. Jullie gebruikten verrekijkers om te zoeken naar raketten "uit de ruimte". Soms waren jullie cowboys, op zoek naar oorlogszuchtige indianen op een paard.'

Teddy lachte. 'En Superman. Ik ben een keer flink in de problemen geraakt,' zei hij. 'We sprongen vroeger op de graanwagons wanneer ze wegreden van het laadperron. Dan bleven we op het graan zitten tot ze de beek overstaken en sprongen we daarin. Op een dag wachtte de brigadier ons op met Mae. Tjonge, gaf zij me even een pak rammel.'

'Onverschrokken,' zei Tilly zachtjes.

'Onverschrokken,' beaamde hij. 'En dat ben ik nog steeds.'

'O ja?' Ze ging rechtop zitten. 'En hoe zit het met mijn vloek?'

'Ik geloof niet in vloeken. Dat zal ik je laten zien.' Hij stond op.

Tilly zag hem langzaam over het omlaag lopende dak naar de rand toe schuiven. 'Wat ga je doen?'

Hij keek neer op de graanwagons die achter elkaar naast het laadperron stonden.

'Misschien zijn ze wel leeg,' riep ze.

'Nee,' antwoordde hij. 'Ze zijn vol.'

'Doe het niet,' riep ze. 'Doe het alsjeblieft niet.'

Hij draaide zich om, glimlachte en wierp haar een kus toe.

Evan Pettyman parkeerde zijn auto voor zijn huis en hielp zijn dronken vrouw naar binnen. Hij legde haar op haar bed en was bezig haar kousen van haar krachteloze voeten te trekken toen hij in de verte iemand hoorde roepen. Hij luisterde. Het kwam van de spoorweg.

'Help, kan iemand me helpen... alsjeblieft.'

Hij trof Tilly Dunnage aan, die voorzichtig langs de rand van een treinwagon heen en weer liep in een gescheurde jurk en met haar dat verwoed wapperde in de nachtwind, terwijl ze met een lange stok in het graanzaad in de wagon roerde.

'Hij is daar binnen...' riep ze, met een stem die wel uit het graf leek te komen.

'... maar hij wil de stok niet beetpakken.'

III

# Vilt

Een niet-geweven textielsoort, vervaardigd van korte wolvezels die alle kanten op liggen en door middel van stoom, warmte en druk aan elkaar bevestigd worden, zodat ze een dicht materiaal vormen. Wordt geverfd in heldere effen kleuren. Gebruikt voor rokken, hoeden en handschoenen.

*Fabrics for Needlework*

# 19

Tilly zat tegenover brigadier Farrat. Hij hield een balpen boven een vel papier met carbon op zijn klembord. Zijn politie-uniform was gekreukeld, zacht en slap, en op sommige plekken stond zijn witte haar rechtop.

'Wat is er gebeurd, Tilly?'

Ze sprak met die stem die van ver leek te komen. Haar blik was op de vloer gericht. 'Nee, ik heet Myrtle. Ik ben nog steeds Myrtle...' zei ze.

'Ga door.'

'Weet je nog dat ze die silo bouwden?'

Brigadier Farrat knikte. 'Ja', en hij moest een beetje glimlachen bij de herinnering aan de opwinding die het nieuwe gebouw met zich meebracht. Maar omdat ze het weer te kwaad kreeg, zei hij zachtjes: 'Ga door.'

'De jongens klommen er vroeger bovenop en sprongen...' Ze zweeg.

'Ja, Tilly,' fluisterde hij.

'Net als Superman.'

'Het waren dwaze jongens,' zei brigadier Farrat.

Ze keek nog steeds naar de vloer. 'Jongens nog maar. De inwoners van Dungatar hebben een hekel aan ons, brigadier Farrat, aan mij en Malle Molly, en ze zullen me de dood van die jongen of mijn moeders fouten nooit vergeven... Ze hebben haar ook nooit vergeven, en zij heeft niets verkeerds gedaan.'

Brigadier Farrat knikte.

'Ik ben niet op het bal gebleven. Teddy vond me en we gingen naar zijn caravan en bleven daar tot... nou ja, heel lang, maar op een gegeven moment gingen we naar de silo's... We wilden de zon op een nieuwe dag zien opkomen...'

Weer knikte brigadier Farrat.

'Ik heb hem mijn geheimen verteld en hij bezwoer me dat het hem niets kon schelen. "Ik ben net de fee Morgana, een geest die met haar gejammer een sterfgeval aankondigt," zei ik. We waren gelukkig, hij zei dat alles goed zou komen...'

Ze kreeg het nog meer te kwaad, maar wist zich moeizaam te herstellen. 'Het leek er eindelijk op dat ik toch de juiste beslissing had genomen. Dat naar huis komen goed was, omdat ik hier iets prachtigs aantrof: een bondgenoot. Hij dronk nog wat champagne en we klommen op het dak van de silo.'

Zwijgend staarde ze lange tijd naar de vloer. Brigadier Farrat liet haar haar gang gaan, omdat ze vanbinnen wegsmolt en hij wilde dat ze verder vertelde; hij wilde het kunnen begrijpen.

Eindelijk zei ze: 'Natuurlijk was er ook het voorval met die jongen...'

'Toen je tien was,' zei brigadier Farrat met zachte, trieste stem.

'Ja. U hebt me toen naar die school gestuurd.'

'Ja.'

'Ze waren daar heel goed voor me. Ze hielpen me, zeiden dat het eigenlijk niet mijn schuld was.' Haar adem werd weer regelmatig. 'Maar toen gebeurde er weer... Iedereen die ik heb aangeraakt is gewond of dood.' Ze klapte dubbel op de houten politiebureaustoel en schudde en snikte tot ze slap was en alles pijn deed. Brigadier Farrat legde haar in zijn hemelbed en ging naast haar zitten huilen.

Edward McSwiney had gezien wat er met Stewart Pettyman was gebeurd. Vanaf het dak van de silo had hij twintig jaar eerder gekeken naar wat er tussen Stewart en Myrtle Dunnage voorviel. Edward was op dat moment het dak aan het repareren. Toen er kinderen op hadden gespeeld was de dakgoot kapotgegaan. Edward hoorde de schoolbel en hij onderbrak zijn bezigheden om te kijken naar de kleine gestaltes die in de verte van school naar huis liepen. Hij zag dat Myrtle in een hoek was gedreven en door een jongen werd aangevallen, maar toen hij ter plaatse was, stond het meisje verstard en doodsbang voor de muur. 'Hij stormde als een stier op me af...' piepte ze en ze stak haar vingers aan weerszijden van haar oren omhoog om hoorns te maken, '... kijk, zo.'

Omdat ze begon te trillen, stak Edward McSwiney zijn armen naar haar uit, maar ze deinsde achteruit en verborg haar gezicht. Pas toen zag Edward wat ze had gedaan. Ze had een stap opzijgezet, waardoor de jongen met zijn hoofd vooruit tegen de bibliotheekmuur was geramd en daar nu met een gebroken nek lag, zijn hoofd haaks op zijn mollige lichaam.

Later die dag bezocht Edward samen met Molly en Evan Pettyman het politiebureau, waar brigadier Farrat zei: 'Vertel meneer Pettyman maar wat je gezien hebt, Edward.'

'Ze zaten haar altijd achterna en pestten haar,' zei hij tegen Evan. 'Scholden haar uit voor bastaard. Ik heb ze al vaak in de kraag gevat. Jouw Stewart had het arme kleine ding in de hoek bij de bibliotheek gedreven; ze probeerde alleen maar heel te blijven...'

Evan keerde zich af. Hij keek naar Molly. 'Mijn zoon... Mijn zoon is vermoord door jouw dochter...'

'Jouw dochter!' riep Molly.

Nooit zou Edward de blik vergeten die toen op Evans gezicht verscheen... toen volledig tot hem doordrong wat dat betekende, wat er eigenlijk was gebeurd.

Ook Molly zag zijn gezichtsuitdrukking. 'Ja. Waarom kon je me niet gewoon met rust laten? Je volgde me hierheen, kwelde me, maakte me je maîtresse... Je hebt ons leven verpest. We zouden een kans hebben gehad, in elk geval een kans. Myrtle en ik hadden nog best een goed leven kunnen hebben...' Molly begroef haar gezicht in haar handen en schreeuwde: 'Arme Marigold, arme domme Marigold, je zult haar nog gek maken.' Daarna vloog ze krabbend en schoppend op hen af.

Brigadier Farrat had haar vastgegrepen en vastgehouden. Hij

zei: 'Stewart Pettyman is dood. Myrtle zal ergens anders heen moeten.'

En nu moest de brigadier toekijken, terwijl Edward tegen zijn gezin zei: 'We hebben Teddy verloren, onze held.'

Voor zijn ogen zakten ze als gesmolten glazuur in elkaar. Hij was niet in staat hun met zijn hoofd enige logica of met zijn hart enig soelaas te bieden, of troost. Hij begreep volkomen dat Molly Dunnage en Marigold Pettyman gek waren geworden en verdronken in het verdriet en de walging die als spinnenwebben boven de straten en tussen de gebouwen van Dungatar hingen, terwijl ze waar ze ook keken, zagen wat ze ooit hadden gehad. Zagen waar iemand die ze niet langer konden vasthouden had gelopen, waardoor ze continu aan de leegte in hun armen werden herinnerd. En overal zagen ze dat iedereen hen zag, en het allemaal wist.

Brigadier Farrat stelde God vele vragen terwijl hij bij Tilly zat, maar hij kreeg geen enkel antwoord.

Toen hij eindelijk zijn rapport schreef, noemde hij de champagne niet, of de twee verstrengelde lichamen onder de nabije sterren, of dat ze de liefde keer op keer hadden bedreven en qua voornemens één waren geworden en dat ze een heel leven hadden moeten delen, niet slechts een paar uur. Hij zei niet dat ze besefte dat er een vloek op haar rustte, dat ze met één jammerkreet jongens de dood in kon jagen, en hij liet ook weg dat Teddy haar probeerde te bewijzen dat hem niets kon overkomen wanneer hij sprong, ook al smeekte ze hem het lot niet te tarten.

Teddy was vastbesloten, dus sprong hij in de volle wachtende graanwagon die daar in het donker stond. De wagon die 's ochtends weggetrokken zou worden, waarna de lading naar een schip zou worden gebracht, dat het over de wijde zee naar verre werelddelen zou brengen.

Maar de wagon was niet tot de rand gevuld met tarwe, het

was een wagon vol sorghum. Fijne glanzende lichtbruine sorghum. Dit was ook niet bestemd voor andere werelddelen. Het was veevoer. En Teddy schoot erin als een bliksemschicht in een oliereservoir en gleed helemaal door tot aan de bodem, om daar te stikken in die enorme laadbak, in een zee van glibberige bruine zaadjes, van glanzend vloeibaar zand.

In plaats daarvan schreef brigadier Farrat dat Teddy McSwiney was uitgegleden en dat het zijn eigen vreselijke fout was, en dat de getuige, Myrtle Evangeline Dunnage, hem had gewaarschuwd het niet te doen en dat zij onschuldig was.

De brigadier trof Molly bij de haard aan, stilletjes en peinzend. Hij kwam binnen en ze zei zonder naar hem te kijken: 'Wat is er?'

Hij vertelde het haar en ze reed naar haar bed in de hoek en trok de deken over haar hoofd.

Tilly besefte dat ze bij wijze van boetedoening in Dungatar moest blijven. Als ze ergens anders heen ging, zou daar precies hetzelfde gebeuren. Ze was op alle mogelijke manieren bankroet en het enige wat er nog over was, was haar broze, breekbare moeder.

Brigadier Farrat besefte dat hij moest opstaan om zijn kudde als een herder te koesteren, om ze tegen zichzelf te beschermen en te proberen hen ervan te overtuigen dat er uit al deze misère nog iets goeds kon voortkomen. Hij vroeg of ze naar de begrafenis zou gaan, waarop ze hem met een zielloze blik aankeek en zei: 'Wat heb ik gedaan?'

'Het is beter als je hun onder ogen komt, dat je laat zien dat je niets te verbergen hebt. We zullen dit samen doen.'

Het was een kale, wrede begrafenis, zinderend van zaken die niet in woorden gevat konden worden. Op dit donkere schokkende uur was de lucht zwaar van het leed. De mensen konden de kracht niet vinden om te zingen, dus begeleidde Reginald Hamish op de doedelzak, terwijl ze het treurige largo van Dvořáks *Uit de nieu-*

*we wereld* speelden, wat de gemeente de adem benam en hun verdriet goed weergaf. Daarna verliet brigadier Farrat Tilly's zijde om een soort preek af te steken. Hij sprak over liefde en haat en de kracht daarvan, en hij herinnerde de aanwezigen eraan hoeveel ze van Teddy McSwiney hielden. Hij zei dat Teddy volgens de natuurlijke hiërarchie van het dorp een verschoppeling was, die naast de vuilnisbelt woonde. Zijn brave moeder Mae deed wat er door de mensen van Dungatar van haar verwacht werd: ze bemoeide zich alleen met haar eigen leven en leerde haar kinderen oprecht te zijn. Haar man Edward werkte hard, repareerde ieders leidingen, snoeide hun bomen en bracht hun afvalproducten naar de vuilnisbelt. De McSwineys hielden afstand, maar verdriet kan op ieders deur kloppen – bovendien: was niet iedereen in het dorp ánders, maar hoorde hij of zij er niet toch bij?

Brigadier Farrat zei dat liefde even sterk was als haat, en dat de mensen in Dungatar evenzeer in staat waren iemand te haten als van een verschoppeling te houden. Teddy was een verschoppeling, tot hij bewees een waardevol gemeenschapslid te zijn, en hij had van een andere verschoppeling gehouden, de kleine Myrtle Dunnage. Hij hield zoveel van haar dat hij haar vroeg met hem te trouwen.

Brigadier Farrat liep inmiddels voor de rouwende mensen heen en weer en zei op strenge toon: 'Hij wilde dat jullie van haar hielden, haar vergaven, en als er die avond van haar was gehouden... Maar natuurlijk konden jullie niet van haar houden; jullie hart is niet zo groot als het zijne was en zal dat nooit zijn, en dat is de treurige conclusie. Teddy vond het onvergeeflijk, zo onvergeeflijk dat hij van plan was te vertrekken met Myrtle, en dan waren jullie hem kwijtgeraakt. Als jullie haar niet hadden afgewezen, dan was Teddy voor altijd bij ons gebleven, dan had hij die nacht de kracht van zijn liefde niet hoeven bewijzen. Hij maakte een vreselijke fout, en die moeten we hem vergeven. Hij hield net zoveel van Tilly Dunnage als jullie haar haten, stel je dat alsjeblieft eens voor. Ze beloofde met hem te trouwen en ik weet dat jullie stuk voor stuk, met al jullie geheimen, fouten, vooroordelen en gebreken, zouden zijn uitgenodigd om die gelegenheid bij te wonen. Het zou een verlossende gelegenheid zijn geweest, een vereniging van goed en fout. Sterker nog: het was...'

Diep vanuit Maes binnenste klonk een geluid. Het was een geluid dat alleen een moeder kan maken.

Hoewel Tilly het allemaal hoorde, was het alsof ze door een filmcamera keek. Ze zag dat de kist wit was, en bedekt met een berg rouwkransen. Ze zag vele rijen keurige ruggen beven en flink wat betraande gezichten die zich van haar afkeerden – de Almanacs, allebei invalide; de Beaumonts, allemaal stijf en streng en ingehouden; dikke Lois, met vlekken en korstjes, die haar neus snoot; haar grote huilende baby Bobby; en Nancy en Ruth die hem troostten. Marigold nipte van een fles met het een of ander, en daar was Evan, rood van woede, maar zonder iemand aan te kijken. De footballspelers stonden met een kaarsrechte rug op een rij, met opgeheven kin en opeengeklemde lippen, hun ogen rood en betraand.

Brigadier Farrat bracht Tilly na de begrafenis naar huis, waar Molly in haar stoel naast haar dochter ging zitten.

De begrafenismaaltijd was een afschuwelijke aangelegenheid, volledig gedrenkt in geschokte woede en treurigheid. Aangezien niemand veel zin had om te drinken of de sandwiches te nuttigen, stonden Fred en Purl als wezen bij een bushalte achter de bar. De asgrauwe McSwineys zaten als één man stijf en geschokt in hun stoel. Achter hen aan de muur hingen foto's van hun ondeugende jongen met de overwinningsvlag van de finale. Keer op keer zei het team: 'Hij heeft hem in zijn eentje voor ons gewonnen', en elke keer probeerden ze de vlag in Edwards over elkaar geslagen armen te duwen.

De volgende dag ploeterde Barney de Heuvel op met de rosékaketoe op zijn schouder, de koe op zijn hielen en de kippen al pikkend achter hem aan. Hij bond de koe aan het hek, zette de kaketoe op de paal en ging toen met zijn hoed in zijn handen geklemd voor haar staan. Hij probeerde zijn gebogen hoofd op te tillen om haar aan te kijken, maar hij slaagde er niet in haar blik te vangen.

Ze was misselijk, achter in haar keel kwam gal omhoog en haar lichaam deed pijn van het huilen. Hoewel ze uitgeput was, tolde haar hoofd van de woede en haat jegens zichzelf en de inwoners van Dungatar. Ze had gebeden tot een God waarin ze niet geloofde om haar te komen halen. Kijkend naar Barney wenste ze dat hij haar een klap zou geven, of haar zou omhelzen, maar hij wees alleen maar naar de dieren en zei met een hoge, dunne stem: 'Pap zei dat je ze nodig zult hebben en dat ze ergens moeten wonen.' Op onvaste benen stond ze op en stak haar hand naar hem uit, maar zijn mond ging langzaam open, waarna hij zich omdraaide en jammerend wegstrompelde, met zijn armen over zijn borst gekruist. Tilly voelde hoe haar hart zich in haar borstkas omdraaide en samentrok, en ze ging moeizaam op het verandatrapje zitten, met een vertrokken gezicht van het huilen.

Graham stond ingespannen te wachten, de kar achter hem volgeladen met dozen en bundels en kleine bruin-witte hondjes. Edward en Mae, Elizabeth, Margaret en Mary, Barney, George, Victoria, Charles, Henry, Mary en Charlotte met de baby in haar armen, stonden dicht naast elkaar, als treurige lappenpoppen die alleen rechtop bleven omdat ze tegen elkaar aan leunden. Ze keken toe, terwijl de caravans en de treinwagons brandden. Eerst was er rook, daarna kwamen brullende vlammen en toen rolde er een lage muur van spugend rood en oranje door het wintergras naar de rand van de vuilnisbelt. Vanachter het gemeentehuis kwam de brandweer met loeiende sirene aanrijden en parkeerde aan de rand van de brandstapel. Een paar mannen stapten uit en gingen bij de familie McSwiney staan, schudden hun hoofd en reden weer weg.

Toen Edward ervan overtuigd was dat hij hun huis waar ze zo gelukkig waren geweest, had getransformeerd in een verschrompelde zwarte hoop, vertrok het gezin. Met de eerste stralen van de ochtendzon op hun rug volgden ze Graham. Ze keken niet om, strompelden alleen langzaam en gebogen weg, op zoek naar een plek om opnieuw te beginnen. Hun zwakke kreten klonken voor eeuwig in haar oren.

Die middag werd het bitterkoud, maar ze kon nog steeds niet naar binnen. Daar lag overal textiel: rollen en restjes gekleurde stof, losse draden, garenklosjes, naalden en rafelige randen, paspoppen met het uiterlijk van die oude snobistische Elsbeth en de op een canvas waterzak lijkende Gertrude, en die miezerige Mona of die rottige, roddelende Lois, die oude taaie nieuwsgierige Ruth en de boosaardige Beula. De vloer was bedekt met een dikke laag spelden, als de dode naalden in een bos van pijnbomen. Ze stak nog een sigaret op en dronk het laatste restje watermeloenbrandewijn uit een fles. Haar gezicht was gezwollen, haar ogen waren rood en dik van het huilen. Haar haar hing in klitten op haar schouders, als aloë-verabladeren, en haar benen en voeten waren blauw van de kou. In de rook die van de vuilnisbelt opsteeg, staarde ze wasbleek en rillend naar beneden. Het dorp sluimerde, het oog was gesloten.

Ze herinnerde zich Stewart Pettymans omhoogstarende blik en het geluid – *krak* –, het gekreun, en daarna het geluid van een koe die in het hooi valt. Toen ze haar ogen opende, lag Stewart Pettyman plotseling in het warme zomergras, met zijn hoofd opzij geknakt. Er stonk iets en er verscheen bloed tussen zijn vochtige rode lippen. Vloeibare poep liep in zijn korte broek en droop tussen zijn dijen door.

Brigadier Farrat zei tegen haar: 'Zijn nek is gebroken. Hij is dood en naar de hemel gegaan.'

Tilly verplaatste haar blik naar de vierkante donkere silo, die als een reusachtige doodskist naast de spoorlijn stond.

## 20

De inwoners van Dungatar werden tot elkaar aangetrokken. Ze schudden hun hoofd, klemden hun kaken op elkaar, zuchtten en praatten op hatelijke toon. Brigadier Farrat doorkruiste zijn kudde, hield iedereen in de gaten, luisterde naar hen. Helaas was er niets goeds voortgekomen uit zijn preek; alleen hun haat duurde voort.

'Ze heeft hem laten springen.'

'Ze heeft hem vermoord.'

'Ze is vervloekt.'

'Ze heeft dit van haar moeder.'

Op een ochtend glipte ze heel vroeg naar beneden om lucifers en bloem bij de Pratts te kopen. Purl en Nancy staarden doodstil naar haar terwijl ze voorbijliep. Hun haat doorboorde haar hart. Faith gaf haar een zet toen ze haar zag zoeken op de planken en iemand anders ging vlug achter haar staan en trok aan haar haar. Muriel griste het meel en het geld uit haar hand en gooide ze naar buiten, de stoep op. Ze reden de Heuvel op om midden in de nacht stenen naar het dak van het huisje te gooien en alsmaar met gierende motor rond te rijden, roepend: 'Moordenaars! Heksen!'

Moeder en dochter bleven achter hun afgesloten deur hun ellende en verdriet koesteren en deden zo min mogelijk. Brigadier Farrat bracht hun eten. Molly begroef toast en jam, verstopte gekookte eieren in de vouwen van haar dekens en schoof gestoomde groenten in de spleten van haar rolstoel. Op warme dagen cirkelden er vliegen om haar heen. Ze was stil, stond elke dag alleen maar op om in het vuur te staren, terwijl haar oude gehavende hart stug doorklopte. Pas 's nachts liet Tilly haar alleen om over de velden te zwerven of langs de beek te speuren naar brandhout van gombomen. Samen zaten ze bij het vuur in de vlammen te staren en maakten ze zich klein onder hun dekens om te luisteren naar geluiden in het duister van de nacht. Er nestelde zich een bitterheid in Tilly's ziel die sporen naliet op haar gezicht. Haar moeder liet haar hoofd hangen en sloot haar ogen. Mensen gooiden hun afval in de smeulende vuilnisbelt, zodat de stank de Heuvel op dreef en het huis vulde.

# 21

Lesley liep met veerkrachtige stappen door de verlaten hoofdstraat, tussen Mona en haar moeders nicht, Una Pleasance, die rilde van de kou. ‘Natuurlijk ben ik Europese winters gewend. Ik heb tenslotte jarenlang in Milaan gewoond,’ vertelde hij. ‘Daar werkte ik met lippizaners.’

Mona stak haar arm door die van haar echtgenoot. ‘Hij trainde daar paarden, toch, Lesley?’

‘En nu zit je in Dungatar?’ Una keek naar de weinige armoedige winkels in de hoofdstraat.

‘Na de dood van mijn lieve moeder was ik gedwongen terug te keren naar Australië. Haar zaken moesten geregeld worden en juist toen ik op het punt stond om weer naar Europa te gaan, werd ik door de Beaumonts in de arm genomen.’

Mona zei knikkend: ‘In de arm genomen, door ons.’

‘Maar Dungatar is nou niet bepaald...’

‘Net zoals we jou in de arm hebben genomen, Una!’ zong Lesley en hij glimlachte liefjes naar haar.

‘Dus hier zijn we dan allemaal! Dat is het Station Hotel, kilometers bij de spoorweg vandaan.’ Lachend stootte hij Una aan.

‘Ze serveren er heerlijke biefstuk met patat,’ zei Mona.

‘Als je biefstuk en patat tenminste lekker vindt,’ zei Lesley.

Una wees naar de Heuvel. ‘En wat is daar?’ Ze stonden stil, keken omhoog naar de rookwolken die de met druivenranken bedekte muren aan het oog onttrokken en vervolgens naar de velden kropen. Vingers van rook strekten zich uit rond de schoorsteen en reikten naar de wolken.

‘Daar wonen Malle Molly en Myrtle,’ zei Mona somber.

'O,' zei Una, en ze knikte veelbetekenend.

'En dit is de winkel van Pratt,' vertelde Lesley, de trance doorbrekend. 'Het enige warenhuis in de omgeving, een ware goudmijn! Ze hebben alles: het monopolie op brood, de slager, fournituren, ijzerwaren, zelfs diergeneeskundige producten, maar daar komt de rijkste man van Dungatar aan!'

Raadslid Pettyman kwam glimlachend op hen aflopen, zijn blik op Una gericht.

'Goedemorgen,' riep hij. 'Daar hebben we de familie Beaumont met mijn speciale gast.' Hij greep Una's hand en kuste haar lange bleke vingers.

'We geven Una alleen even een rondleiding door haar nieuwe woonplaats...'

'Sta mij alstublieft toe!' zei Evan, in zijn handen wrijvend en likkebaardend, zijn warme adem zichtbaar in de winterlucht. 'Ik kan mejuffrouw Pleasance comfortabel rondrijden in de wagen van het gemeentehuis, ze is tenslotte mijn gast.' Hij nam haar arm en trok haar mee naar zijn auto. 'We kunnen langs de beek naar enkele landerijen buiten het dorp rijden en dan...' Hij opende het portier en hielp Una op de bijrijdersstoel, nam zijn hoed af voor de nog op de stoep staande Mona en Lesley, en reed weg met de nieuwe dorpsbewoonster.

'De brutaliteit!' zei Lesley.

Tilly leunde met haar rug tegen de muur en keek door de grijze mist omlaag naar het groengrijze met blubber bevlekte ovale veld, dat omringd was door donkere auto's, met daartussen de supporters als in de wimpers hangende tranen. De poppetjes stroomden van de ene kant van het veld naar de andere, met zwarte banden om hun maaiende armen, terwijl ze uitvallen deden naar de piepkleine bal en de supporters brullend hun minachting jegens de tegenstanders ventileerden. Ze wist dat ze voortgestuwd werden door woede en verdriet. Hun kreten weerkaatsten tegen de grote silo en schoten omhoog naar haar en de in rook gehulde velden.

De regen viel in schermen uit de wolken, kletterend en doorwekend, kletsend op de auto's en het metalen dak boven haar. Hij beukte tegen de ramen en liet de groente in Barneys tuin doorbuigen. Een diesellocomotief met lege personenwagons reed kreunend weg bij het station van Dungatar. De koe, die halverwege de Heuvel was vastgebonden, stopte met kauwen om te luisteren, keerde het weer haar achterwerk toe en vouwde haar oren naar voren. De spelers stopten en bleven staan, verblind en verward in de grijze stortregen, tot hij minder werd, waarna ze weer doorspeelden.

Tilly vreesde dat de mensen na een eventueel verlies van de wedstrijd naar haar toe zouden komen. Dat ze nat en druipend door de poort bij het veld zouden stromen, en vervolgens heuvelopwaarts, met gebalde vuisten brullend om bloed. Ze wachtte tot er her en der geklap in de menigte klonk en er getoeterd werd. De rosékaketoe wipte op en neer, stak zijn borst naar voren en tilde een klauw op van de balustrade van de veranda... maar het was Dungatar dat verloren had, dat deze laatste kans om de finales te halen niet benutte. De auto's reden door de poort weg en verspreidden zich.

Ze ging naar binnen, waar Molly de pagina's van een krant zat om te draaien. 'O, jij bent het maar,' zei ze.

Tilly keek naar haar moeder, naar haar broodmagere schouders onder haar versleten sjaal van grove stof. 'Nee, ik en jíj zijn het, alleen jij bent er en jij hebt alleen mij.'

Ze ging zitten naaien, maar na een poosje stak ze de naald veilig in de zoom van Molly's nieuwe jurk en leunde ze achterover om in haar ogen te wrijven. Ze staarde naar Teddy's lege stoel en de houten kist waarop hij altijd zijn voeten legde. Ze liet haar geest rusten in de oranje vlammen die in het fornuis dansten.

Molly spreidde de krant uit op de keukentafel, tuurde door de bifocale glazen op het puntje van haar neus en zei: 'Ik heb mijn bril nodig, waar heb je hem verstopt?'

Tilly stak haar hand uit en draaide het plaatselijk nieuwsblad met de goede kant naar boven.

'Kijk nou,' zei Molly met een sluwe glimlach. 'Ze hebben een andere naaister, uit Melbourne. Nu begint het gedonder. Ze zal wel een hele rits Singer-naaimachinemannen achter zich aan krijgen, die het platteland zullen afschuimen met achterlating van een spoor van gebroken harten en doorboorde maagdenvliezen.'

Tilly keek over haar moeders schouder. Het enige stukje in de column 'Beula's tamtam' was getiteld: 'Haute couture arriveert.' Er stond een foto van de voorzitter, de secretaris en de penningmeester van de Dungatarse culturele sociëteit, stuk voor stuk gekleed in creaties van Tilly, die allemaal glimlachten naar een strenge vrouw met een in een punt uitlopende haarlijn.

'Deze week verwelkomt Dungatar mejuffrouw Una Pleasance, die haar aanzienlijke kleermakerstalenten hier gaat aanwenden. De Dungatarse culturele sociëteit heet mejuffrouw Pleasance namens de hele gemeenschap van harte welkom. We kijken uit naar de grootse opening van haar kleermakerij Le Salon. Mejuffrouw Pleasance is op het moment te gast bij raadslid en mevrouw Evan Pettyman. Haar atelier zal zich tijdelijk op dit adres bevinden. De feestelijke opening vindt plaats op vrijdag 14 juli, om twee uur 's middags. Dames, breng een bord mee.'

Het eerste wat ze die ochtend hoorden, was de Triumph Gloria die met draaiende motor op het gras bleef staan. Tilly kroop naar de achterdeur en gluurde naar buiten. Lesley zat achter het stuur en Elsbeth wachtte op de achterbank met een zakdoek voor haar neus. De nieuwe naaister zat naast haar te kijken naar de blauweregen die rond de verandapalen kronkelde en op het dak verder klom. Mona stond op de veranda en wentelde het handvat van een rijzweep rond in haar hand. Tilly deed de deur open.

'Moeder wil... alle dingen die half af zijn, van mij en haar en Trudy, Muriel... Lois...' Haar stem stierf weg.

Tilly sloeg haar armen over elkaar en leunde tegen de deurstijl.

Mona rechtte haar rug. 'Mogen we die alsjeblieft hebben?'

'Nee.'

'O.' Mona rende terug naar de auto en boog zich naar binnen om met haar moeder te praten. Op kibbelachtige toon werd er een gesprekje gehouden, waarna Mona aarzelend weer de veranda op kwam.

'Waarom niet?'

'Omdat niemand me betaald heeft.' Tilly sloeg de deur dicht.

Het fragiele huis kraakte en boog een centimeter dichter naar de grond toe.

Die avond werd er op de deur geklopt. 'Ik ben het,' riep brigadier Farrat zachtjes. Toen Tilly opendeed, trof ze de brigadier op de veranda aan in een zwarte linnen gauchobroek, een wit kozakkenhemd, een rood gequilt gilet en een zwarte hoed met vlakke rand die schandalig scheef op zijn hoofd balanceerde. Hij droeg een wit papieren pakje en vanonder zijn gilet haalde hij een lange bruine fles tevoorschijn die hij omhooghield, terwijl de motten rond zijn schouders dansten. 'Een van Scotty's beste maaksels,' zei hij met een brede glimlach.

Tilly opende de hordeur.

'Zin in een slaapmutsje, Molly?' vroeg de brigadier.

Met afschuw keek ze hem aan. 'Dat moet je niet dragen, dat raakt nog verstrikt om je hals wanneer je slaapt.'

Tilly zette drie gekoelde glazen op tafel en brigadier Farrat schonk in. Hij haalde de inhoud uit het pakje dat hij had meegebracht. 'Ik heb een uitdaging voor je. Ik heb gelezen over de Spaanse invasie in Latijns-Amerika en nu heb ik hier een kostuum voor mijn verzameling dat aangepast dient te worden.' Brigadier Farrat stond op en hield een miniatuurversie van een matadorkostuum tegen zijn ronde lichaam. Het was van heldergroen zijdebrokaat, overvloedig versierd met kralen en afgezet met grote hoeveelheden goudlaméband en kwastjes. 'Ik hoopte dat je misschien kon improviseren met wat inzetten, die lijken op of in elk geval goed passen bij de algehele glamour van het kostuum. Denk je ook niet dat ze zeer vaardig onzichtbaar ingepast kunnen worden door het enige paar echt creatieve handen in Dungatar?'

'Ik zag dat er een nieuwe naaister in het dorp is,' zei Tilly.

Schouderophalend antwoordde brigadier Farrat: 'Ik betwijfel

of ze bereisd is of een gedegen opleiding heeft genoten.' Hij keek omlaag naar zijn glanzende groene outfit. 'Maar we zullen het zien, op het fondsenwervingsfestival.' Weer keek hij haar verwachtingsvol aan, maar ze trok alleen maar een wenkbrauw op. Brigadier Farrat vervolgde: 'Dat heeft de culturele sociëteit georganiseerd. Overdag zullen er een behendigheidswedstrijd en een bridgecompetitie plaatsvinden, met een buffet natuurlijk... en een concert: recitals en gedichten. Winyerp en Itheca doen ook mee... en er zijn prijzen te winnen. Het staat in de krant van deze week en in de etalage van Pratt.'

Tilly stak een hand uit om aan het kralenwerk op het matadorkostuum te voelen. Ze glimlachte. Brigadier Farrat keek haar stralend aan. 'Ik wist wel dat een beetje naaiwerk je zou opvrolijken.' Hij ging in de oude leunstoel bij de haard zitten, leunde achterover en legde zijn leren schoentjes op Teddy's houten kist.

'Ja,' zei ze, zich afvragend hoe haar leraren in Parijs – Balmain, Balenciaga, Dior – zouden reageren op de aanblik van brigadier Farrat wanneer hij glinsterend in zijn groene matadorkostuum over de catwalk zou zeilen.

'Gedichten en recitals, zei je?' Tilly slikte met moeite het brandende goedje door.

'Heel cultureel,' zei de brigadier.

# 22

William hing onderuit in een gehavende ligstoel op wat tegenwoordig de 'achterpatio' werd genoemd, voorheen de veranda. Zijn hoogzwangere vrouw zat binnen haar nagels te vijlen, de telefoonhoorn tussen de pafferige plooien van haar kinnen en haar schouder geklemd. '... nou, ik zei vandaag tegen Elsbeth dat we echt niet hoeven te verwachten dat we ons naaiwerk terugkrijgen. Krankzinnigheid is erfelijk, weet je. Molly heeft hoogstwaarschijnlijke iemand vermoord voor ze hier kwam, dus God weet wat ze uitvreten in dat krot op de Heuvel... Beula heeft haar de koe zien melken en ze sluipt langs de beek om als een schooier hout te stelen. Op klaarlichte dag! En ze lijkt geen greintje schuldgevoel te hebben, zeiden Elsbeth en ik laatst tegen elkaar. Godzijdank hebben we Una...'

'Ja, dat is het allerbelangrijkst,' mompelde William. Hij haalde zijn whiskyfles onder zijn stoel vandaan, plensde een royale hoeveelheid drank in het dikke glas en hield het voor zijn ogen om de paardensprongen in de bak voor het huis door de barnsteenkleurige vloeistof heen te bekijken.

Binnen kletste zijn vrouw verder. 'Ik zal Williams chequeboekje pakken, maar eigenlijk zou ik pas na de geboorte van de baby een nieuwe garderobe moeten aanschaffen... En nu moet ik rennen, Lesley komt eraan met de auto. Ik zie je daar.'

William wachtte tot het haastige hakkengeklik weggestorven was en de voordeur was dichtgegooid. Hij zuchtte, klokte zijn whisky weg, vulde nogmaals zijn glas, sloeg met zijn pijp tegen de houten armleuning en pakte zijn tabak.

Una Pleasance stond bij Marigolds geopende voordeur, gehuld in een marineblauwe A-lijnjurk en bijpassende pumps, die op de neuzen versierd waren met een gestreept strikje.

'Trek alsjeblieft je schoenen uit,' zei ze tegen de aankomende gasten voor ze Marigolds schone witte vloer betraden.

Beula liep door de salon, gluurde naar de foto's, speurde naar stof op de plinten en schilderijlijsten. 'Wat een bijzonder dressoir,' merkte ze op, terwijl ze de bovenste la opentrok.

'Het is antiek, van mijn grootmoeder,' verklaarde Marigold, bezorgd dat Beula vingerafdrukken zou achterlaten op haar glanzende meubelstuk.

'Ik heb alle oude troep van mijn grootmoeder weggedaan,' was Beula's reactie.

Toen liep Lois voorbij, die mevrouw Almanac in haar rolstoel voortduwde. Aan de banden plakten madeliefjes en de as vertoonde oliesporen. Marigold rilde en rende naar haar kamer om een pijnstiller te pakken, gooide haar hoofd achterover en opende haar mond. Ze kromp ineen terwijl het poeder uit het papieren zakje gleed en op haar tong viel, waarna ze de fles met haar drankje van het nachtkastje pakte en een slok nam.

Op dat moment stoof Beula naar binnen. 'O, heb je weer last van je zenuwen?' vroeg ze. Glimlachend verdween ze weer.

Marigold legde haar hand op de uitslag in haar hals, nam nog een grote slok en legde voor de zekerheid twee tinoxidetabletjes op haar tong. In de salon koos Beula de stoel in de hoek, omdat ze daar alles het best kon zien, en ging ze met haar kin tegen haar borst zitten, haar armen tegen haar witte blouse over elkaar geslagen en haar magere benen onder haar kilt. De andere dames zaten op met plastic bedekte eetkamerstoelen thee te drinken uit bekers die vaag naar ammonia smaakten, terwijl ze afkeurende geluiden maakten bij de aanblik van de aangeboden stukjes roomcake. Zodra Lois neerkwam op de bank naast Ruth Dimm, verspreidde zich daar een zurige geur, waarop Ruth met een zakdoek tegen haar neus bij de deur ging staan. Vervolgens zorgde Muriel Pratt voor opwinding toen ze binnenkwam in een jurk gemaakt door 'die heks... Alleen om je te laten zien wat we gewend zijn,' zei ze tegen Una, die hem grondig bestudeerde en toen naast haar paspop ging staan.

Voor de opening van Le Salon had Una een voorproefje van haar werk meegenomen. In de hoek stond een paspop in een doorknoopjurk in boerenstijl van gebloemde seersucker met een ruche bij de kraag en pofmouwtjes. De paspop droeg bijpassende Mexicaanse kunstleren instappers en een strohoedje. Alles leek rechtstreeks bij Rockmans in de Melbournse Bourke Street vandaan te komen, waar kleding verkocht werd voor het 'volslanke figuur'.

Toen Purl binnenkwam, zette ze achteloos een ingezakte taart op tafel met de woorden: 'Wat een mooie dag', en keerde zich naar Una om haar kritisch op te nemen. 'Ik word niet goed van Evan en Marigold. Kom maar in de pub kamperen.' Ze stak een filtersigaret van het merk Turf aan, keek zoekend naar een asbak om zich heen en merkte toen de paspop in de hoek op. 'Dat is zeker een van de eerste dingen die je op de naaischool hebt gemaakt, hè?' vroeg ze belangstellend.

Beula ging naar de Beaumonts, die bij het raam stonden alsof ze poseerden voor een sombere trouwfoto uit 1893, en zei met luide stem: 'Jemig, je bent enorm, Ger – ik bedoel Trudy. Op welke datum ben je eigenlijk exáct uitgerekend?' Mona ging nogmaals rond met het bord met taart. Al snel lag ieders schoteltje volgestapeld met dikke plakken citroencake, arretjescake, kaneelcake en roze *lamingtons* met slagroom, en plukte iedereen de kruimels en kokosvlokken van haar boezem.

Toen Marigold met een rood gezicht weer bevend de volle kamer betrad, gaf Mona haar een kopje thee met een scone op een schoteltje. Maar toen stevende Nancy achter haar naar binnen, waardoor ze tegen Marigold op botste en haar kopje en schoteltje op het vloerkleed kwakten. Marigold zakte in elkaar. Haar gezicht belandde in het plasje van thee en room en de twee luchtige stukken scone rustten boven op haar oren. Sussende dames in gebloemde jurken hielpen haar in bed en toen ze eindelijk terugkeerden, liep Elsbeth luid klappend naar de tafel om aan het officiële gedeelte te beginnen.

'We heten Una welkom in Dungatar en willen graag...'

Op dat moment loeide Trudy als een koe in nood en klapte ze dubbel. Het klonk alsof er een waterzak knapte. Dampende roze vloeistof stroomde vanonder haar rokken en rond haar voeten ontstond een donkere cirkel op het kleed. Haar buik golfde, alsof de duivel in eigen persoon met een hete pook in haar baarmoeder porde. Gillend viel ze op handen en voeten neer. Purl dronk haar thee met één slok op, pakte haar taart en vertrok haastig. Lesley viel flauw en Lois trok hem aan zijn enkels naar buiten. Mona keek hoe haar schoonzus aan haar voeten weeën opving. Met haar hand voor haar mond rende ze kokhalzend naar buiten.

Elsbeth werd vuurrood en riep: 'Haal de dokter!'

'We hebben geen dokter,' zei Beula.

'Haal iemand!' Ze knielde naast Trudy neer. 'Stel je niet zo aan,' zei ze tegen haar. Weer loeide Trudy.

Toen gilde Elsbeth: 'STIL JIJ, stomme kruideniersdochter! Het is de baby maar.'

Lesley lag plat op zijn rug op het gras, terwijl Lois hem natspoot. Zijn toupet was van zijn hoofd gespoeld en lag als een afgedankte balzak naast zijn kale hoofd. Mona liet de Triumph Gloria drie keer afslaan voor ze de groenstrook op schoot, Marigolds hek molde en met de handrem er nog op brullend en slingerend wegreed, met achterlating van de voorbumper en een paaltje meenemend. Op dat moment kwam Purl de hoek weer om hollen, terwijl ze riep: 'Hij komt, hij komt.'

Lois riep naar Una: 'Hij komt', en Una riep naar Elsbeth: 'Hij komt.'

Intussen bleef Trudy jammeren en gillen.

Elsbeth krijste: 'Stop met schreeuwen!'

Met op elkaar geklemde kaken gromde Trudy tussen de weeën door: 'Dit is allemaal de schuld van je zoon, ouwe heks. En donder nu maar op, of ik vertel iedereen hoe je echt bent!'

Na twintig minuten barensnood schoot Felicity-Joy Elsbeth

Beaumont tussen haar moeders slijmerige harige dijen uit, de zonnige middag in, waarna ze vlak naast Marigolds steriele handdoeken belandde, terwijl meneer Almanac daar van een afstandje op toezag.

Beula Harridene fluisterde in Lois' oor: 'Ze is pas acht maanden getrouwd.'

Toen Evan die avond thuiskwam, trof hij een omgeploegd grasveld en een vernield voortuinhek aan, stonden alle deuren en ramen open en hing er een vreemde, doordringende geur in huis. In het kleed zat een grote vlek en daar middenin lag een stapel stinkende handdoeken. Boven op de handdoeken lag een door vliegen belaagde klomp nageboorte, als lever in gelei. Marigold lag volledig gekleed bewusteloos in bed.

# 23

Drie vrouwen uit Winyerp stonden bij Tilly's poort, terwijl piepkleine asdeeltjes van de brandende vuilnisbelt op hun hoed en schouders neerdwarrelden. Ze waren de tuin aan het bewonderen. De blauweregen bloeide volop. Het huis ging schuil achter de hangende violette bloemtrossen. Dikke takken van witte mirte kropen de hoek om, door de blauweregen en over de veranda, de planken bedekkend met een patroon van glanzende groene bladeren en helderwitte bloemen. Tegen de muren groeiden rode, witte en blauwe rododendrons met trompetvormige bloemen en op elke hoek van het huis stonden kersen- en karmozijnrode oleanders. Overal stonden roze peperboompjes en het vingerhoedskruid wuifde als passagiers aan dek van een schip. Hortensia, jasmijn en delfinium wolkten samen rond de watertank en uit de schaduw kwam een dik tapijt van lelietjes-vandalen opzetten. Afrikaantjes markeerden als hurkende schildwachten de lijn waar ooit een hek had gestaan. De lucht was zwaar, het zoete parfum van de tuin mengde zich met de scherpe rook en de stank van brandend afval. Op het zuiden lag een moestuin. Glanzende groen-witte spinaziebladeren ritselden tegen elkaar in de bries, terwijl pluizige worteltopjes naast rechte bleke knoflookstengels en uien stonden en rabarberbladeren welig tierend tegen de ligusterhaag tuimelden die rondom de tuin stond. Pollen kruiden omzoomden de buitenrand van de heg.

Molly opende de deur en riep: 'Er hangt hier een zootje ouwe poeperds van Scheetheuvel op verboden terrein rond.'

Tilly verscheen achter haar. 'Kan ik u ergens mee helpen?'

‘Uw tuin...’ zei een oudere vrouw. ‘Jeetje, en het is nog niet eens lente.’

‘Bijna,’ zei Tilly. ‘De as is heel vruchtbaar en we krijgen hierboven veel zon.’

Een aantrekkelijke vrouw met een baby op haar heup draaide zich om en keek naar de vuilnisbelt. ‘Waarom doet de gemeente niets aan dat vuur?’

‘Omdat ze ons proberen uit te roken,’ zei Molly. ‘Maar dat gaat ze niet lukken. We zijn eraan gewend slecht te worden behandeld.’

‘Kan ik u ergens mee helpen?’ vroeg Tilly.

‘We vroegen ons af of u nog steeds kleding naaide?’

‘Dat doen we zeker,’ zei Molly. ‘Maar dat kost wel wat.’

Glimlachend legde Tilly een hand over haar moeders mond. ‘Wat zou u willen hebben?’

‘Nou, een doopjurk...’

‘Wat dagelijkse kleren...’

‘... en een nieuwe baljurk zou fijn zijn, als u... als het tenminste mogelijk is.’

Molly duwde Tilly’s hand weg, trok een meetlint vanonder haar dekens tevoorschijn en zei: ‘Jazeker, trek uw kleren maar uit.’

Weer werd Molly gewekt door het geknerp van een kartelschaar die door stof op de houten tafel gleed, en toen ze in de keuken kwam, stond daar geen pap voor haar klaar. Ze trof alleen Tilly aan, die voorovergebogen achter haar naaimachine zat. Rondom haar lag de vloer bezaaid met snippers en stukjes satijnen *velours au sabre*, wollen crêpe en bouclé, zijden faille, roze en groene changeanttafzijde, stuk voor stuk uitermate geschikt om haar rolstoel mee te versieren. Het kleine huis zoemde van het doffe gebrom en gebonk van de Singer en de scharen die kletterend op tafel vielen als Tilly ze liet vallen.

Op een keer zat Molly in de namiddag op de veranda te kijken naar de zon, die zijn laatste stralen liet zien. Vlak nadat de gloeiende bal zijn laatste tentakel van licht achter de horizon had teruggetrokken, marcheerde er een magere mevrouw de Heuvel op met twee koffers in haar handen. Molly bestudeerde de puntvormige haarlijn van het strenge vrouwspersoon, de moedervlek boven haar donkere lipstick. Er nestelde zich as op de puntjes van de tegen haar trui priemende tepels en de kokerrok die ze droeg spande strak over haar heupbeenderen. Uiteindelijk vroeg ze: 'Is Tilly hier?'

'Ken je Tilly dan?'

'Niet echt.'

'Maar je hebt van haar gehoord?'

'Dat zou je kunnen zeggen.'

'Logisch.' Molly draaide haar rolstoel naar de hordeur. 'Tilly, Gloria Swanson staat voor de deur,' riep ze.

Una's hand schoot naar haar keel en ze zag er angstig uit. Het licht op de veranda ging aan.

'We hebben eerder dit jaar *Sunset Boulevard* gezien,' zei Tilly vanachter de hordeur. Over haar schouder hing een theedoek en in haar hand hield ze een pureestamper.

'Ik ben Una Pleasance,' stelde de vrouw zich voor.

Tilly zweeg.

'Ik ben de...'

'Ja,' zei Tilly.

'Ik zal ter zake komen. Ik ben bang dat ik nogal overladen ben met werk, dus ik moet wat naaiwerk uitbesteden.'

'Naaiwerk?'

Una was even stil. 'Voornamelijk verstelwerk – zomen, ritsen, spietjes die moeten worden ingezet. Eenvoudige klusjes.'

'Nou, dan ben ik bang dat het een vergissing is om hierheen te komen,' zei Tilly. 'Ik ben namelijk een geschoolde tailleuse en coupeuse. U hebt alleen maar iemand nodig die handig is met naald en draad.' Ze sloot de deur.

'Maar ik zal ervoor betalen,' riep Una.

Tilly was echter verdwenen, en daar stond Una op de veranda samen met een paar motten in het gele licht bij het getsjirp van krekels en het gekwaak van kikkers.

‘O,’ zei Molly, die haar stralend aankeek. ‘Heel mooi. In de film werkte het ook al zo goed: de manier waarop je je ogen opslaat, je tanden ontbloot en je bovenlip zo opkrult. Het past echt bij je.’

Mevrouw Flynt uit Winyerp stond voor Tilly’s spiegel haar nieuwe kleding te bewonderen, een witte jumpsuit van satijnzijde met gevelouteerde rozen. ‘Wat... Wat... schitterend,’ zei ze. ‘Gewoonweg schitterend. Ik ken me niet voorstellen dat nóg iemand er zo eentje heeft.’

‘Het past bij u,’ zei Tilly. ‘Ik heb gehoord dat er een concert is?’

‘Ja,’ zei mevrouw Flynt, ‘gedichten en recitals. Mevrouw Beaumont heeft eloquentie onderwezen. Ze wil goede sier maken en ze is ook vastbesloten ons met bridge te verslaan.’

‘Er gaat niets boven een beetje competitie,’ zei Tilly. ‘U zou haar zover moeten krijgen dat ze ook gaat zingen en dansen.’

‘Ik ben bang dat we daar zelf niet zo goed in zijn.’

‘Een toneelstuk dan? Beste actrice, beste decor, beste kostuum...’ stelde Tilly voor.

Het gezicht van mevrouw Flynt lichtte op. ‘Ja, een toneelstuk.’ Ze opende haar portemonnee om te betalen.

Tilly gaf haar de rekening. ‘Toneelstukken opvoeren is enig. Vindt u ook niet dat die zowel het beste als het slechtste in mensen naar boven brengen?’

Purl gedroeg zich zoals het een goede serveerster betaamde. Ze klopte op Williams pols.

‘Het is vreselijk,’ zei William. ‘Ik wist niet dat het zo zou zijn. Ze stinkt naar zure melk en het hele bed zit vol roze korrelige afscheiding, de baby is helemaal slap en zit onder het slijm. Ik voel me zo... alleen. Ik wilde een jongen.’

‘Misschien lijkt ze als ze later groot is wel precies op haar grootvader, van jouw kant bedoel ik. Net als jouw vader, hè, William?’ zei Purl.

William tilde zijn hoofd van de vaatdoek en probeerde zijn blik op haar te richtten. 'Jij hebt hem toch goed gekend?' vroeg hij.

'Dat heb ik zeker.'

Fred en de drinkende kerels aan de andere kant van de bar knikten. Ze had hem inderdaad heel goed gekend.

'Hij was ook niet zo'n goede vader,' zei William.

De mannen aan de bar schudden hun hoofd. Ze zagen William glas na glas achteroverslaan, tot hij weer naar Purl keek en zei: 'Maar dat is niet alles.'

'O nee?'

William wenkte haar met gekromde vinger en toen ze zich dichter naar hem toe boog, fluisterde hij heel hard tegen haar oorring: 'Ik hou niet echt van mijn vrouw.'

'Nou, dan ben je niet de enige,' zei Purl, terwijl ze hem weer een klopje gaf.

De mannen aan de andere kant van de bar knikten weer.

'O god,' riep hij.

Tactvol keken de mannen nu uit het raam en stuurden Fred met meer sigaretten en bier naar Williams kant van de bar.

# 24

Marigold was niet in de voortuin, dus sloop Lois naar de voordeur en klopte zachtjes.

'Heb je een afspraak?'

Lois schrok.

Marigold stond plotseling voor haar in een blauwe ochtendjas. Om haar knieën had ze met elastiek kniestukken bevestigd, op haar hoofd prijkte een douchemuts en ze droeg elleblooglange canvas handschoenen. Over haar neus had ze een zakdoek gebonden, als een bandiet, en in haar hand hield ze een blikje boenwas en een vettige lap.

'Heb je een afspraak gemaakt?' vroeg ze.

'Ja.'

'Heb je fluweel meegebracht?'

'Nee,' zei Lois. 'Dit is een pasbeurt, heeft ze je dat niet verteld?'

'De stof is dus al geknipt?'

'Het gaat alleen om wat aanpassingen.'

'Zolang het maar geen fluweel is, dat gaat overal zitten. Ik vind het niets als ze fluweel of linnen knipt. Je kunt de draadjes dan in de lucht zien dwarrelen.'

Lois pulkte onder haar vingernagels.

'Nou, dan kun je maar beter naar binnen gaan, maar vergeet niet je schoenen uit te doen. Ik heb net gestofzuigd. En loop langs de rand van het kleed in de gang, want het midden begint te slijten. Ik moest haar huur verhogen.'

Dus de prijzen zullen ook stijgen, dacht Lois.

Marigold pakte een schone zakdoek uit haar zak en draaide

aan de deurknop, waarna ze Lois langs de muur naar Una's kamer zag schuiven, waar ze zachtjes op de deur klopte.

Una opende de deur op een kier en tuurde naar buiten. 'Waar is ze?'

'De veranda aan het poetsen.'

Una keek de andere kant op, terwijl Lois in haar nieuwe jurk gleed. Hij had een strak lijfje, een verlaagde taille en vrolijke harmonicaplooien. Zodra Una zich had omgedraaid, werden haar ogen vochtig en beet ze op haar onderlip. De jurk trok bij Lois' schouders en de hals was veel te wijd. Het lijfje bloesde waar haar borsten hadden moeten zijn, de taille spande om haar buik, waardoor de plooien uit elkaar werden getrokken, en de zoom troonde hoog boven haar knieën.

'Hij staat je goed,' zei Una. 'Dat is dan tien shilling.'

Evan wachtte achter de peperboom opzij van het huis. Met haar nieuwe jurk over haar arm ging Lois voorzichtig op het gazon voor het huis staan, waar Marigold de bladeren van het pad aan het spuiten was. Beula kwam aanlopen en bleef even staan praten. Terwijl de vrouwen roddelden, sloop Evan door de achterdeur naar binnen en liep op zijn tenen naar Una's kamer. Ze zat in de stoel te wachten toen Evan haastig voor haar neerknielde. Hij pakte haar handen, tuitte zijn lippen en kuste eerst haar vingertoppen, toen haar handen en vervolgens trok hij een spoor van kussen naar haar hals. In vervoering leunde ze achterover in haar stoel en hij vervolgde zijn weg over haar wangen naar haar mond, die hij met de zijne bedekte. Una spreidde haar dijbenen en knoopte haar blouse los. 'Vlug,' hijgde ze, waarna ze haar rok tot haar middel optrok. Met zijn lid in zijn handen schuifelde Evan al mikkend naar voren.

Plotseling klonk er een luid *wooeeesj* toen de waterstraal uit de tuinslang tegen het raam kletste. Geschrokken ging Una rechtop zitten, haar knieën abrupt tegen elkaar persend, waardoor Evans testikels werden geplet. Die schoten toen omhoog, wat resulteerde in een pijnlijk en leeg scrotum. Evan klapte dubbel en zijn voorhoofd sloeg met een doffe dreun tegen dat van Una. Met een ingehouden kreet grepen ze allebei naar hun hoofd. Daarna stortte Evan paars en buiten adem met zijn neus in de fijne haartjes en lichaamssappen van het tapijt. Hij voelde zijn machtige penis ineenschrompelen tot een zware, vochtige massa.

Buiten stond Marigold op het gras in de voortuin en spoot ze keer op keer tegen het stoffige raam.

Die avond, een jaar nadat Teddy McSwiney de dood had gevonden, kwam Lois de Heuvel op lopen. Ze bonsde op de achterdeur, Tilly en Molly roepend alsof ze hen de dag tevoren nog had gezien. Tilly deed de deur open.

'Ik moet zeggen, Til,' zei ze, terwijl ze de keuken in stapte, 'dat die tuin van je echt prachtig is.' Ze legde een tas en een envelop op tafel. De envelop was van Irma Almanac en zodra Tilly hem opende, dwarrelde er een briefje van een pond op tafel.

'Heb je nog een paar van die cakes die je vroeger voor haar bakte? Ze is weer zo stijf als een plank en ze heeft vreselijk veel pijn. Je weet wat je erin moet doen,' zei Lois met een knipoog.

'Kruiden en plantaardige oliën uit mijn tuin,' zei Tilly.

'Heb je nog iets wat ik haar nu kan brengen?'

'Dat moet ik dan eerst maken.'

Lois stak haar hand in haar tas en gooide een pakje bloem en een half pond boter op tafel. Daarna liep ze naar de deur. 'Zal ik haar zeggen dat je ze morgen komt brengen?'

Toen Tilly aarzelde, legde ze haar hand op de deurknop en voegde eraan toe: 'Als we Ed McSwiney nog hier hadden gehad, hadden we hem ermee kunnen sturen, hè?'

Met een stevige klap sloot ze de deur achter zich.

Die middag daalde Tilly de Heuvel af, stak ze de hoofdstraat achter de zaal over en wandelde ze over de zachte, met mos begroeide beekoever achter Irma's huis.

'Ik ben blij je te zien,' zei Irma. 'En niet alleen vanwege de cakes.'

Tilly zette water op, brak een van de cakes in kleine stukjes en zette ze ergens neer waar Irma ze met haar gezwollen vingers kon pakken.

'Ik heb het zo gemist, op de veranda zitten,' zei ze met haar mond vol. 'Om het over Lois' mishandelingen nog maar niet te hebben...' Langzaam en welbewust kauwde ze.

Terwijl Tilly theezette, kwam Lois haastig naar binnen. 'Beula zei al dat je hier was,' zei ze tegen Tilly. Daarna trok ze haar kamerjas uit en toonde Tilly haar tien shilling kostende jurk met harmonicaplooien. 'Morgen vergaderen we over 't toneel,' zei ze. 'En dit moet aangepast worden. Ik zit in een lastig parket.'

Tilly staarde nog naar de jurk.

'Als je 't voor morgen hebt gedaan, zal ik niet tegen meneer A. zeggen dat je hierheen bent gekomen.'

Tilly trok een wenkbrauw op. 'Draai eens rond,' zei ze.

Lois gehoorzaamde.

'Ik zou er wel iets mee kunnen doen,' zei ze.

Lois klapte in haar handen en begon de jurk uit te trekken. 'Dan kom ik 'm morgen ophalen,' zei ze.

'Het gaat wel geld kosten,' zei Tilly.

Irma stopte met kauwen en keek naar Lois, die met haar jurk over haar hoofd verstarde. Haar smoezelige step-in perste plooien boven haar knieën en haar kastanjebruine schenen vol blauwe puntjes contrasteerden glanzend met de linoleumvloer.

'Hoeveel?'

'Dat hangt ervan af hoelang het duurt,' zei Tilly.

Lois trok de jurk uit. 'Ik heb hem om vier uur nodig.'

'Haal hem rond tien voor vier maar op,' zei Tilly, terwijl ze haar hand uitstak naar de bundel beige plooien.

Die avond zat ze bij het vuur, waar ze de halslijn met spietjes innam en de zomen van het lijfje uitlegde. Daarna haalde ze de rok uit elkaar en naaide hem met het voorpand aan de achterkant en het achterpand aan de voorkant weer aan het lijfje.

Una, Muriel, Trudy en Elsbeth begluurden de aanwezigen vanachter het gordijn. De hoogwaardigheidsbekleders van de toneelvereniging van Winyerp and Itheca stapten uit hun auto en bleven stilstaan om de boerderij en de omliggende landerijen te bewonderen. Ze zagen eruit als de echtgenoten van Europese aristocraten die op de een of andere manier verdwaald waren. Een statige vrouw met Veronica Lake-haar droeg een strapless jersey top met een sjaaltje keurig als een choker rond haar hals gebonden en een gebloemde pareo van zijden organza. Een andere vrouw ging gehuld in een nauwsluitende rok met een asymmetrische aangerimpelde strook – typische middagkleding – van zwarte zijden faille. Een mollig meisje droeg een wikkelbroek en daarboven had ze een decolleté in de vorm van een sleutelgat met verstekhoeken. Iemand droeg zelfs een broekpak. De vrouwen van de Dungatarse culturele sociëteit streken over de seersucker cirkelrokken van hun zonnejurken die Una speciaal voor deze gelegenheid had gemaakt en fronsten hun wenkbrauwen. Elsbeth haalde diep adem en gooide de voordeur open. Overal stelden de aanwezigen zich op luide toon aan elkaar voor en de Dungatarse dames van de commissie verwelkomden hen opgewekt, slaakten kreetjes, kirden en deden heel uitbundig. William hoorde hen vanuit de kinderkamer, waar Felicity-Joy in haar bedje gorgelde, bellenblies en naar haar tenen reikte. Hij stak zijn vuisten diep in zijn wijde driekwartbroek en schopte tegen de plint, waarna hij zachtjes met zijn hoofd tegen de muur bonkte.

Lesley en Mona kwamen binnen. Mona zag er fris en zomers uit in een citroengele nanking zonnejurk met overslaglijfje en een taps toelopende rok, een van Tilly's ontwerpen.

De dames van de high society zaten op de nieuwe leren zitmeubelen te kletsen toen Lois binnen kwam lopen achter een theewagentje met rinkelende kopjes en lepeltjes.

'Dank je,' zei Elsbeth op haar meest neerbuigende toon, maar Lois liet zich niet afschepen.

'Hallo.' Ze knikte en glimlachte naar de nieuwelingen. 'Jeetje, wat zien jullie er prachtig uit in die mooie kleren.'

'Dank je,' antwoordden de dames in koor.

'Ik heb zelf ook een nieuwe jurk!' zei ze stralend, met een knikje naar Una. 'Die heeft onze plaatselijke kleermaakster voor me gemaakt.'

Lois spreidde haar armen en draaide langzaam rond met de woorden: 'En nu ga ik de sandwiches halen. Met komkommer zijn ze, heel dun.' Terwijl ze door de keuken liep, deinden de harmonicaplooien op en neer rond haar hoekige heupen en omdat de zoom in het midden angstwekkend hoog opwipte, vingen de dames een blik op van de bobbel waar haar step-in eindigde en van het vlees achter haar knieën, dat lilde als babybilletjes.

Una verbleekte en Elsbeth excuseerde zich om Lois naar de keuken te volgen. Korte tijd later viel de achterdeur met een klap dicht en keerde Elsbeth terug om kalm het concertprogramma te bespreken.

'We hebben een idee,' zei mevrouw Flynt.

Knipperend keek Elsbeth hen aan. 'Een idee?'

'We houden een eisteddfod,' ging mevrouw Flynt verder. 'Een tonéél-eisteddfod. Daarvoor zul je pas echt goed moeten kunnen voordragen, denken jullie ook niet?'

Elsbeth verstarde en Trudy keek bang.

'Wat is een eisteddfod?' vroeg Mona.

'Zal ik dat maar uitleggen?' vroeg mevrouw Flynt hoffelijk.

'Als u dat zou willen doen,' reageerde Muriel.

Ze kwamen overeen dat de zaal in Winyerp de meest geschikte locatie was. Er zouden prijzen komen voor de beste acteur, de beste actrice, het beste toneelstuk en de beste kostuums... Elsbeths hand gleed nerveus naar haar broche van marcasiet en Trudy schraapte haar keel.

Muriel zei: 'Ik neem aan dat we dan Una zullen vragen de onze te maken...'

Mevrouw Flynt van Itheca sloeg op haar knie en riep uit: 'Uitstekend, want wij willen jullie Tilly.'

'Nee!' Trudy stond op. Haar zoom bleef aan de hak van haar sandaaltjes hangen, waardoor haar wijdstaande rok van haar taille werd losgetrokken, als vetvrij papier van een warme cake, en haar gebroken witte nylon onderjurk zichtbaar werd. ‘Zij is van ons. Ik heb vanochtend al met Myrtle Dunnage gesproken,’ loog ze.

‘Dan kun je haar meteen vragen om je rok te vermaken,’ zei mevrouw Flynt. ‘Jullie jurken zitten volgens mij niet zo goed in elkaar als vroeger.’

# 25

Hamish duwde het enkele-reiskaartje over het gladde leer van de balie toe naar 'Mejuffrouw Onplezierig', zoals Faith haar noemde. Mejuffrouw Onplezierig trok het kaartje met haar vingernagels naar zich toe, draaide zich zwijgend om en liep naar het einde van het perron om daar over het spoor naar de ondergaande zon te kijken, met haar koffers aan haar voeten.

De stationschef liep op de Beaumonts af. Hij keek op zijn horloge, draaide aan de punten van zijn snor en zei: 'Vanavond is 't een stoomtrein, R-klasse, type 4-6-4. Ze noemen het een "Hudson" en hij rijdt natuurlijk op tijd. Het wordt een mooie reis.'

'Ja,' zei William, die op de ballen van zijn voeten heen en weer wipte.

Hamish kuierde langs het spoor naar het seinhuis.

William wandelde naar Una en zei: 'Het is een stoomtrein uit de R-klasse, een "Hudson", en ook nog eens op tijd. Dat wordt een plezierige reis.' Hij trok aan zijn pijp en liep terug naar zijn familie.

Hamish wandelde naar de rand van het perron en stak zijn vlag uit, het fluitje tussen zijn tanden.

Er biggelde een traan over Una's wang, waarna hij tussen de stippen op de kunstzijden sjaal om haar hals viel.

Evan Pettyman stond gebogen over het bed van zijn vrouw en goot voorzichtig haar stroperige drankje op een theelepel.

'Ik denk dat ik vanavond wel twee lepels nodig heb, Evan,' zei Marigold.

'Denk je dat twee genoeg is, liefste? Volgens meneer Almanac mocht je er zoveel nemen als je nodig had, weet je nog?'

'Ja, Evan,' zei Marigold.

Hij goot nog een lepel vol, klopte haar kussens op, verschoof de foto van Stewart en stopte het beddengoed in. Marigold vouwde haar handen over haar ribben en sloot haar ogen.

'Marigold, ik moet binnenkort naar Melbourne. Voor een paar dagen maar,' zei Evan.

'Waarom?'

'Voor de gemeenteraad. Het is heel belangrijk.'

'Maar dan ben ik 's avonds alleen...'

'Ik zal Nancy vragen of ze langskomt.'

'Ik vind haar niet aardig.'

'Dan zal ik brigadier Farrat vragen om langs te komen, of iemand...'

'Jij bent ook zo belangrijk, Evan,' mompelde ze.

Al snel viel haar mond open en werd haar ademhaling gelijkmatig, dus liet Evan haar alleen. Hij sloot zichzelf op in zijn werkkamer, pakte een foto van Una uit zijn afgesloten kluisje en zette hem rechtop op zijn bureau. Daarna leunde hij achterover in zijn stoel, trok de strik van zijn pyjamabroek los en stak zijn hand erin.

# 26

Tilly droomde. Pablo kwam naar haar toe en ging in zijn luier op haar bed zitten. Het dons op zijn volmaakt ronde hoofdje vormde een lichtkrans. Hij keek naar zijn moeder en lachte met een vochtig open mondje, waardoor twee korte ronde tandjes te zien waren. Hij wapperde met zijn mollige armpjes. Tilly stak haar handen naar hem uit, maar hij sloeg zijn armpjes met een ernstige blik tegen zijn bleke ronde buikje. Hij fronste, in verwarring. Zo had hij ook gekeken toen hij het nieuwe geluid hoorde: een straatmuzikant op zijn hobo, een geluid als vloeibare chocolade. Op haar heup zittend had hij haar zijn helderblauwe ogen toegekeerd en met een blik van verwondering zijn oor aangeraakt op de plek waar het geluid de zijkant van zijn hoofd had geraakt. Zijn moeder had naar de hobo gewezen en hij begreep het en klapte.

Weer stak Tilly haar armen naar hem uit, maar hij schudde zijn hoofd – nee – en haar jubelende hart verstomde.

'Ik moet je iets vertellen,' zei hij met een oude stem.

'Wat?'

Hij vervaagde; ze schreeuwde het uit, maar hij verdween te snel. Baby Pablo keek naar haar omlaag en zei: 'Moeder.'

Het was dag. Het zonlicht viel door het raam op haar neer, dus stond ze op en ging haar moeder zoeken. Molly zat rechtop in haar rolstoel bij de haard, aangekleed en met geborsteld haar. Ze had het vuur opgepookt en trok zachtjes de draden en reepjes stof uit de armleuningen van haar rolstoel; daarna gooide ze ze in de vlammen. De stevige, van het vuil glanzende kussens die gewoonlijk onder en achter haar dijen en rug waren gepropt, waren verdwenen. Oude gekookte eieren, strak opgepropte servetten en kippenpoten vatten vlam en veranderden in een hoopje as. Molly stopte met haar arbeid en keek op naar haar dochter.

'Goedemorgen, Myrtle,' zei ze met zachte stem.

Tilly bleef abrupt stilstaan bij het fornuis, met de ketel in haar hand, en keek verbaasd naar haar moeder. Ze pakte wat citroengras en bleef staan kijken hoe de stukjes in haar kopje heet water ronddreven toen Molly weer het woord nam. 'Ik heb vannacht gedroomd,' zei ze, 'over een baby. Een mooie ronde baby met kuiltjes in zijn knieën en ellebogen en twee volmaakte tandjes.' De oude vrouw keek Tilly recht aan. 'Het was jouw baby.'

Tilly wendde zich af.

'Ik ben ook een baby kwijtgeraakt,' zei Molly. 'Ik heb mijn kleine meisje verloren.'

Tilly ging in Teddy's stoel zitten en keek haar moeder aan. 'Ik werkte in Parijs,' zei ze met haperende stem. 'Ik had mijn eigen winkel en heel veel klanten en vrienden, en een vriend die Ormond heette en die Engels was. We hadden een baby, mijn baby, een jongen die we Pablo noemden, gewoon omdat we dat een leuke naam vonden. We wilden hem meenemen naar hier, en dan met jou weer teruggaan, maar toen Pablo zeven maanden oud was, vond ik hem op een ochtend in zijn ledikantje... dood.' Tilly zweeg en haalde diep adem. Ze had dit verhaal pas één keer eerder verteld, aan Teddy.

'Hij ging dood, gewoon dood. Ormond begreep het niet. Hij gaf mij de schuld en kon me niet vergeven, maar de dokters zeiden dat het een virus moest zijn geweest, ook al was hij niet ziek geweest. Ormond ging bij me weg, dus moest ik naar huis. Ik had niets meer, alles leek nutteloos en verschrikkelijk. Ik besloot dat ik in elk geval mijn moeder kon gaan helpen.' Weer zweeg ze en ze nam een slokje thee. 'Ik besefte dat ik hier nog iets had. Ik dacht dat ik hier weer kon wonen, dat ik hier geen schade meer kon aanrichten en dat ik dus alleen goed kon doen.' Ze staarde in de vlammen. 'Het is niet eerlijk.'

Molly stak haar armen uit en klopte met haar platte zachte handen op haar dochters schouder. 'Het is inderdaad niet eerlijk, maar als je niet was weggestuurd, was je hier misschien nooit weggekomen. Dan had je hier voor altijd vastgezeten en had je je hier op de Heuvel schuilgehouden met mij. Je hebt nog tijd.'

'Het is niet eerlijk geweest voor jou.'

'Ik neem aan van niet. Ik was een ongehuwde vrouw toen je... Nou ja, ik was naïef. Maar het maakt me niet uit, ik kreeg jou. Het idee dat ik bijna met die man trouwde, met je "vader". Dan zouden we ook nog eens aan hem hebben vastgezeten! Ik heb je nooit verteld wie...'

'Dat hoeft niet,' zei Tilly. 'Juffrouw Dimm heeft het me op de lagere school al verteld. Eerst geloofde ik haar niet, maar toen Stewy...'

Molly rilde. 'Omdat ik weigerde mijn baby op te geven, moest ik mijn ouderlijk huis verlaten. Hij kwam me achterna en gebruikte me. Ik had geen geld, geen baan en een onwettig kind om voor te zorgen. Hij onderhield ons...' Molly zuchtte. 'En toen hij later zijn zoon niet meer kon hebben, kon ik jou ook niet hebben.' Ze veegde de tranen uit haar ogen en keek Tilly recht aan. 'Ik miste je zo dat ik gek werd. Ik verloor de enige medestander die ik had, het enige wat ik had. Maar naarmate de jaren verstreken, begon ik te hopen dat je niet zou terugkeren naar deze vreselijke plek.' Ze keek naar de handen in haar schoot. 'Soms líjken de dingen gewoon niet eerlijk.'

'Waarom ben je zelf nooit vertrokken?'

Zachtjes zei ze: 'Ik kon nergens heen.' Met een blik vol liefde keek haar zachte oude gezicht met de hoge jukbeenderen en het crèmekleurige verkreukelde voorkomen naar Tilly. 'Ze mochten me van hem niet vertellen waar je was. Ik heb het nooit geweten.'

'Dus je wachtte af?'

'Ze namen je mee in een politiewagen, dat is het enige wat ik wist.'

Tilly ging op haar knieën voor haar moeder op de grond liggen en begroef haar gezicht in Molly's schoot. Molly streelde teder haar hoofd en huilde. 'Het spijt me, het spijt me zo,' zeiden ze tegen elkaar.

Die middag viel Molly. Tilly was in de tuin zeepkruid voor de salade aan het plukken toen ze de klap hoorde van Molly's wandelstok die tegen de houten vloer sloeg. Tilly legde haar voorzichtig neer en sprintte vervolgens naar de Pratts. Ze trof brigadier Farrat aan bij de fourniturenafdeling.

Ze rende terug, knielde bij haar moeder, kalmeerde haar en hield haar hand vast, maar zelfs ademen deed Molly pijn en bij elke flauwe beweging verkrampte haar gezicht. Ze kwam bij bewustzijn en verloor het weer.

Brigadier Farrat bracht meneer Almanac mee. Hij boog zich over Molly heen, die op haar rug op de keukenvloer lag.

'Waarschijnlijk heeft ze haar dijbeen gebroken toen ze viel,' zei Tilly. 'Ze heeft vreselijk veel pijn.'

'Ze is niet over een kleed gestruikeld, dus het moet een beroerte zijn geweest,' zei meneer Almanac. 'Niets aan te doen. Zorg maar dat ze stil blijft liggen. God zal wel voor haar zorgen.'

'Kunt u haar iets geven tegen de pijn?'

'Bij een beroerte kan ik niets uitrichten.' Meneer Almanac schuifelde weg.

'Alstublieft, ze heeft pijn.'

'Ze zal wel snel in coma raken,' zei hij. 'En tegen de ochtend is ze dood.'

Tilly schoot overeind en hief haar hand om hem een duw te geven, zodat hij krakend van de Heuvel zou rollen en in vijftig stukjes uiteen zou spatten. Maar brigadier Farrat greep haar vast en drukte haar tegen zijn warme lichaam. Hij hielp haar de gewonde oude vrouw naar bed te brengen, terwijl Molly brulde van de pijn en in het rond maaide om op haar beurt alles pijn te doen wat ze kon raken, maar haar vuistslagen hagelden krachteloos neer op brigadier Farrats wollen jas. Daarna bracht hij meneer Almanac weg.

Hij kwam terug met wat pillen voor Molly. 'Ik heb de dokter gebeld, maar hij is vanuit Winyerp vijftig kilometer afgereisd voor een stuitbevalling.'

Hij keek toe terwijl Tilly hennep in een vijzel fijnstampte, het eruit schraapte en het in kokende honing liet glijden. Zodra het mengsel was afgekoeld, goot ze het op Molly's tong. Ze knielde met een scheermes en een kopje bij de klaprozen neer, maar de zaadpeulen waren overrijp, de witte vloeistof wilde er niet uit druipen. Dus trokken ze de planten uit de aarde en hakten ze de zaadpeulen tot gruis en gooiden dat in kokend water. Tilly lepelde de klaprroosthee in haar moeders mond, maar Molly rukte fronsend haar hoofd van links naar rechts. 'Nee,' fluisterde ze. 'Nee.'

Hij hielp haar Molly's perkamenten huid in te wrijven met smeerwortelolie, hij depte haar koude voorhoofd met paardenbloemwater en hij veegde groenig slijm met zout water uit haar ooghoeken. Ze sponsten haar af en bestrooiden haar lichaam met lavendelpoeder. En ze hielden haar handen vast, terwijl ze hymnes aanhieven: 'Heere Jezus, wees mijn Herder; Wees mijn Gids in deze nacht. Heer' ik wandel in het donker; 't Is Uw hulp waarop ik wacht.'

Tegen zonsopgang duwde Molly de lakens weg van haar reutelende borst en begon ze eraan te plukken. Ze zoog de lucht op met het droge zwarte gat dat haar mond was, raspend in- en uitademend, en toen de dag aanbrak, was ze verder weggezakt. Slechts haar ademhaling bleef over. Haar lichaam was slap geworden. In antwoord op een eeuwige impuls ging haar borst op en neer tijdens haar schaarse oppervlakkige ademhalingen, maar uiteindelijk daalde hij, zonder daarna weer te rijzen. Tilly hield haar moeders hand vast tot hij niet meer warm was.

Brigadier Farrat liet haar alleen en toen de zon hoog aan de hemel stond, kwam hij terug met de begrafenisondernemer en de dokter uit Winyerp. Ze droegen de geur van whisky en desinfecterende middelen met zich mee. Ze regelden een begrafenis.

'De plechtigheid zal morgen plaatsvinden,' zei de begrafenisondernemer.

Tilly stond perplex. 'Morgen al?'

'Hygiëneregels. De enige plek waar we hier een lichaam kunnen bewaren is in Regs koelcel achter de winkel van Pratt,' zei de dokter.

Tilly zat op haar rokerige veranda tot het avond werd. Terwijl ze werd overspoeld door een koortsachtige treurigheid voeren er rillingen door haar heen. De as van de vuilnisbelt dwarrelde neer op haar haar en de vuurbanen op de belt gloeiden in het donker op als een kilometers ver weg gelegen stad. Ze kon nu al haar zaken afronden en vertrekken, naar Melbourne gaan, een baan accepteren bij de reizigster die haar de voorgaande herfst had opgezocht.

Maar dan had je nog de kwestie van de zure inwoners van Dungatar. Gezien alles wat ze hadden gedaan, en wat ze niet hadden gedaan, wat ze hadden besloten niet te doen, kon ze hen niet verlaten. Nog niet.

Sommige mensen krijgen meer pijn te verduren dan ze verdienen, anderen niet. Als een geest die de dood aankondigt stond ze op de top van de Heuvel, huilend en jammerend tot de lichtjes aanflikkerden en in de huizen kleine lichtpuntjes opgloeiden.

Ze liep naar koelcel achter het warenhuis van Pratt. Daar stond ze te kijken naar haar moeders kist, in het duister als een schaduw op een treurige plek, wat eigenlijk altijd voor Molly had gegolden.

'Vanaf nu zal pijn niet langer onze vloek zijn, Molly,' zei ze. 'Het zal onze wraak en ons bestaansrecht zijn. Mijn katalysator en mijn propeller. Vind je dat ook niet meer dan eerlijk?'

Het regende de hele nacht pijpenstelen, terwijl Tilly licht sliep in haar moeders bed. Ze kwamen haar opzoeken, heel kort, en vervulden haar hart met liefde. Teddy zwaaide en keek naar Pablo, die in Molly's armen lag, en ze glimlachten een zilveren glimlach. Toen waren ze weg.

IV

# Brokaat

Zware stof geweven van een combinatie van matte en glanzende garens om een opvallende textuur op een rustige achtergrond te verkrijgen. Opgewerkte patronen van bloemen of ornamenten, vaak opvallend door contrasterend kleurgebruik. Gebruikt voor decoratieve omslagdoeken en bekleding.

*Fabrics for Needlework*

# 27

Brigadier Farrat legde zijn hand tegen zijn voorhoofd en boog zich over zijn logboek om erin te schrijven.

'Hoe laat is de begrafenis?' vroeg Beula.

'Om twee uur 's middags.'

'Gaat u erheen, brigadier?'

Hij nam zijn hand weg en keek op in haar gretige lichtbruine ogen. 'Ja.'

'Kan iedereen gaan?'

'Iedereen kan gaan, Beula, maar vind je ook niet dat alleen goede mensen met eerbare bedoelingen erheen zouden moeten gaan? Zonder Tilly's tolerantie en gulheid, haar geduld en haar vaardigheden, zouden onze levens – vooral het mijne – niet zijn verrijkt. Jij kunt niet oprecht met haar meevoelen en je geeft ook niet om haar geliefde moeder, dus wil je er alleen heen om je nieuwsgierigheid te bevredigen. Nou, dat is toch ordinaire lijkenpikkerij?' Brigadier Farrat werd rood, maar hij hield haar blik vast.

'Nou ja!' zei ze, waarna ze naar de Pratts ging. 'Hallo, Muriel.'

'Morgen, Beula.'

'Is ze daar buiten?' vroeg ze met een hoofdgebaar in de richting van de koelcel.

'Als je wilt kijken...'

'Ga jij naar de begrafenis?' vroeg Beula op scherpe toon.

'Nou, ik...'

'Volgens brigadier Farrat zou het onoprecht zijn, omdat ze onze levens niet op de een of andere manier heeft verrijkt, en we niet geduldig en respectvol met haar zijn omgegaan. Dus als we gaan, zijn we alleen maar lijkenpikkers en nieuwsgierige aagjes.'

Muriel sloeg haar armen over elkaar. 'Ik ben helemaal geen nieuwsgierig aagje.'

Alvin kwam uit zijn kantoor.

Zijn vrouw hield haar blik nog steeds op Beula gericht en zei zonder omwegen: 'Volgens Beula heeft brigadier Farrat gezegd dat als we naar de begrafenis gaan, we alleen maar lijkenpikkers zijn en dat we nooit geduldig of respectvol met Molly zijn omgegaan, dus dat we alleen maar nieuwsgierige aagjes zijn.'

'Als er een lijkwagen met gevolg voorbijrijdt, zijn we verplicht onze winkel te sluiten, maar ik betwijfel of daar sprake van zal zijn,' zei Alvin, en hij pakte het blok met bestelformulieren.

Lois Pickett kwam naar de winkel en slenterde naar de toonbank. 'Ik denk dat we naar de begrafenis moeten gaan. Wat vinden jullie?'

'Waarom?' vroeg Muriel. 'Ben jij een vriendin van Tilly of ga je alleen maar om het "nieuwsgierige aagje" uit te hangen, zoals brigadier Farrat het noemt?'

'Ze heeft nog steeds mijn verstelwerk, snap je...'

'Het zou onoprecht zijn om te gaan, Lois,' zei Beula.

'Lijkenpikkerij, volgens brigadier Farrat,' zei Muriel.

'Nou ja, waarschijnlijk...' zei Lois, terwijl ze aan haar hoofd krabde. 'Denken jullie trouwens dat 'r iets speelt tussen de brigadier en Tilly?'

'Wat bedoel je?' vroeg Muriel nieuwsgierig.

'Een affaire,' zei Beula. 'Ik heb het altijd vermoed.'

''t Zou me niet verrassen,' zei Muriel.

Alvin sloeg zijn ogen ten hemel en liep terug naar zijn kantoor.

Brigadier Farrat kwam Tilly halen in een knielange zwarte jurk van wollen crêpe met een watervaldecolleté, een stijlvol uitlopende overrok met een asymmetrische snit, zwarte kousen en degelijke zwarte pumps met een discrete leren bloem op de hiel. 'Molly zou dit niet goedkeuren,' zei hij glimlachend. 'Zie je haar gezicht al voor je?'

'De regen zal je jurk bederven.'

'Ik kan altijd een nieuwe maken. Bovendien heb ik een mooie blauwe cape en een paraplu in de auto liggen.'

Fronsend keek ze hem aan.

'Het kan me niet schelen, Tilly,' zei hij. 'Het interesseert me niet meer wat die lui denken of zeggen. Ik weet zeker dat iedereen de afgelopen jaren allang heeft gezien wat er aan mijn waslijn hangt, en ik ga binnenkort toch met pensioen.' Hij bood haar zijn arm.

'De meeste mensen zullen vanwege de regen wel thuisblijven,' zei Tilly, waarna ze de veranda verlieten en in de politiewagen gingen zitten.

Reginald bracht Molly in de bestelbus van de Pratts naar haar laatste rustplaats en bleef tegen de bus geleund staan kijken naar de twee rouwende mensen met hun tegen hun voorhoofd geplakte haar en hun samengeknepen ogen tegen de vallende regendruppels. Brigadier Farrat sloeg zijn handen onder zijn cape tegen elkaar en verhief zijn stem boven het sombere geroezemoes.

'Molly Dunnage kwam met een baby in haar armen naar Dungatar om hier een nieuw leven te beginnen. Ze hoopte haar moeilijkheden achter zich te kunnen laten, maar omdat haar leven gelijke tred hield met haar problemen, leidde Molly haar leven zo discreet als mogelijk was te midden van starende blikken en treiterende tongen. Haar hart zal eerder rust vinden nu ze Myrtle voor haar dood weer heeft leren kennen.

We nemen afscheid van Molly en in al ons verdriet, onze woede en ons ongeloof wensen we met heel ons hart dat haar in het hiernamaals een beter lot te wachten staat, vol liefde en berusting en eeuwigdurende vrede, want ik vermoed dat dat het enige is wat ze voor zichzelf wenste. Dat is wat ze, diep in haar hart, voor iedereen had gewenst.'

Raadslid Evan Pettyman had namens de Dungatarse gemeenteraad een rouwkrans gestuurd. Tilly tilde hem met de schep van de kist af, liet hem in de vochtige klei aan haar voeten vallen en hakte hem in piepkleine stukjes. Reginald kwam naar voren om hen te helpen Molly in het graf te laten zakken. Regendruppels kletsten, petsten *rat ta tat* op het deksel van de kist, terwijl Tilly de eerste kluit aarde op haar moeders laatste rustplaats liet vallen.

Respectvol stonden de mannen in de regen aan weerszijden van het magere meisje met de grote natte hoed. Ze leunde op de schep, huiverend onder een huilende grijze hemel, met bemodderde laarzen en broekspijpen.

'Ik zal je missen,' zei ze snikkend. 'Ik ga gewoon door met je missen, zoals ik altijd heb gedaan.'

Reginald overhandigde brigadier Farrat de rekening voor de kist en de huur van Alvins busje. De brigadier stopte hem in zijn zak, nam de schep van Tilly over en zei: 'Kom, we dekken Molly toe en daarna gaan we thee met rum drinken tot we denken dat we Molly beter hebben doorgrond, evenals het leven dat haar was gegund.'

Tilly hield de paraplu boven het hoofd van de brigadier terwijl hij de schep hanteerde. De blauwe cape plakte in plooien aan hem vast en zijn zwarte pumps zonken diep weg in de klei. De omlaag sijpelende regendruppels maakten zijn kousen donker.

Veel later hoorde Beula hen zingen toen ze de Heuvel op kroop. Ze gluurde door het achterraam naar binnen en zag Tilly Dunnage tegen brigadier Horatio Farrat aan leunen, die een jurk droeg. De keukentafel was bezaaid met lege flessen, afgedankte kleding en oude fotoalbums. Het heilige boek lag open, de bladzijden bekrast en gescheurd. Omdat ze er geen begrip in hadden aangetroffen, hadden ze het beschadigd. De twee rouwende mensen zwaaiden samen met hun hoofd achterover heen en weer, terwijl ze zongen: 'You made me love you, I didn't want to do it...'

'Nee nee nee, niet dat lied. Da's precies wat er is gebeurd!' zei Tilly.

Dus zong brigadier Farrat: 'Ma, he's making eyes at me, Ma he's awful nice to me...'

'Néé, dat lied zeker ook niet.'

'Who were you with last night? Out in the...'

'Nee.'

'Ik weet 'n geschikt liedje, Til, wat dacht je van "When I grow too old to dream..."'

'Ja, ja, dat zou ze mooi hebben gevonden. Kom op, één, twee, drie...'

Ze kwamen allebei weer overeind en zongen: 'When I grow too old to dream, I'll have you to remember, when I grow too old to dream, your love will live in my heart...'

'O, shit,' zei Tilly, 'dat zou ze vreselijk hebben gevonden. Al die liedjes zijn zedeloos en pornografisch.'

'Geen wonder dat ze in de problemen raakte.'

'Precies. Zo is het!' zei Tilly, en ze nam de theemuts van haar hoofd en gooide hem in de lucht.

'Wat?'

'Het is allemaal de schuld van pakkende populaire liedjes en een geilaard.'

'Probleem opgelost.' De brigadier ging aan tafel zitten. Hij schonk hun beiden een glas champagne in en ze proostten.

'Laten we "Loch Lomon" nog 'ns singen.'

'Genoeg gezongen,' zei Tilly. 'Dat is zedeloos!' Ze liep naar de zitkamer en wankelde door de keuken terug met de radio-grammofooncombi in haar armen.

Haastig sprong Beula weg bij het licht dat uit het raam viel en ging plat op haar rug in het donkere gras liggen. Tilly kwam op de veranda tot stilstand en slingerde grommend haar radio-grammofoon de donkere nacht in. Terwijl ze weer naar binnen liep, klonk er een misselijkmakend *uugghh* en een doffe dreun. Ze griste haar platen mee en rende weer naar buiten. Daar legde ze de stapel naast zich op de veranda, ging in de langgerekte uit de deuropening vallende lichtbaan staan en zwiepte haar platen een voor een het donker in.

Toen de rand van de vliegende radio-grammofooncombi Beula raakte, deukte hij haar voorhoofd in, brak haar neus en gaf haar een lichte hersenschudding. Op de tast kroop ze over het uitgesleten spoor naar huis, langs de hekken die ze zo goed kende, en ging ze in bed liggen. Er sijpelde iets uit haar wond en op de plek van de vlezige rauwe holte in het midden van haar gezicht ontstond een zwartgroene zwelling, die helemaal doorliep tot aan haar vooruitstekende kin en zich uitstrekte over de gefronste wenkbrauwen tot aan haar haarlijn.

Op maandagochtend nam brigadier Farrat zijn dagelijkse bad en wachtte op Beula. Op dinsdagochtend wachtte hij weer tot halftien; daarna ging hij haar zoeken. Op zijn geklop op de deur kwam geen reactie, dus opende hij de deur en kwam hij in Beula's plakkerige stoffige keuken, waarna hij direct hoestend achteruitdanste. Hij haastte zich terug naar zijn politiewagen, pakte een flesje eucalyptusolie uit het handschoenenvakje en druppelde er wat van op zijn zakdoek. Weer terug in de keuken drukte hij de geurende stof tegen zijn neus en liep hij verder. Toen vond hij haar, met een stijve zwartgevlekte theedoek over haar hoofd, die in het midden omhoogrees en weer daalde op de plek waar haar neus een punt in het materiaal had moeten maken.

'Beula?' fluisterde hij.

Er klonk een geluid alsof er druppels in een rietje omhoog werden gezogen en haar armen kwamen iets omhoog. Hij pakte de rand van de theedoek en sprong vlug achteruit, waarna hij hem op de grond liet vallen. Beula's ogen waren gezwollen paarsrode spleetjes en midden in haar gezicht bevond zich een korstig zwart gat waar de hoektanden van haar bovenkaak vlak boven het tandvlees waren afgebroken.

De brigadier bracht haar naar zijn auto en reed haar naar de dokter in Winyerp. Samen zaten ze daar in de behandelkamer. Beula kon de vage omtrek van een wittige gedaante onderscheiden die voor haar heen en weer liep en zei: 'Hmm.'

'Ik struikelde en ben gevallen,' klonk het uit Beula's ontbindende gezicht met de geknapte neusamandelen, terwijl tussen haar lippen roze belletjes borrelden.

'Je bent gestruikeld?' De dokter keek naar de brigadier en maakte een drinkgebaar.

'Het was donker,' zei ze.

'Het is mogelijk dat er sprake is van schade aan je ogen. Het ziet ernaar uit dat de oogkas verbrijzeld is,' zei de dokter, waarna hij haar een brief overhandigde die geadresseerd was aan een specialist in Melbourne.

'Het neusbeen is tegen het traanbeen aan geklapt en heeft het versplinterd. Daardoor is de traanbuis beschadigd, evenals het wiggenbeen en dus ook de canalis opticus, en helaas het o zo belangrijke macula lutea. Inmiddels is het natuurlijk te laat om er nog iets aan te doen...'

Voor Beula was het licht uitgegaan.

Brigadier Farrat gaf haar een donkere bril, knoopte een sjaal om haar hals, duwde haar een witte stok in de hand en zette haar op een trein naar Melbourne met een briefje op de rug van haar vest gespeld waarop stond: BEULA HARRIDENE, P.A. POLITIEBUREAU, DUNGATAR, TEL: 9 (INTERLOKAAL TELEFOONGESPREK). Daarna bracht hij Tilly een bezoek. In de oranje gloed van de ondergaande zon stapte hij uit zijn auto in zijn fonkelende, met groene kralen versierde matadorkostuum van zijdebrokaat. Tilly had het voor hem vermaakt door er goudkleurige zijden stukken in te zetten en de brigadier had daar weer groene kwastjes aan bevestigd. Ze stonden in haar tuin tot aan hun middel in de bloemen, struiken, kruiden en groenten, de lucht rondom hen helder en fris van de regen die kort daarvoor was gevallen.

'Ik zie dat Molly het vuur op de vuilnisbelt heeft gedoofd,' grapte de brigadier.

'Ja,' antwoordde Tilly.

'Heb je het gehoord van die arme Beula?'

'Nee.'

'Ze ligt nu in het sanatorium.' De brigadier wreef zich in de handen.

'Vertel,' zei Tilly.

'Nou...' begon hij, en hij eindigde met de woorden: '... het moet een verschrikkelijke val zijn geweest. Ze ziet eruit of ze geraakt is door de hoek van een voorbijvliegende koelkast.'

'Wanneer is het gebeurd?' vroeg Tilly.

'Op de avond van Molly's begrafenis.'

Ze keek omhoog naar de hemel en glimlachte.

Die middag kwam Nancy meneer Almanac halen. Ze trof hem bewegingsloos aan in de achterkamer, met zijn hoofd in de kast waar hij zijn maatbekers bewaarde, zijn ronde schouders rustend op de rand. Ze trok hem voorzichtig naar achteren, schoof hem door de deur naar buiten, controleerde of er geen auto's aankwamen en gaf hem een zachte duw. Hij stapte over de stoeprand en liep de weg op, terwijl Nancy de lichten uitdeed, het hangslot aan de koelkast hing en de voordeur op slot draaide. Meneer Almanac versnelde in de richting van zijn vrouw, die in de zon lag te doezelen. Hij tuimelde langs haar en vervolgde zijn weg het huis in, door de gang, die van voor naar achteren doorliep. Nancy wierp een blik op mevrouw A., en keek links en rechts de straat in. Ze fronste, hield een hand boven haar ogen en keek achter zich de schemerige winkel in. Na een tweede blik op mevrouw A. stoof ze de straat over, voorbij mevrouw Almanac, die de luchtverplaatsing voelde en haar ogen opende. 'Godallemachtig,' hoorde ze Nancy uitroepen.

Brigadier Farrat volgde meneer Percival Almanacs voetengeschraap helemaal van de achtertuin naar de beekoever. Treurig keek hij naar het bruine water, de muggen zoemend om hem heen. Hij deed zijn blauwe cape af en drukte hem tegen zijn hart, waarna hij hem bedroefd op een stuk hout liet vallen en voorzichtig zijn andere kleren uittrok en opvouwde. Zodra hij alleen nog zijn rode satijnen boxershort aanhad, liet hij zich in het kalme water van de beek zakken. In het midden verdween zijn witte hoofd onder water, waarna kringen van luchtbellen op het wateroppervlak zichtbaar werden. Vervolgens kwam het hoofd van meneer Almanac boven. De brigadier had hem als een stijf rechtopstaand vraagteken aan zijn schouder hangen, terwijl de slijmerige groene lisdodden nog om zijn gebogen nek zaten, de kreeftjes aan zijn oorlellen en de bloedzuigers aan zijn lippen.

Tilly stond bij het modderige heuveltje dat haar moeders graf was en deed het relaas van de ongelukken van Beula en meneer Almanac. 'Zoals je zei: "Soms líjken de dingen gewoon niet eerlijk."'

Ze hoorde de rosékaketoe al voor ze de top van de Heuvel had bereikt. De commissieleden van de Dungatarse culturele sociëteit werden door de vogel bij de veranda vastgehouden. Krijsend, met gespreide vleugels en rechtovereind staande kam, vloog het dier voor hen heen en weer. De angstig uitziende dames droegen 'Tilly originals'.

Ze beende naar de veranda, keek naar de kaketoe en zei: 'Sst.'

Prompt was het stil, neeg hij zijn kop naar haar en sloot zijn snavel. Zijn kam ging weer liggen en hij waggelde met naar binnen gekeerde tenen naar de poort, klom erop, draaide zich om en blies nogmaals naar de indringers.

'Je tuin, Tilly,' zei Trudy. 'Wat is die mooi. Je hebt zoveel werk verricht, en toch kun je nog steeds zulke mooie dingen naaien!'

Ze keken haar allemaal glimlachend aan.

'Het is inderdaad een heel geurige tuin.'

'Je hebt hier een aantal bijzondere planten.'

Tilly plukte een grasspriet en kauwde erop.

Trudy schraapte haar keel. 'We gaan een eisteddfod organiseren...'

'We gaan *Macbeth* opvoeren,' snauwde Elsbeth. 'Shakespeares *Macbeth*. Dat is een toneelstuk. De toneelverenigingen van Itheca en Winyerp doen *A Streetcar Named Desire* en *H.M.S. Pinafore...*'

'Licht vermaak,' zei Muriel geringschattend.

'Dus doen wij *Macbeth*, en jíj mag de kostuums maken.'

Tilly keek hen om beurten aan. Ze knikten allemaal glimlachend. 'Serieus?' vroeg ze. '*Macbeth*?'

'Ja,' bevestigde Trudy.

Elsbeth hield *De volledige werken van William Shakespeare* op, en *Theaterkostuums door de eeuwen heen*. 'We hebben een aantal ideeën over wat we willen...'

'Laat eens zien,' zei Tilly.

Elsbeth haastte zich naar haar toe, het boek geopend bij de tekeningen van mannen gehuld in effen gekleurde toga's met een touw rond hun middel, wijde mouwen en geschulpte kragen, en vrouwen in strakke hemden met aangetrokken halskoordjes.

'Ik vind de kostuums op de volgende bladzijde mooi,' zei Trudy.

Tilly sloeg de pagina om. De plaatjes toonden mannen in rokken met lagen en lagen onderjurken eronder en vele meters kant hangend aan polsen met overdadig van rushes en strookjes voorziene manchetten. Ze poseerden met kousen, broeken die vanaf de knie ruches hadden of gerend wijd uitliepen op hooggehakte schoenen met grote satijnen strikken. Hun hoed was bovenmaats en er prijkten grote pluimen op. De dames droegen wijde driestrokenrokken met gerimpelde tournures, uit meerdere lagen bestaande, op bouwwerken lijkende fontangekapsels, moffen van veren en jassen met weelderige jabots of met volants versierde revers.

'Maar dit is de baroktijd, de zeventiende eeuw,' merkte Tilly op.

'Precies,' reageerde Elsbeth.

'Het is tenslotte Shakespeare,' zei Trudy.

Muriel vroeg op sceptische toon: 'Je hebt toch wel van hem gehoord?'

'Misschien niet,' zei Mona. 'Dat had ik tot vorige week ook niet.'

Tilly trok een wenkbrauw op en declameerde:

'Harder poken, harder stoken,
Laaien, vuurgloed; ketel koken,

Stuk moerasslang, ook erbij,
Kook en braad in onze brij;
Hagedisoog, kikvorslong,
Vleermuishaar en hondentong.'

Verward keken de commissieleden elkaar aan.

Tilly trok een wenkbrauw op. 'Vierde bedrijf, eerste akte, drie heksen bij een ketel? Nee?'

De gezichten van de dames bleven uitdrukkingsloos.

'We hebben het toneelstuk nog niet echt gelezen,' verklaarde Muriel.

'Ik vind de kostuums die ik heb uitgekozen het mooist, jij niet?' vroeg Trudy.

Tilly keek Trudy recht aan en zei: 'Die zouden zeker het meeste effect sorteren.'

Trudy knikte kameraadschappelijk naar haar vrienden.

Elsbeth deed een stap in Tilly's richting. 'Kun je ze maken?'

'Zeker, maar...' zei Tilly.

'Wanneer kun je eraan beginnen?' onderbrak Elsbeth haar.

Peinzend bestudeerde Tilly de foto's. De dames keken elkaar schouderophalend aan. Daarna glimlachte Tilly tegen hen. 'Ik zou het een grote eer vinden een bijdrage aan jullie toneelvoorstelling te leveren door deze kostuums te maken... op voorwaarde dat jullie me ervoor betalen.' Ze sloeg het boek dicht en hield het tegen haar borst. 'Jullie hebben nog openstaande rekeningen van wel een jaar of meer.'

'We zullen deze kwestie voor de eerstvolgende vergadering op de agenda zetten,' zei de penningmeester zwakjes.

'Nou, dat is dan geregeld,' zei Elsbeth, terwijl ze haar handen afveegde aan haar rok en de Heuvel begon af te lopen.

'Ik begin niet voordat de openstaande rekeningen vereffend zijn en ik wil een contant voorschot. Zo niet, dan maak ik de kostuums voor Itheca en Winyerp. Zij betalen me wel altijd.'

Elsbeth en Trudy keken naar Muriel, die hun blik beantwoordde. 'Hij leent het ons nooit,' zei ze.

'Moeder!' zei Trudy, waarna ze dichter bij de penningmeester ging staan en met haar vinger naar haar neus priemde. 'U móét het vader vragen.'

Alvin was weer gestopt koopwaar op krediet te leveren. Het enige wat nog aan de lopende rekening mocht worden toegevoegd waren etenswaren. Ze moesten het zelfs zonder zeep stellen.

Muriel sloeg haar armen over elkaar. 'Alvin wacht anders ook nog steeds op zijn geld, sommige rekeningen staan al tien jaar open. We kunnen niet eeuwig iedereen voor niks te eten blijven geven,' sprak ze hooghartig, met een boze blik naar Elsbeth.

Elsbeth en Trudy keken elkaar beschuldigend aan.

'Nou, dan moet William nog maar een jaar op zijn nieuwe tractor wachten,' zei Elsbeth.

'Hij kan Macbeth wel spelen!' zei Trudy.

'Ja!' zeiden ze, en de commissie kuierde naar de poort.

Terwijl ze de vrouwen de Heuvel af zag schommelen, glimlachte Tilly.

Tilly stond vroeg op, kleedde zich om te tuinieren en viel vervolgens op de afrikaantjes aan, sneed de zijsteeltjes van de hoofdsteel en droeg de bossen naar binnen. Ze selecteerde een grote bos van de bloemen en zette ze in een vaas met water, waarna ze de resterende stengels van hun bladeren en bloemen ontdeed, ze in stukken hakte en in een enorme pan kokend water gooide. De keuken vulde zich met stoom, de geur van gekookt hout en een zoete brandgeur. Toen het afrikaantjesnat was afgekoeld, goot ze het in een fles. Die avond pakte ze een tas in en toog naar het gemeentehuis.

# 28

Twee ochtenden later werd Evan gedeprimeerd en chagrijnig wakker. Hij keek naar zijn comateuze echtgenote in haar bed en toverde wellustige beelden van Una op zijn netvlies, waarna hij slechts een ongemakkelijke gevoelloosheid ervoer – een licht verlamd gevoel in al zijn ledematen en aanhangsels. Hij stond op en keek neer op zijn penis, die als een natte zeem omlaag hing. 'Ik maak me gewoon zorgen,' zei hij, waarna hij begon in te pakken.

Halverwege de ochtend gooide Evan zijn leren valies op de achterbank en dook achter het stuur van zijn Wolseley. De gordijnen voor de ramen van al zijn buren vielen weer op hun plek. Verlangend naar Una reed hij weg naar Melbourne.

Tilly's maag maakte van de zenuwen een sprongetje, maar ze bleef staan, en zodra Marigold de deur opende, overhandigde ze haar een bos afrikaantjes.

Marigolds handen schoten meteen naar haar uitslag. 'Wat wil je?'

'Ik heb bloemen voor je meegebracht,' zei Tilly, waarna ze meteen het huis van de Pettymans binnenstapte.

Marigold niesde en zei: 'Wat ongebruikelijk.'

'*Tagetes patula*,' zei Tilly. 'Ze houden witte vlieg weg bij tomatenplanten en aaltjes bij rozen en aardappelen. In de wortels van afrikaantjes zit een stof die dodelijk is voor binnendringende aaltjes; het legt ze volledig lam,' legde ze uit.

Marigold keek naar Tilly's voeten. 'Je had je schoenen uit moeten trekken.'

Tilly nam plaats in de salon.

Marigold bestudeerde haar gezicht: ze was een mooi meisje, met een bleke huid, zoals Evan ook had, maar met Malle Molly's dikke haar en volle lippen. 'Het spijt me van je moeder,' zei ze.

'Welnee,' reageerde Tilly.

Marigolds ogen puilden uit haar hoofd en de pezen in haar hals schoten naar voren als hagedissen op oorlogspad. 'Evan heeft toch een krans gestuurd!'

'Dat was wel het minste wat hij kon doen,' vond Tilly. 'Zal ik een vaas zoeken?'

Marigold griste het boeket uit haar hand en haastte zich met de bloemen op armlengte naar de keuken. Er viel stuifmeel uit op het kleed. 'Wat wil je?' riep ze weer.

'Niets. Ik kom gewoon langs.' Ze pakte een foto van Stewart, die op het tafeltje naast haar stond, en was hem aan het bestuderen toen Marigold terugkwam en tegenover haar ging zitten.

'Ik kan het me nog maar heel vaag herinneren, maar ik meen dat je vertrok omdat je moeder ziek werd?'

'Niet precies in die volgorde, hoewel...'

'Waar heb je leren naaien?' Marigold speelde met de knoop van haar ochtendjas.

'Op allerlei plekken.'

'Zoals?' Marigolds ogen gleden zoekend over Tilly's gezicht.

'Ik keerde uit Parijs terug naar Dungatar, maar daarvoor zat ik in Spanje en daarvoor in Melbourne, bij een kledingfabriek. Op school in Melbourne nam ik naailessen. De school was niet erg goed, mijn weldoener...'

'Wie was je weldoener – je vader?' Marigold trok nu aan de knoop van haar kraag en de aderen in haar slapen klopten.

'Hij krijgt al zijn geld terug,' zei Tilly.

'Ik had een flink bedrag gespaard voor Stewarts opleiding,' vertelde Marigold. Ze keek uit het raam. 'Maar het is allemaal weg.' De knoop schoot opeens los.

Tilly zette haar verhaal voort. 'Leerling-naaisters krijgen niet veel betaald, maar ik slaagde er toch in te reizen en mijn opleiding voort te zetten, dus...'

'Nou, niemand hier was ooit ontevreden over iets wat je maakte, wat heel anders was bij die Una...' Ze sloeg haar handen voor haar mond. 'Zeg niet tegen Elsbeth dat ik dat heb gezegd!'

'Nooit,' zei Tilly. 'Zou je willen dat ik een nieuwe jurk voor de eisteddfod voor je maakte?'

'Ja!' Ze ging op het puntje van haar stoel zitten. 'Iets speciaals graag, iets heel speciaals. Mooier dan van alle anderen. Ik was de Ster van het Bal, weet je. Wil je soms iets eten?' Marigold schoot naar de keuken en kwam al vlug terug met een vol dienblad.

'Ik wil nog één ding zeggen. Ik weet dat je die jongen niet wilde vermoorden...' Ze nam kleine slokjes van haar thee, terwijl Tilly's maag ineenkromp. '... die Teddy McSwiney, maar ik weet hoe Mae zich voelde. Mijn zoon is uit een boom gevallen, weet je, hij stierf omdat hij op zijn hoofd neerkwam.'

Marigold liet Tilly haar fotoalbums zien: Evan en Stewart toen de laatstgenoemde drie weken oud was, Marigold en haar ouders voor ze stierven, het huis voordat het hek aan de voorkant was neergezet, en er was zelfs een schoolfoto van Tilly en Stewart. Met een zijdelingse blik naar Tilly vroeg Marigold: 'Waar komt je moeder eigenlijk vandaan?'

Tilly keek haar recht aan en vroeg: 'Wil je het hele verhaal horen?'

'Ja, graag,' antwoordde Marigold.

Tilly haalde diep adem. 'Goed,' zei ze. 'Molly was enig kind en ze was al tamelijk oud voor een ongetrouwde vrouw. Ze was heel naïef en al snel tot over haar oren verliefd op een eerzuchtige, berekenende charmeur. Die man was nergens echt succesvol in, maar beweerde tegen iedereen het tegenovergestelde. Haar brave christelijke ouders geloofden hem met heel hun open, warme hart en beperkte voorstellingsvermogen, en ze stonden toe dat Molly een wandeling met hem maakte. De charmeur was erg overtuigend. Ze kwam in een situatie terecht waarin haar ouders diep gekwetst en beschaamd zouden worden, tenzij ze vlug trouwde...'

'Ik ken dit verhaal!' zei Marigold met schrille stem.

'Dat weet ik,' zei Tilly.

Evan lag op zijn rug, met de lakens tot zijn kin opgetrokken. Ter hoogte van zijn knieën wipten de lakens op en neer onder gesteun, gekreun en gezwoeg, waarna Una eronder vandaan kwam en op zijn schouder viel, hijgend en bezweet en met rode wangen. Ze tilde het laken op en gluurde naar Evans vochtige, sponzige oranje paling, die slap op zijn dij lag. Ze giechelde. Evan begon te huilen.

Hij kwam vroeg thuis, kleedde zich in het slaapgedeelte van de veranda uit en liep naar de badkamer.

Zijn vrouw zat kalmpjes naast de radio-grammofooncombi te breien. 'Hallo, Evan,' zei ze met zachte stem. 'Hoe was het in Melbourne?'

'O, een beetje teleurstellend,' zei hij afwezig. Hij zat met een dot toiletpapier in zijn rechterhand op het toilet toen de deur openzwaaide.

Marigold leunde nonchalant tegen de deurpost, nog steeds breiend. 'Je zit hier al lang, Evan.'

'Ik ben ziek. Er is iets met me aan de hand,' zei hij.

'Ik was altijd degene die ziek was, Evan. Jij maakte me ziek, maar nu heeft Tilly Dunnage me beter gemaakt.'

'Waar heb je het over?'

Ze zuchtte. 'Je hebt veel affaires gehad, hè Evan?'

'Ze is gek, we kunnen haar laten opnemen...'

'Ze is niet gek, Evan. Ze is je dochter.' Glimlachend keek ze op hem neer en zei liefjes met een kleinemeisjesstemmetje: 'Arme Evan voelt zich vreselijk en ik weet waarom, en ik denk dat ze een heel slim meisje is, die Tilly.'

Evan stond op en sloot de deur, maar Marigold schopte hem weer open. 'Het zit in je elektrische waterkoker, op kantoor – vergif, zodat je niet meer in staat bent te doen wat je 's nachts met me deed, toch, Evan?' Ze liep weg, zachtjes gniffelend.

Hij volgde haar naar haar smetteloze keuken, waar ze naar een vliegenpoepje stond te staren op haar verder brandschone raam.

'Ze heeft Stewart vermoord, wist je dat? Je nieuwe vriendin...'

'Je bedoelt dat Tilly – jouw dochter – jóúw zoon heeft vermoord?'

Marigold draaide zich om en keek naar hem. 'Jouw zoon de bullebak. Die dikke, sproeterige, grove, stinkende kleine jongen die me altijd een por gaf als hij langs me liep, me begluurde als ik onder de douche stond en die kleine meisjes lastigviel. Als hij er niet was geweest, had ik jou niet hoeven te trouwen. Dan waren de schellen me misschien eerder van de ogen gevallen.' Ze rilde.

'Waarom val je niet op de grond, Marigold? Waarom krijg je geen flauwte, of een van je hoofdpijnaanvallen? Je bent gestoord.'

'Je hebt al mijn geld gestolen!'

'Je bent labiel, verslaafd aan medicijnen en volkomen neurotisch. De dokter weet alles van jou!'

'Rijp voor het gekkenhuis,' zei ze kalmpjes. 'Volgens Beula is het daar trouwens prettig.' Ze zuchtte en viel zachtjes op haar knieën.

Evan keek op haar neer. Even werd het licht erdoor weerkaatst voor ze haar handen achter zijn enkels bracht en het vlijmscherpe vleesmes door zijn hielspieren haalde. Ze scheurden en knapten, maakten een geluid alsof het deksel van een houten gereedschapskist dichtsloeg. Hij sloeg tegen het linoleum, trompettend als een gemartelde olifant, terwijl zijn achillespezen krompen als slinkende slakken en zich opkrulden in de bindweefselkapsels achter zijn kniegewrichten.

'Wat doe je nu, Marigold?' jammerde hij.

Ze zag hem liggen stuiptrekken, een rode plas uitsmerend over haar glanzend gewreven linoleum. 'Ik heb jarenlang onder grote druk geleefd,' zei ze. 'Iedereen weet dat, en ze weten ook allemaal van Una Pleasance. Ze zouden het volkomen begrijpen. Maar dat doet er niet toe.' Wijdbeens stond ze boven hem en veegde het mes af aan haar schort, waarna ze het in een la liet vallen.

'Alsjeblieft,' kermde Evan. 'Marigold, ik bloed nog dood.'

'Uiteindelijk wel.' Ze trok de telefoon van de muur.

'Marigold!' gilde hij.

Ze sloot de deur en liet Evan creperend van de pijn op de vloer achter, met schenen als slappe draden bungelend onder aan zijn knieën en de deurknop buiten zijn bereik.

'Marigold, alsjeblieft?' piepte hij. 'Het spijt me.'

'Maar niet zoveel als het mij spijt.' Ze ging op haar bed zitten en schonk de hele fles van haar slaapdrankje in een kan, goot er sherry bij, roerde, sloot haar ogen en dronk.

# 29

De rosékaketoe riep: 'Herrieschoppers', zodra er vlugge stappen op Tilly's veranda klonken. De achterdeur zwaaide open, waarna er een enorme berg vrolijk gekleurde jurken, verenboa's, hoeden, sjaals, dassen, satijnen lappen en lovertjes, katoen, chiffon, blauwgeruite katoen en stierenvechtersbrokaat – de volledige inhoud van brigadier Farrats geheime kleerkast – ritselend haar keuken in wandelde. Tilly's blik gleed naar de donkerblauwe broek en de glanzende schoenen van de brigadier. 'De districtsinspecteur komt bij me logeren,' zei hij voor hij zich naar Tilly's voorkamer haastte. Hij dumpte zijn lading en holde weer naar buiten, kwam weer terug en deponeerde zijn fotoalbums, een paar schilderijen, zijn grammofoon en zijn platencollectie op haar tafel. 'Hij zou kunnen denken dat ik homo ben,' zei hij, maar toen bleef hij stilstaan bij de tafel om een stof die hij nooit eerder had gezien tussen zijn vingers te voelen. 'Zijde of *peau de soie*?' vroeg hij.

'Wat gaat de districtsinspecteur precies doen?' vroeg Tilly.

'Eerst Teddy, toen Molly, nu het incident met Beula en meneer Almanac, maar het was vooral mijn rapport over de Pettymans dat zijn interesse aanwakkerde. Marigold laten opnemen was al erg genoeg, maar Evan... De dingen die we in dat huis aantroffen! Verdovende middelen... pornografische tijdschriften, zelfs erotische films. En hij verduisterde ook nog eens geld!' Brigadier Farrat haastte zich naar zijn auto om nog een lading op te halen.

'Ik zou de inspecteur graag ontmoeten,' zei Tilly.

'Waarom?'

Schouderophalend zei Tilly: 'Gewoon, om te zien of hij... slim is.'

'Dat is hij niet. Hij draagt bruine pakken en ik weet zeker dat ze van grove geweven stof zijn gemaakt.'

Ze viel in slaap in de lege, kapotte leunstoel en droomde van haar ronde zachte baby, die aan haar borst sabbelde, en van Molly, toen die nog haar moeder was – jong, glimlachend en rossig blond – en die haar na school tegemoet liep. Ze was weer met Teddy op de silo, over alles uitkijkend. Ze zag zijn gezicht, zijn ondeugende grijns in het maanlicht. Hij stak zijn armen naar haar uit en zei: 'Gegrepen is de prooi door 't fel verlangen, dat gulzig eet...' Toen was haar ronde zachte baby opeens roerloos en blauw, gewikkeld in flanel, en de gepijnigde Molly, ijskoud in haar doorweekte kist, wendde zich stijfjes tot haar, en Teddy, met opengesperde mond onder de sorghum, klauwend, een in chocoladebruin graan verdronken kadaver. Evan en Percival Almanac zwaaiden dreigend met hun vinger naar haar en achter hen kropen de inwoners van Dungatar de Heuvel in het donker op, gewapend met brandende takken, staken en kettingen, maar zij liep gewoon de veranda op en glimlachte naar hen, waarop ze zich omdraaiden en wegvluchtten.

Eerst knetterde er een scheet door het bureau van brigadier Farrat en vervolgens klonk er een luide geeuw. De districtsinspecteur lag nog in zijn bed in de cel. Hij was een sjofele man van middelbare leeftijd met een slordige manier van doen en heel slechte manieren. Wanneer het etenstijd was, liep brigadier Farrat naar de radio om het geluid harder te zetten. Dan kon hij tenminste zijn maaltijd nuttigen zonder te hoeven kokhalzen omdat de districtsinspecteur zijn kunstgebit met zijn tong uit zijn mond duwde om de achterblijvende voedseldeeltjes eruit te zuigen. Hij gebruikte zijn mouw als servet, veegde de wastafel na het scheren niet schoon, liet druppels op de vloer achter na toiletgebruik, draaide nooit het licht uit of kranen dicht, en als brigadier Farrat hem vroeg of zijn kleding gewassen moest worden – 'omdat ik zelf toch ga wassen' – tilde de inspecteur zijn arm op, rook eraan, en zei: 'Nuh.'

De districtsinspecteur – 'noem me maar Frank'– praatte veel. 'Ik heb veel meegemaakt, ben drie keer neergeschoten. Ik moest mijn vrouw verlaten. Dat brak haar hart, maar het was voor haar eigen bestwil. Daardoor had ik alle tijd om een flinke berg onoplosbare misdaden op te lossen – helemaal in mijn eentje. Ik heb in mijn tijd flink wat voortvluchtigen opgepakt. Ze hadden hun billen gebrand en moesten dus op de blaren zitten. Al dat gevaar was alleen niet eerlijk voor moeder de vrouw, begrijp je, Horatio?'

'O, ja,' zei de brigadier, 'dat zou ook verklaren waarom ze u hier gestationeerd hebben, in het landelijke Victoria.' Brigadier Farrat wilde gewoon zijn avonden terug, zijn hoorspelen op de radio, zijn boeken en platen, zijn naaiwerk... en zijn vredige autoritje van negen uur 's avonds.

'Wat eten we vanavond, Horry?'

'We gaan uit eten. Pens,' zei brigadier Farrat en hij liet zijn potlood op de balie vallen.

'Heerlijk, ik ben dol op pens in peterseliesaus.' De inspecteur kwam uit de badkamer. 'Ik vind het hier fijn,' riep hij, waarna hij begon te fluiten.

Brigadier Farrat sloot zijn ogen en kneep met duim en wijsvinger in zijn neusbrug.

Ze waren vroeg voor het avondeten. De inspecteur zette zijn hoed af en boog toen zijn blik op Tilly in de deuropening viel. Ze droeg een nauwsluitende jurk in zeemeerminnenlijn van zwart zwanendons met een halslijn die doorliep tot aan haar taille. De brigadier schonk champagne in en Tilly zorgde voor de conversatie. 'Ik heb gehoord dat u flink wat misdadigers hebt weten op te sluiten, inspecteur.'

De inspecteur bloosde. 'Tja, ik heb in mijn tijd wel wat boeven in het gevang gezet.'

'Bent u ook een goede rechercheur?'

'Daarom ben ik hier.'

'Om de zaak-Pettyman op te lossen?'

De inspecteur verdronk bijna in Tilly's diepe decolleté.

Ze tilde zijn kin met één vinger op en zorgde dat zijn blik de hare ontmoette. 'Hebt u een forensische opleiding gehad?

'Nee – ik bedoel: nog niet.'

'De inspecteur is meer een soort "feitenverzamelaar" en rapportenschrijver, toch, inspecteur?' De brigadier overhandigde hem een glas champagne.

'Inderdaad,' zei hij, waarna hij zijn champagne in één keer achteroversloeg. 'We eten dus pens?'

'*Gigot de dinde farci* met gevulde maggiplant- en druivenbladeren en artisjokken met ravigotesaus,' zei Tilly. Ze zette het geroosterde gevogelte op tafel.

De teleurgestelde inspecteur wierp een vragende blik naar brigadier Farrat, trok de stoel aan het hoofd van de tafel naar achteren, ging zitten en rolde zijn mouwen op.

De brigadier sneed het vlees, Tilly serveerde het en de inspecteur begon te eten. Brigadier Farrat schonk de wijn in, rook aan zijn glas en toostte met Tilly.

'U bent een luidruchtige eter, inspecteur,' merkte Tilly op.

'Ik geniet van uw gevulde...' De blik van de inspecteur viel op de kaketoe, die op de gordijnrail zijn veren gladstreek.

'Het is kalkoen,' zei de brigadier.

'Nou, wij kunnen zo niet van ons eten genieten, dus eet met uw mond dicht,' sprak Tilly streng.

'Ja, mevrouw.'

Ze sloegen alles achterover wat er aan drank was (de inspecteur had bier meegebracht) en Tilly bood de mannen sigaretten aan. De brigadier stak de zijne aan en inhaleerde, terwijl de inspecteur aan die van hem rook en zei: 'Ongewoon. Peruaans?'

'Bijna goed,' zei ze. 'Uit Brits-Honduras.'

'Ahaaa,' zei de inspecteur waarderend.

Ze hield een lucifer bij zijn sigaret. Tilly draaide luide muziek en ze dansten – een losse, springerige, huppelige werveling rond de keukentafel, op de muziek van Micky Katz' opzwepende versie van 'The Wedding Samba'. Ze dansten op de tafel bij alle liedjes van *Muziek voor bruiloften en bar mitswa's*. Daarna doken ze van de keukentafel in elkaars armen en dansten ze flamenco op de stenen kachel, trommelden ze met houten lepels en steelpannen, en dansten ze nog meer: rumba's en samba's en een Schotse volksdans genaamd de *Highland fling*, waarna ze hijgend en lachend in een stoel vielen, met steken in hun zij.

Abrupt stond de inspecteur op. 'Nou, we moeten naar huis', waarna hij zwaaiend naar de deur liep, de kale plek op zijn hoofd bedekt door de kop van Tilly's mop.

Brigadier Farrat volgde hem schouderophalend, met servetten door de epauletten van zijn rode Eton-jasje gestoken.

Tilly stond op. Met haar handen in haar zij vroeg ze: 'Waar gaan jullie heen?'

'Ik moet mijn negenuurritje maken,' zei brigadier Farrat op spijtige toon en hij sloeg zijn ogen ten hemel voor hij naar de inspecteur keek.

Frank stond onvast tussen haar scheerling, waarvan de witte bloemen druppeltjes onwelriekend parfum op zijn broek lieten vallen. 'Wilt u mee?'

'U mag niet samen met mij gezien worden,' zei Tilly. 'Ik ben de plaatselijke moordenares.'

Frank lachte en wuifde en viel achterover in de politiewagen. Terwijl ze wegreden toeterde brigadier Farrat bij wijze van afscheid.

Tilly liep weer naar binnen. Ze keek naar de kaketoe en zei: 'Ik kan nu beginnen, er is niets om bang voor te zijn.' Ze bestudeerde de stapeltjes met zachtgekleurde materialen: calicot, wolleer, satijn, zijde, vicuña en katoenfluweel, geribd zijden lint, kanten linten, papieren bloemen, namaakedelstenen en goudkleurig karton – allemaal voor de barokkostuums. Ze dwaalde naar haar moeders slaapkamer, waar ze de zachte crèmekleurige beige stoffen en blauw-witte piqué bewaarde, de popeline, de *ninon*, het glansgaren, de organdie, de zijde, het kant en de duchesse voor de bals, doopfeesten en bruiloften. Ze liep weer terug om te kijken naar de meetlinten, spelden, knopen en paspoppen in hoeken, die tussen de kamers stonden te wachten. Brigadier Farrats geheime garderobe hing in een afgesloten kast naast de voordeur. Haar voet rustte op een schaar die op de vloer lag, op de plek waar ze haar knipwerk verrichte. Schetsen van barokkostuums waren gespeld op de gordijnen, en haar harmonicamap, met daarin de maten van de toneelspelers, sprong op de vloer open.

Ze verruilde haar zwanendons voor een overall en vond een houten hamer en een koevoet. Ze trok de gordijnen van de rails en bedekte alle textiel en machines ermee, ging daarna voor de muur staan die de keuken van de zitkamer scheidde, spuugde in haar handen en gaf de houten hamer een zwieper. Ze hamerde net zo lang tot ze een flink gat had gemaakt. Vervolgens wrikte ze met de koevoet de planken los van hun dragers. Dit proces herhaalde ze tot er nog slechts houten balken tussen de keuken en de zitkamer stonden. Op dezelfde manier verwijderde ze de deuren en muren tussen de slaapkamers en de zitkamer. Daarna schroefde ze de deurknoppen los. De versplinterde planken met roestige spijkers en haar oude bed bracht ze in haar moeders rolstoel naar de vuilnisbelt onder aan de Heuvel. Ze keerde terug naar het heringedeelde huis en spijkerde twee deuren aan elkaar, die ze vervolgens aan haar keukentafel bevestigde. Tegen de ochtend stond ze tevreden glimlachend in de reusachtige open werkruimte naast de enorme kniptafel.

Inmiddels zat ze onder het vuil en de spinnenwebben, dus nam ze een heet bad. Terwijl ze lag te weken, neuriede ze en drukte ze haar teen tegen de kraan, de druppels tegenhoudend tot het water zich een weg rond haar teen baande en er een dun scherp straaltje opzij spoot.

# 30

De inwoners van Dungatar verzamelden zich in de zaal om auditie te doen voor het toneelstuk *Macbeth*, dat de Dungatarse culturele sociëteit wilde opvoeren. Irma Almanac reed naar binnen en zette haar rolstoel aan het einde van het gangpad naast Tilly neer. Nancy stootte Ruth aan en zei *tss*, waarna degenen die auditie deden zijdelings een blik op hen wierpen. Irma droeg deze keer geen zwart. Haar witte hoge hakken stonden ongemakkelijk op de voetsteunen van haar rolstoel en haar jurk was brandweerrood.

De meeste mensen kozen ervoor om tijdens hun auditie een gedicht voor te lezen of iets te zingen, maar de districtsinspecteur gaf op zachte zolen een tapdans ten beste. De producent en de regisseur trokken zich in de coulissen terug om de rolbezetting te bespreken en hun beslissingen te nemen, waarna ze die bekendmaakten.

Trudy was de eerste die het woord nam. 'Ik ben de regisseur, dus iedereen moet doen wat ik zeg.'

'En ik ben de producent, dus heb ik de leiding over alles en iedereen, inclusief de regisseur,' reageerde Elsbeth.

Trudy wendde zich tot haar schoonmoeder. 'Maar strikt genomen, Elsbeth...'

'Zou je alsjeblieft de rolbezetting willen voorlezen, Trudy?'

'Ik ben, zoals ik al zei, de regisseur en ik ben tevens Lady Macbeth. De rol van Macbeth, generaal en toekomstige koning, gaat naar...'

William zette zich schrap.

'Lesley Muncan!'

Er klonk een goedkeurend gemompel en een hortend applaus.

Lesley had alles in zijn auditie gelegd. Mona boog zich naar hem toe en kuste hem op de wang, terwijl hij blozend zijn ogen neersloeg. William keek naar de vloer.

Trudy schraapte haar keel en vervolgde: 'William kan Duncan zijn...' Brigadier Farrat, Fred Bundle, Big Bobby, de inspecteur, Scotty en Reg stootten elkaar hoofdschuddend aan, toen Trudy zei: '... en zijn zonen Malcolm en Donalbain zullen worden gespeeld door Bobby Pickett en Scotty...' Ze sloegen hun ogen ten hemel en hun armen over elkaar. 'Septimus Crescant krijgt de rol van Seward en brigadier Farrat die van Banquo, maar Banquo wordt min of meer per ongeluk vermoord. Diegenen die niet Banquo of Duncan of koning zijn, zullen bediendes, lords, officieren, koeriers en moordenaars zijn. Purl, jij bent Lady Macduff.' De toneelspelers schuifelden en fluisteren met elkaar.

'Ik wilde een heks zijn,' klonk het zwakjes.

'Mona, ik zei toch dat je een geest en een bediende bent?'

'Maar ik heb helemaal geen tekst.'

'Mona, er zijn maar drie heksen in het toneelstuk.'

Nancy kwam naar voren. 'Mijn Lady Macduff was beter dan die van Purl...'

'Ik ben een man, ik snap niet waarom ik een heks zou moeten zijn,' jammerde de inspecteur.

Elsbeth sprong op. 'Ik wil geen gekrakeel horen, anders zullen jullie moeten vertrekken!' Kwaad keek ze de acteurs aan. De inspecteur sloeg de hakken van zijn schoenen tegen elkaar en bewoog zijn hoofd vlug op en neer.

Elsbeth wierp een blik naar Trudy. 'Hou je acteurs in bedwang,' snauwde ze.

Haar schoondochter zoog haar wangen naar binnen en zei: 'Mevrouw Almanac, u bent de kostuumnaaister.' Irma keek neer op haar gezwollen knokkels en slappe vingers.

'Ik zal er morgen een paar bakken,' zei Tilly. 'Extra sterk.'

Na een aantal avonden repeteren was er nog weinig vooruitgang geboekt.

'Juist,' zei de regisseur. 'Banquo en Macbeth, kom maar op.'

'Dit was een goede en een kwade dag.'

'Hoe ver is 't nog tot Forres...?'

'Stóp, stop eventjes, alsjeblieft. Ahem, dat is al heel goed, brigadier...'

'Banquo...'

'Banquo dan. De kilt is goed, maar niemand anders heeft een Schots accent en de doedelzak is ook niet nodig.'

Hamish was verantwoordelijk voor de rekwisieten en de bouw van het decor.

Trudy sprak hem aan. 'Waarom bouwt u een balkon, meneer O'Brien?'

'Voor de liefdesscène.'

'Die zit in *Romeo en Julia*.'

'Vanzelf.'

'Maar wij doen *Macbeth*.'

Hamish knipperde met zijn ogen.

'Dat is het stuk over de eerzuchtige vrouw van de soldaat die haar zwakke echtgenoot de koning laat vermoorden. Het speelt zich af in Schotland.'

De hoogrode kleur trok weg uit Hamish' wangen. 'Het Schotse stuk?' siste hij.

'Je moet bossen maken die kunnen lopen, en een geest,' zei Trudy.

'Er is tegen me gelogen,' riep Hamish, 'door die verdraaide Septimus!' Hij liet zijn gereedschap vallen en rende de zaal uit.

Februari vloog voorbij voor Tilly. Ze stond elke dag vroeg op om in het ochtendlicht kostuums te naaien, om pasbeurten te organiseren en aanpassingen te doen. Ze neuriede terwijl ze werkte. In de avonden wandelde ze soms naar beneden en ging ze achter in de zaal zitten om de Dungatarse bevolking te zien repeteren.

De inwoners raakten steeds meer gespannen en vermoeid en leken het helemaal niet meer naar hun zin te hebben.

Trudy zat op de eerste rij. 'Begin opnieuw, derde akte,' zei ze hees, want ze was haar stem bijna kwijt.

Septimus, Big Bobby, brigadier Farrat, Reginald, Purl en Fred namen zenuwachtig hun positie op het toneel in.

'Porter, je kunt opkomen... Ik kan je niet verstaan, Porter,' riep de regisseur.

'Maar ik zeg niets.'

'Waarom niet?'

'Omdat ik mijn volgende zin niet meer weet.' Faith barstte in tranen uit.

De andere acteurs haastten zich naar haar toe.

De regisseur gooide haar draaiboek neer. 'Prachtig, laten we verdorie nog een keer vijf minuten pauze nemen omdat er weer iemand gaat staan janken. Is er soms nog een of andere waardeloze acteur die zin heeft om een potje te gaan bulken? O, dus daar heb je wel zin in?'

'Nee.'

'Nou, waarom steek je dan weer je vinger op?'

'Omdat ik nog een vraag wil stellen.'

Trudy keek met knipperende ogen naar de op het toneel staande Bobby Pickett, die de bediende speelde. 'Nee, je mag niet nog een vraag stellen,' zei ze.

'Waarom niet?' Elsbeth liep het toneel op en ging naast Bobby staan.

'Omdat ik dat zeg.'

'Je bent niet bepaald een empathische regisseur, Gértrude.'

William liep weg en ging in een hoek naast Mona zitten, waar hij zijn hoofd in zijn handen legde.

'Jij denkt zeker dat je het beter kunt?' sneerde Trudy.

'Ik weet dat ik dat kan. Iedereen kan dat.'

Ze staarden elkaar aan.

'Je bent ontslagen,' zei Trudy.

'Je kunt de producent helemaal niet ontslaan, domme meid.'

Trudy ging dichter bij Elsbeth staan en gilde, terwijl ze zich over haar heen boog: 'Je zit me continu te vertellen wat ik allemaal niet mag doen. Ik mag alles doen wat ik wil. En ga nu weg.'

'Nee.'

'Ga.' Ze wees naar de deur.

'Als ik vertrek, neem ik de rest van het geld mee!'

William keek hoopvol op.

Zijn moeder vervolgde, tellend op haar vingers: 'We hebben de zaalhuur, het transport, om het nog maar niet over het decor te hebben, en we krijgen de soldatenuniformen pas als we onze schulden hebben afbetaald.'

'O... l... larie,' zei Trudy, en ze duwde haar vuisten tegen haar slapen.

Faith begon weer te snikken. De acteurs gooiden ofwel hun handen in de lucht ofwel hun draaiboeken op de grond, en William kwam vlak voor het toneel staan. 'Moeder, nu verpest je het voor iedereen...'

'Ik? Ik ben anders niet degene die de boel hier verpest!'

Tilly keek vanuit een donkere hoek glimlachend toe.

Purl deed een stap naar voren. 'Jawel, dat doe je wel, je blijft iedereen maar onderbreken...'

'Hoe durf je, jij bent alleen maar...'

'Ze weet wel wat jij van haar denkt,' loeide Fred, en hij ging naast Purl staan.

'Ja.' Purl wees met een rode vingernagel naar Elsbeth. 'En ik weet wat jouw echtgenoot van jou vond.'

'Bovendien, Elsbeth, kan ik betalen voor de soldatenkostuums. Ik heb namelijk nog steeds al het geld voor de huizenverzekeringen in de kluis van het postkantoor liggen,' kraaide Ruth triomfantelijk.

Iedereen draaide zich om en staarde haar aan.

'Heb je dat dan nog niet naar de verzekeringsmaatschappij gestuurd?' vroeg Nancy.

Ruth schudde haar hoofd.

'Zie je wel?' riep Trudy. 'We hebben jou helemaal niet nodig. Je kunt gewoon vertrekken en die verdraaide tractor voor William kopen.'

'Dus niemand is verzekerd?' brulde Fred.

Ruth zag er opeens angstig uit. Ze deed een stap achteruit.

Nancy zette haar handen in haar zij en wierp een woedende blik naar de acteurs. 'Nou, er is laatst geen aardbeving geweest en er zullen gewoon branden en overstromingen plaatsvinden, ook al betaalt zij elk jaar onze verzekering!'

'Dat is waar!' zei Trudy.

De acteurs keken verward.

'Zonder de soldatenkostuums kunnen we niet winnen...' zei Faith zwakjes.

'Of zonder decor.' Trudy zette haar handen in haar zij. De acteurs keken elkaar aan en gingen toen langzaam achter de regisseur staan.

Stampvoetend gilde Elsbeth: 'Jullie zijn allemaal gek! Dilettanten, sufferds, kruideniers en halvegaren, jullie zijn ongemanierd, belachelijk en niets bijzonders...' Ze stormde weg, maar stopte bij de deur en draaide zich om. '... weerzinwekkend, stuk voor stuk. Ik hoop dat ik niemand van jullie ooit nog hoef te zien.' Ze beende naar buiten en sloeg de deur met een klap achter zich dicht. De ramen rinkelden en er viel stof uit de gordijnen.

'Juist,' zei Trudy. 'Zullen we dan maar opnieuw beginnen?'

'Ik heb mijn vraag nog niet kunnen stellen,' zei Bobby.

Trudy klemde haar kaken op elkaar. 'Stel hem dan maar.'

'Nou, als je zegt "Weg, vervloekte vlek! Weg, zeg ik!" Nou... waar is hij dan?'

'Wie?'

'Vlek, natuurlijk.'

Het werd maart. De temperatuur steeg en de warme noordenwind blies stof op het wasgoed aan de lijnen en liet een fijn bruin laagje op dressoirs achter. William Beaumont – Duncan, koning van Schotland – werd om halftwaalf voor zijn eerste pasbeurt verwacht. Zeven minuten daarvoor liep hij Tilly's veranda al op. Ze liet hem binnen. 'Uit, dat overhemd,' zei ze.

'Juist,' zei hij. Hij had moeite met de knopen, maar uiteindelijk kon ze hem dan toch een hemd van ongebleekte katoen geven. Ze hield het voor hem omhoog, zodat hij zijn armen erin kon steken.

'Is dat het?' William klonk teleurgesteld.

'Dit is alleen maar een pasmodel. Meestal maak je dat eerst, zodat je met minder pasbeurten toe kunt.'

'Dus het wordt geel, met kant, zoals we hadden afgesproken?'

'Precies zoals je wilt.'

De oksel moest hoger worden ingezet (dunne armen), maar de halslijn zat op de juiste plek. Ze speldde de schoudernaden opnieuw vast, verplaatste de ruimte rond het armsgat iets naar boven om ruimte te maken voor Williams gebogen rug, hielp hem vervolgens uit het pasmodel en liep naar haar grote tafel.

William bleef in zijn onderhemd met gespreide armen in de keuken staan. Hij zag haar met spelden in haar mond gebogen over de gele stof staan, terwijl ze slimme dingen deed met kleermakerskrijt en naald en draad. Toen ze opkeek, verplaatste hij vlug zijn blik naar de lamp en wipte hij op zijn tenen. Daarna gleed zijn blik automatisch weer naar haar, toen ze met haar lange, fijne vingers kant aan de kraag reeg. Ze pakte zijn gele jas en hielp hem erin, liep om hem heen, trok aan het kledingstuk en trok strepen met een klein stukje krijt, waardoor er prikkelende sensaties door zijn ribben en ruggengraat trokken, zijn scrotum zich roerde en zijn hoofdhuid kriebelde.

'Ken je je tekst al?' vroeg Tilly beleefd.

'O, ja, Trudy helpt me erbij.'

'Ze neemt het allemaal heel serieus.'

'Heel erg,' bevestigde William, en hij blies zijn adem via zijn onderlip uit, zodat zijn pony omhoog werd geblazen. 'Het is ook een heel ingewikkeld toneelstuk.'

'Denk je dat jullie kans maken om te winnen?'

'O, zeker,' zei hij. 'Het gaat ons wel lukken.' Hij keek omlaag naar de bontrand onder aan zijn jas. 'De kostuums zijn prachtig.'

'Prachtig,' zei Tilly. Ze reeg de naden opnieuw vast, waarna hij het kledingstuk weer aanpaste.

Terwijl hij zichzelf in de lange spiegel bewonderde, vroeg William: 'Hoe vind jij dat het gaat?'

'Ongeveer zoals ik had verwacht,' zei Tilly.

Hij liet zijn handen over het zware, rijkversierde satijn glijden en raakte de bontrand onderaan aan.

'Je kunt hem nu wel uittrekken,' zei Tilly.

William bloosde.

Die nacht kon hij niet slapen, dus liep hij naar de veranda. Hij stak zijn pijp aan en keek naar het maanverlichte croquetveld, zacht en vierkant, de rechte witte lijnen op de tennisbaan, de nieuwe stallen en zijn kapotte tractor die in grote stukken uit elkaar lag onder de gomboom.

Drie weken voor de première, aan het einde van de repetitie van het eerste en het tweede bedrijf, vroeg Trudy: 'Hoelang duurde het vanavond, juffrouw Dimm?'

'Vier uur en twaalf minuten.'

'Allejezus.' De regisseur sloot haar ogen en wikkelde een dikke haarlok rond haar vingers. De acteurs stapten achteruit en slopen met een wilde blik naar de uitgangen opzij naar de coulissen of de kleedkamer.

'Juist. Terugkomen iedereen, we doen het nog een keer.'

Op zaterdag- en zondagmiddag en elke doordeweekse avond moesten ze het weer doorstaan. Ten slotte was het tijd om de kostuums te inspecteren. Tilly merkte op dat Trudy veel was afgevallen. Ze had haar nagels tot op het leven afgekloven en er zaten grote witte plekken op haar hoofd, waar ze plukken haar had uitgetrokken. Bovendien mompelde ze continu regels uit *Macbeth* en sloeg ze vuile taal uit in haar slaap. Gekleed in een smoezelige jurk en op vreemde schoenen stond ze voor de acteurs. Tilly stond achter haar, met een meetlint om haar hals en een serene uitdrukking op haar gezicht.

'Goed,' zei Trudy. 'Lady Macduff?'

Purl zweefde het toneel op in een volumineuze satijnen rok met een enorme tournure. Op haar gezicht zaten wit poeder en rode rouge en haar fontangekapsel bestond uit hoog opgestapelde verschillende lagen krullen, met daarop een met linten gedecoreerd haarsieraad. Haar mooie gezichtje werd omlijst door een wijde kraag, die helemaal vanaf de bovenkant van haar fontange tot aan haar oksels liep en was gegarneerd met met kralen versierde ruches. De jurk had enorme pofmouwen en de rechte lage halslijn van haar japon liep over haar fraaie borsten, zodat ze opbolden boven haar strakke korsetlijfje. De mannen joelden en de heksen sneerden.

'Dit kostuum is erg zwaar,' hijgde Purl.

'Zo heb ik het ook ontworpen, domoor. Dat is het soort kleding dat ze in de zeventiende eeuw droegen. Zo is het toch, kostuummaker?'

'Ja. Dit is zeker wat aristocraten eind zeventiende eeuw aan het hof droegen,' beaamde Tilly.

'Ik kan er niet zo goed in ademen,' klaagde Purl.

'Het is volmaakt,' vond Trudy.

De mannen knikten.

'Volgende, Duncan!'

William kwam uit de coulissen tevoorschijn. Vlammend rode krullen omlijstten zijn witgepoederde gezicht met rode rouge, dieprode lippen en een schoonheidsvlekje op elke wang. De krullen vielen vanonder een dikke, met smaragden bezette gouden kroon, die leek op de koepel van de Taj Mahal. Rond zijn hals droeg hij een kanten strik die tot aan zijn middel over een kanten hes hing. Daarover droeg hij de met bont afgezette gele jas tot op zijn knieën. De enorme manchetten van zijn jas hingen helemaal tot aan zijn met bont afgezette zoom. Hij droeg transparante witzijden kousen en laarzen met een omslag die rond zijn enkels slobberden. Hij nam een elegante pose aan en keek stralend naar zijn vrouw, maar het enige wat ze zei was: 'Zal die kroon niet van je hoofd vallen?'

'Hij zit aan zijn pruik vast,' zei Tilly.

'Laten we dan maar eens kijken wat je met Macbeth hebt gedaan.'

Lesley betrad zwierig het toneel met een kegelvormige hoed op zijn hoofd, die een woud aan staande en hangende veren ondersteunde. Rond zijn oorlellen deinden het kant en de ruches van de kraag van zijn wijde witzijden hemd, waarvan de tot zijn knieën hangende panden meedansten met de van kunstbloemen voorziene rokken en petticoats. Hij droeg een roodfluwelen gilet en bijpassende rode kousen en zijn hooggehakte schoenen waren voorzien van satijnen veters die zo breed waren dat het onmogelijk was te zeggen welke kleur zijn schoenen hadden.

'Volmaakt,' zei Trudy.

De soldaten achter haar aapten haar na: 'Volmáákt', en wapperden met hun handen.

Trudy cirkelde rond haar in zeventiende-eeuwse barokke kleding gehulde acteurs van het bloedige zestiende-eeuwse toneelstuk van Shakespeare over moord en eerzucht. Op het piepkleine toneel stonden ze in de rij als figuranten in een Hollywoodfilm, wachtend op hun lunch in de studiokantine, een rij van splitten waarachter kleurrijke stoffen zichtbaar waren, schuimtaartjurken, strokenrokken met hoepels, naar de hemel reikende verenpluimen, bandeliers en stormhoeden met krullen langs de slapen, gevederde hoeden en hoofdtooien die tot aan de dakspanten reikten, hun roodlippige, met pancake bedekte gezichten rustend in lubbenkragen en schuin aflopende witte kragen, als bij geschilderde portretten.

'Volmaakt,' zei Trudy weer.

Tilly knikte glimlachend.

# 31

Tilly's rug en schouders waren stijf en deden erge pijn. Haar armen waren verkrampt en haar vingertoppen waren rood en rauw, haar ogen prikten en ze had wallen die tot aan haar volmaakte jukbeenderen hingen, maar ze was gelukkig – nou ja, bijna dan. Omdat haar vingers glibberig van het zweet waren, beloonde ze zichzelf met een concessie: ze gebruikte de Parijse steek om de kanten versieringen te naaien op de van jacquardjersey gemaakte rood-witte soldatenpofbroeken, terwijl ze wist dat ze eigenlijk een overhandse steek zou moeten gebruiken. Ze hechtte de draad af, en toen ze achteroverleunde om het katoenen garen af te bijten, hoorde ze madame Vionnet in gedachten zeggen: 'Eet je soms met je schaar?'

Brigadier Farrat was haar over de repetities aan het vertellen. 'En dan Lesley! Die denkt pas echt dat hij belangrijk is. Hij blijft iedereen maar onderbreken, wat juffrouw Dimm natuurlijk boos maakt, want zij is de souffleur. De inspecteur overdrijft in zijn rol, maar Mona is heel goed; ze valt in als anderen niet komen opdagen. We hebben allemaal de zomergriep gehad, een zere keel en een dichte neus, maar niemand heeft Elsbeth gezien en iedereen heeft een hekel aan Trudy. Zelfs ik zou nog een betere regisseur zijn dan zij en ik ben tenminste wél eens in een theater geweest.'

Met hun armen volgeladen met pofbroeken en met struisvogelveren afgezette fluwelen jassen kwamen ze binnen, terwijl de warme noordenwind buiten gierend langs de elektriciteitskabels blies. Binnen waren de acteurs stil en bang. De regisseur had hen achter op het toneel verzameld, waar ze omringd werden door diverse versplinterde houten stoelen. Trudy had glazige ogen met grote blauwgrijze cirkels eromheen en haar vest was scheef dichtgeknoopt.

'Doe het nog een keer,' fluisterde ze dreigend.

Lady Macduff, die een pop in een wikkeldekentje vasthield, keek naar haar zoon. Fred Bundle haalde diep adem en begon:

Zoon: 'En moet iedereen die zweert en liegt hangen?'
Lady Macduff: 'Ja, iedereen.'
Zoon: 'Wie moet hen hangen?'
Lady Macduff: 'Wel, de eerlijke mensen.'
Zoon: 'Dan zijn de mensen die zweren en liegen erg dom, want ze zijn zo talrijk, dat ze de eerlijke mensen gemakkelijk konden verslaan en hen zelf ophangen.'

'NEE! NEENEENEENEENEENEENEENEENEENEENEE, JULLIE ZIJN HOPELOOS!' gilde Trudy.

'Dat was goed,' zei juffrouw Dimm. 'Deze keer zei hij zijn tekst goed op.'

'Niet waar.'

'Wel waar,' zeiden de acteurs in koor.

Trudy liep langzaam naar voren op het toneel en fixeerde de acteurs met een duivelse blik. 'Durven jullie me tegen te spreken?' Haar stem steeg een octaaf. 'Ik hoop dat jullie dysenterie krijgen en ik hoop dat jullie allemaal de pokken krijgen en sterven aan uitdroging omdat er zoveel vocht lekt uit de reusachtige korsten op jullie lichaam, ik hoop dat al jullie piemels glanzend zwart worden en wegrotten, en ik hoop dat alle vrouwen vanbinnen wegsmelten en net zo zullen stinken als een warme vergane vissersboot, ik hoop dat...'

William liep naar zijn vrouw, haalde flink uit en sloeg Trudy zo hard in haar gezicht dat ze driehonderdzestig graden om haar as draaide. De gordijnen op het toneel wapperden door de luchtverplaatsing. Zachtjes zei hij tegen Trudy's vlekkerige zweterige gezicht: 'Ik weet toevallig dat de dokter op dit moment in het Station Hotel is. Als je vanavond nog één kik geeft, binden we je met een vislijn vast aan deze stoel, halen we hem op en zullen we allemaal op de Bijbel zweren dat je gek bent.' Hij wendde zich tot de acteurs en zei met trillende, maar toch zelfverzekerde stem: 'Ja, toch?'

De acteurs knikten.

'Ja,' zei Mona, en ze deed een stap in de richting van haar schoonzus. 'Je bent een slechte moeder, William zal de voogdij over deze arme baby krijgen en jij gaat naar het gekkenhuis,' zei ze, waarna ze de baby aan William overhandigde.

Weer knikten de acteurs.

Felicity-Joy nestelde zich in haar vaders armen en begon op het uiteinde van zijn kanten strik te zuigen. Daarna stak ze haar hand uit en stak haar dikke middelvingertje zachtjes in zijn neusgat.

'Ik vind dat we vanavond vrij moeten nemen, vinden jullie ook niet?' vroeg Mona.

'Ja,' vond ook William. 'Laten we naar de pub gaan. We stellen de generale repetitie uit tot morgen.'

De acteurs verlieten de zaal en liepen pratend en lachend door de donkere hoofdstraat, met wapperende veren en kant dat rond hun polsen en knieën danste.

Trudy keerde zich naar Tilly, die kalm aan de andere kant van het gangpad zat en haar met een vaste blik en grote ogen aankeek. Tilly haalde eerst een wenkbrauw op, toen haar schouders, en ging vervolgens achter de anderen aan.

Later slenterden de acteurs naar huis en lagen ze bewegingsloos in hun bed, hun blik gericht op de vage vormen in het duister, hun hoofd vol twijfel, bezorgdheid en gepieker. Ze namen het toneelstuk nog eens door, het opkomen en het afgaan, hopend dat het publiek niet zou opmerken dat ze drie personages speelden. Niemand deed een oog dicht.

# 32

De dag van de eisteddfod was het ongewoon warm en winderig. Omdat Irma Almanacs botten pijn deden, at ze die ochtend een tweede stukje cake bij haar kopje ochtendthee van duivelsklauw. Brigadier Farrat nam een extra lang bad met een scheut olie van lavendel en valeriaanwortel. Purl maakte het ontbijt voor haar gasten, de dokter en Scotty, en ging vervolgens haar haar en nagels doen. Fred spoot de stoep schoon en ruimde de bar en de kelder op. Lois, Nancy en Bobby voegden zich bij Ruth en juffrouw Dimm voor een stevig warm ontbijt. Reginald kwam langs om Faith op te zoeken en deelde Hamish' gebakken lamsvlees met bacon. Septimus maakte een lange wandeling in de warme wind en genoot van de aanblik van het stof dat de gele vlakten geselde. Mona en Lesley deden ademhalings- en rekoefeningen na een licht ontbijt van ontbijtgranen en grapefruit.

William trof Trudy opgekruld onder de dekens aan, trillend, mompelend en zuigend op haar knokkels. 'Trudy, jij bent onze regisseur en Lady Macbeth, gedraag je dan ook als zodanig!' Hij ging naar Elsbeth in de kinderkamer.

Laatstgenoemde stond naast het ledikantje met Felicity-Joy in haar armen. 'Hoe gaat het met haar?'

'Slechter,' zei William, en ze schonken elkaar een berustend knikje.

Elsbeth trok de baby dichter tegen zich aan.

Tilly sprong uit bed en ging meteen naar buiten. Staand tussen de planten in haar tuin zag ze het stadje leegstromen toen het konvooi van toeschouwers naar Winyerp reed.

Bobby was laat. Hij had startproblemen met de bus gehad. Nu maakte de motor meer toeren en stoof de bus door de hoofdstraat naar de zaal. Zodra hij naast de stoeprand tot stilstand kwam, schoot de regisseur, Lady Macbeth in eigen persoon, door de deuren naar buiten, als een lege huls uit de kamer van een geweer. In het stralende zonlicht viel ze achterover op de stoep en stuiterde twee keer; daarna sprong ze met het vuur van een bezetene als een circusacrobaat weer overeind. Ze balde haar vuisten en bonkte er krijsend mee tegen de zaaldeuren.

'Het toneelstuk is van mij, van mij! Zonder mijn aanwijzingen zou geen van jullie hier zijn, mijn planning en begeleiding, geen van jullie. Ik móét deelnemen aan de eisteddfod, jullie kunnen me niet ontslaan, jullie hebben dit toneelstuk aan mij te danken...'

Binnen barricadeerden de acteurs de deuren met stoelen en de emmer met zand waarin de kerstboom ooit had gestaan. Trudy duwde tegen de deuren, maar ze gaven niet mee. Toen ze zich omdraaide, viel haar blik op de bus. Vlug trok Bobby aan de hendel, waardoor de deur dichtklapte; toen greep hij de sleutels en ging plat op de vloer liggen. Trudy schopte tegen de busdeur, maar omdat hij niet openging, klom ze op de motorkap en trommelde ze met haar vuisten op de voorruit.

De Macduffs en soldaten keken met hun geschminkte gezichten door de ramen van de zaal naar buiten. William wuifde naar de dokter, die vanaf het balkon toekeek. Deze sloeg zijn whisky achterover, zette het lege glas op de balustrade, pakte zijn tas en kuierde al snel naar de energieke krankzinnige die op de bus stond te dansen. Hij tikte haar op de schouder. 'Wat is er aan de hand?'

Schuimbekkend en knarsetandend gilde Trudy: 'Zíj, dat zootje talentloze amateurs wil me ontslaan!' Ze zwaaide met haar hand en wees naar Mona. 'Zij wil mijn rol, ze is net als haar moeder.' Daarna ramde ze met haar schouder vooruitgestoken tegen de gesloten zaaldeuren, stuiterde ze terug, en wierp ze haar lichaam er nogmaals tegenaan. 'Mona Muncan speelt níét Lady Macbeth. Dat doe ík!'

De dokter wenkte Bobby, die over het dashboard gluurde. Die schudde zijn hoofd. De arts wenkte nogmaals.

'Ik help je wel,' riep Nancy.

'Het is ook mijn bus!' brulde Trudy. Toen rende Bobby op haar af en greep haar vast, waarna de acteurs applaudisseerden. Hij omklemde haar polsen met zijn sterke footballspelershanden. Ze gilde: 'Ik ben Lady Macbeth, dat ben ik!'

De dokter hield een grote injectiespuit omhoog, knipte ertegen met zijn middelvinger, richtte, grijnsde kwaadaardig en stootte de naald in Trudy's bolle billen. Hij deed een stap achteruit, terwijl zij als een afgedankt vest op de stoep viel, en keek toen op haar neer. 'Vol schorpioenen is haar geest.'

Ze droegen haar naar zijn auto en tilden haar erin.

De acteurs gingen in een rij staan, zodat ze de decorstukken aan elkaar konden doorgeven om ze boven op de bus te laden. Terwijl ze instapten, stond Mona bij de deur met een klembord in de kromming van haar fluwelen arm af te vinken wie er naar binnen ging, waarbij Lady Macbeths jurk op de vloer rond haar veterschoenen verkreukelde en Macbeth naast haar stond. Iedereen ging zitten en begon zichzelf met kanten zakdoekjes koelte toe te wuiven.

Lesley ging vooraan in het gangpad staan en klapte twee keer in zijn handen. De acteurs werden stil. 'Mag ik even uw aandacht? Stilte alsjeblieft, onze waarnemend regisseur en producent wil iets zeggen.'

Mona schraapte haar keel. 'Banquo is er nog niet...'

'Ik wil Banquo wel zijn!' riep Lesley en zijn hand schoot de lucht in. 'Ik, ik, ik.'

'We halen hem op bij het busstation,' zei Bobby. Hij probeerde de bus te starten. De motor kuchte en sputterde, daarna was er een lange stilte. 'Juist,' zei hij. 'Iedereen naar buiten.'

Tilly keek omlaag naar de grauwe gebouwen en de trage bruine beek. Het dak van de silo glinsterde in de zon en het stof stoof over de droge zandweg naar het ovale footballveld. Voor haar kleermakersspiegel bestudeerde ze haar spiegelbeeld. Als een van achteren uitgelichte acteur werd ze omringd door een lichtkrans, stof van kleermakerskrijt en pluisjes, draadjes dwarrelend in de banen van zonlicht om haar heen. Het kale decor van het huis lag vol met de zaken die nodig waren voor verstel- en naaiwerk: stofsnippers en -restanten, overblijfselen van allerlei mode-uitingen van de zestiende eeuw tot nu. Opgestapeld tot aan het dak, in elk gat van het kleine, wrakke huis geschoven, lagen enorme verzamelingen, stukjes stof en linten, gerafelde draden en pluis. In donkere hoeken en onder stoelen lagen bergen textiel en her en der lagen wolken wol, door elkaar met satijnsnippers. Gestreepte stukjes stof, restjes fluweel, reepjes velours, lamé, textiel met ruitjes, stippels en paisleymotief, en schooluniformen naast verenboa's en met lovertjes bezaaide katoen, schapenscheerdershemden en kant voor bruidsjurken. Tegen de raamkozijnen en de leunstoel stonden rollen gekleurde stof. Stukjes papier met ontwerpen en schetsen, ranke ontwerpen voor vrouwen die meenden dat ze maatje 36 hadden, waren met spelden en wasknijpers aan stoffige gordijnen bevestigd. Uit tijdschriften gescheurde foto's en op slagerspapier gekrabbelde kostuumontwerpen waren in proppen op de grond gegooid, samen met stapels kwetsbare beduimelde patronen. Er hingen meetlinten aan spijkers en om de halzen van naakte paspoppen, terwijl scharen in lege blikken stonden, naast oude, tot de rand toe gevulde potten met knopen en drukknopen, als smarties op een feestje. Uit een bruine papieren zak tuimelden ritsen, die als slangen over de vloer naar de haard leken te kruipen. Haar naaimachine wachtte rechtop op zijn tafel en de lockmachine stond verlaten op de vloer in de deurloze ingang. Pasexemplaren van ongebleekte katoen voor barokke kostuums vulden een hele hoek.

Via boogjes en balken liep elektriciteitsdraad met loodjes en door spoelen. In de keuken herbergde de in onbruik geraakte oven vuile theekopjes, borden en kommen.

Ze boog zich dichter naar de spiegel toe en tuurde naar zichzelf. De spiegel liet een mager, vermoeid maar blozend gezicht met roodomrande ogen zien. Ze pakte de kan met petroleum die naast haar voeten stond. 'Lang is de nacht die nooit een daag'raad vindt,' zei ze, waarna ze begon te gieten.

In het politiebureau stond Banquo, terwijl zijn tong zijn neus zocht, zijn belangrijkste scène te overpeinzen. Ook hij was omgeven door een lichtkrans, door een baan van zonlicht die de sierroos op zijn lakleren barokke schoenen deed glanzen. Hij omklemde het handvat van zijn zwaard alsof hij het wilde trekken en bulderde:

'Laat ons, als onze naaktheid is omhuld
Die in de nachtlucht rilt, tezamen komen
En deze bloedige daad tot op de grond
doorvorsen...'

De verhitte en geïrriteerde in barokkostuums gehulde acteurs duwden de bus achterwaarts naar het midden van de straat, zetten hun sierlijke hoeden recht, tilden hun rokken op en trippelden naar de achterkant van de bus om daar verder te duwen. De bus knalde, trilde en tufte weg, terwijl hij vettige zwarte rook uitbraakte.

Zodra brigadier Farrat het geknal hoorde, haalde hij diep adem en greep hij zijn met struisvogelveren versierde hoed en riep: 'Tijd om te gaan.'

In zijn modderige juten vodden en met een grote houten lepel in zijn hand kwam de inspecteur uit zijn cel tevoorschijn. 'Denk je dat ik deze zou moeten gebruiken, Horry? Voor het effect?'

'Doe wat je wilt,' antwoordde de brigadier.

Sputterend kwam de bus voor het politiebureau tot stilstand, vlak voor Banquo en heks nummer drie. 'Goedemorgen,' brulde Banquo, en hij maakte een statige buiging voor hij zijn hoed stevig op zijn platinakleurige krullen duwde. Niemand glimlachte terug.

'Carburator?' vroeg de inspecteur, waarna hij instapte en bij de andere heksen ging zitten.

'Ik denk dat de benzine een beetje vies is, maar we zullen er wel komen,' zei Bobby.

'Nou, ga dan maar,' zei Banquo. 'Ik kan maar beter volgen in de politiewagen, die rijdt probleemloos.'

'Ik ben nu Lady Macbeth,' zei Mona. 'Gertrude is, eh...'

'Ja,' zei Banquo, en hij hield zijn hoed voor zijn hart.

'Vreselijk nieuws.' William keek uit het raam.

De bus reed bulderend bij Banquo weg, die met zijn verenhoed stond te wuiven. Achter hem, boven op de Heuvel, steeg een eenzame krul van blauwe rook uit Tilly's schoorsteen op.

Tilly maakte de koe los en gaf een klap tegen haar brede, knokige heup, waardoor ze met rinkelende bel en zwaaiende uiers de Heuvel af rende. Voor de laatste keer wandelde Tilly door het lege dorp. Terwijl ze door de straten liep, liet ze vastgebonden honden vrij, zette ze de deurtjes van kippenrennen open en bevrijdde ze alle huisdieren van Bobby Pickett. Ze deed de halsbanden af van schapen die op braakliggend terrein aan oude slaapwagons waren vastgeketend en stuurde de pony's van kleine meisjes de vlakten op.

Brigadier Farrat pakte zijn scenario en bewonderde nog een laatste keer zijn spiegelbeeld voor hij naar zijn auto liep. Gewoonlijk lagen de sleutels op de vloer onder het stuur, maar daar waren ze nu niet. Hij klopte op zijn dij, maar besefte toen dat hij zijn uniform niet aanhad. Achter hem stroomde blauwgrijze rook vanonder Tilly's roestige golfplatendak tevoorschijn en sijpelde tussen de ranken door van de ontbottende blauwe druif die haar hele huis bedekte.

Tilly Dunnage zat op het perron boven op haar draagbare Singer-naaimachine toe te kijken hoe aan de gouden horizon de grijze stoomwolken in haar richting puften. Haar reistenue bestond uit een nauwsluitende broek gemaakt van helderblauwe matelassé, in de taille aangesnoerd en vastgestrikt met een rode zijden band.

Haar blouse was elegant en eenvoudig, vaardig geknipt uit anderhalve meter witte voile die ze uit Spanje had gekregen. Ze keek op haar horloge. Keurig op tijd. Ze knipoogde naar de kaketoe in de kooi naast haar koffer. Achter hen dreef een dichte blauwe mist naar Dungatar.

Brigadier Farrat hoorde in de verte de trein. Hij kwam aanrijden en stopte; daarna floot hij en reed weg. Hij wapperde met zijn gepluimde hoed voor zijn gezicht om de rook weg te wuiven. Toen fronste en snufte hij, draaide hij zich om en keek vlug op. Zijn doorschijnende huid werd prompt paars.

'Mijn jurken!' riep hij. 'O mijn god, o, Tilly...' Hij liet zijn hoed vallen en sloeg zijn handen tegen zijn wangen. Alle brandweerlieden waren onderweg naar het podium in het gemeentehuis van Winyerp.

Hij besloot te gaan rennen. Voor het eerst in veertig jaar tijd zette hij het op een lopen, op weg naar Tilly's brandende huis, schreeuwend, terwijl de hitte zijn keel schroeide.

Boven op de Heuvel kwam hij hijgend rood en nat tot stilstand om door druipend zweet en stromende pancakefoundation te staren naar de vlammen die voorbij zijn lakleren hooggehakte schoenen liepen, over droge bladeren en stengels naar het bruine gras en vervolgens de Heuvel af, richting het dorp. Bulderend sloegen de vlammen uit de deuren en ramen van het scheef hangende huisje, terwijl dunne rooksliertjes door gaten in het metalen golfplaten dak spoten. Dat gaf een mooi effect, als chiffontule, iets wat de ballerina Margot Fonteyn gedragen zou hebben... Toen stortte hij in, vooroverliggend, op de plek waar de mirte ooit had gebloeid tussen de oleanderboompjes en het vak met rabarber. Misschien had hij de waterkraan kunnen bereiken als hij zijn schoenen had verwisseld, maar dat had geen enkel verschil gemaakt, want Tilly had het water afgesloten.

Voor de zaal in Winyerp stroomden de acteurs van *Macbeth* uit de bus, waarna ze op de stoep naar een luid applaus gingen staan luisteren. Binnen was het doek eindelijk gevallen voor de laatste toegift van de acteurs van *A Streetcar Named Desire*. Er kwam geen einde aan het applaus.

Toen ze samentroepten in de foyer, besteedde het publiek weinig aandacht aan de *Macbeth*-acteurs bij de muur achterin, naast de toiletten. Ze gilden en lachten om Blanche en Stanley. De schrandere inspecteur voelde de spanning en de ontmoediging, en zei opbeurend: 'Wij zijn de besten, wij gaan winnen.'

'Alsof jij dat weet,' snauwde Fred.

*H.M.S. Pinafore* nam nog een smoorheet uur in beslag, terwijl de Dungatarse acteurs wachtten, omringd door glazen, kopjes en vazen vol bloemen met kaartjes eraan waarop stond: GEFELICITEERD, ITHECA, of: SUCCES, WINYERP. Ze hoorden de zingende matrozen en het meeklappende publiek. Lesley tikte met zijn voet de maat en Mona ging erop staan. Hun pancakefoundation werd vlekkerig, de lijm van hun valse wimpers liet los en hun kostuums begonnen zweetplekken te vertonen.

'Dat geeft een mooi effect,' zei Lesley. 'Zo waren ze, weet je. Ze hadden in die tijd geen wasmachines en ze gingen nooit in bad.'

'Sommige mensen denken nog steeds dat ze zich nooit hoeven te wassen,' zei Faith, en ze wapperde met haar waaier in Lois' richting.

'Sommige mensen denken ook dat ze zich niet hoeven te houden aan hun huwelijksgelofte,' zei Nancy.

'Ik geef tenminste de voorkeur aan mannen. Sommige zieke mensen in dit dorp daarentegen...'

'Ophouden!' riep Mona.

'Krijgen we het soms hoog in de bol, Mona?' vroeg Purl.

'Nou, nou,' zei William.

Ze telden elf door voetengestamp opgeroepen toegiften voor *H.M.S. Pinafore*. Toen het kabaal eindelijk verstomde, leidde Lady Macbeth haar acteurs het podium op. Degene die het decor afbrak, zong intussen: 'I-yam the ve-ry mo-del of a mo-dern major gen-er-al...'

'Ahem,' kuchte ze met een woedende blik, en ze gaf hem toen de plattegrond met het decor.

'We gaan even vlug repeteren, daarna doen we warming-upen rekoefeningen, maar eerst gaan we inzingen.' Staand in een kring zongen ze in canon het kinderliedje 'Three Blind Mice'. Lesley stond erop dat ze het inzingen afsloten met een groepsomhelzing. Daarna trokken ze zich terug om 'zich te concentreren'.

Het doek kon elk moment opgaan en Banquo was nog steeds niet gearriveerd.

Lesley klapte in zijn handen en zei: 'Mag ik even jullie aandacht?'

Daarna zei Mona: 'Omdat we geen Banquo hebben, zal Lesley Banquo spelen.'

'Maar hij kent de tekst niet...' voerde William aan.

'Ik heb een briefje op de zuil naast de ingang geplakt,' zei Mona. 'Hij leest de tekst wel op.'

'Maar...'

'Dat kan hij,' zei Mona. 'Hij is acteur.'

Het publiek, echtgenoten en echtgenotes van de acteurs, moeders en kinderen uit Winyerp, Itheca en Dungatar, ging in de stoelen achter in de zaal zitten, naast het bordje UITGANG. De juryleden namen plaats op de eerste rij, achter een schraagtafel. Het doek ging op.

Ongeveer een uur later, tijdens de vijfde akte van het eerste bedrijf, lag Mona sidderend op het hemelbed:

'... die Duncans onheilspellende intocht krast
Binnen mijn muren. Kom, gij geestenschaar
Die moordgedachten zaait, ontvrouw mij thans...'

Door haar petticoats heen masturbeerde ze hijgend; ze huilde en wipte op en neer. Het publiek bewoog zich onrustig, stoelen kraakten. Het bedrijf eindigde en het licht werd gedimd.

Toen ze dertien seconden later opkwamen voor het tweede bedrijf, ontdekten Banquo en Fleance dat het publiek was verdwenen. Alleen de vier juryleden zaten met de hoofden bij elkaar te fluisteren. Een bazige vrouw met een rieten hoed stond op en zei: 'We hebben genoeg gezien', waarna ze zonder om te kijken wegstommelden. De acteurs kwamen uit de coulissen en zagen hen weglopen naar het buffet, waar ook de prijsuitreikingen zouden plaatsvinden.

## 33

Op de terugweg spraken ze weinig. Ze dronken watermeloenbrandewijn uit de beker die ze hadden gekregen voor Beste Kostuums, en hingen zwetend onderuit in de rammelende bus.

'Brigadier Farrat zal tevreden zijn,' zei Mona.

'We hadden moeten kiezen voor een musical,' zei Nancy, omkijkend naar Mona. 'Wie heeft er eigenlijk voor Shakespeare gekozen?'

'Dat was het enige toneelstuk in de bibliotheek,' voerde Muriel aan.

'Bovendien kan er niemand zingen,' zei Ruth.

'Alsof er wel iemand kan acteren!' snauwde Faith.

Laat in de middag stopten de bus en alle auto's van de dorpsbewoners voor de zaal, of in elk geval voor de plek waar die ooit had gestaan. Langzaam klommen de acteurs uit de bus en toen staarden ze om zich heen. Alles was zwart en rookte, het hele dorp was verwoest. Er resteerden slechts een paar smeulende bomen, een enkele telefoonpaal, een stenen schoorsteen. Zenuwachtige honden zaten op de plek waar ooit tuinhekjes hadden gestaan en kippen krabden tussen de vervormde watertanks en metalen daken waarmee het zwarte landschap bezaaid lag. De acteurs stonden in de rookwolken met hun zakdoek voor hun ogen en neus, in een poging de stank van verbrand rubber, geschroeid hout, verf, auto's en gordijnen tegen te houden. Het vuur had hun bestaan volledig uitgewist. Het enige wat nog over was, was Tilly's schoorsteen. Mona wees naar een gedaante ernaast, die zijn arm op en neer bewoog, wuifde.

Met z'n allen liepen ze naar de hoofdstraat, waar ze voor het oversteken goed uitkeken voor passerende auto's. Daarna vervolgden ze hun weg over de stoep van houtskool, langs het overblijfsel van de winkel van Pratt, vol ontplofte blikken en nagloeiende rollen stof. Reginald ging zijn slagerszaag zoeken, maar vond alleen een gesmolten, abstracte sculptuur. Toen ze op de top van de Heuvel aankwamen, stonden ze daar tot hun enkels in de warme verkoolde kluiten neer te kijken op de plek waar hun huis ooit had gestaan. Maar ze zagen alleen hoopjes rokende grijszwarte kolen en puin. De doelpalen op het footballveld lagen als aangestoken lucifers op het zwarte gras en de wilgen die ooit in de bocht van de beek hadden gestaan, waren nu kale schavotten, doods en omgekruld.

Brigadier Farrat, geschroeid en onder het roet, zat boven op de stenen haard en zwiepte een zwartgeblakerde verschrompelde tak tussen zijn geblakerde lakleren schoenen heen en weer.

'Wat is er gebeurd?' vroeg de inspecteur.

'Er is brand geweest.' Brigadier Farrat bewoog zijn tak heen en weer, heen en weer.

'Mijn school,' snikte juffrouw Dimm. Ze begonnen allemaal te huilen, eerst ingehouden en stilletjes, daarna steeds harder. Ze kreunden en schommelden, jankten en jammerden, hun gezichten rood en vertrokken en hun monden wijd open, als doodsbange kinderen verdwaald in een menigte. Ze waren dakloos en diepbedroefd, en hadden hun blik gericht op het smeulende pad dat eruitzag als gespreide vingers op een zwarte handschoen. De brand had huisgehouden tot aan de begraafplaats en was toen door de brandgang tegengehouden.

'Nou, in elk geval zijn we allemaal bij Rufe langs geweest om onze verzekering te betalen, toch?' zei Lois.

Ze kalmeerden, knikten: 'Ja', veegden hun tranen weg en hun neus af aan hun mouw.

Ruth zag er ontsteld uit. 'Maar dat geld heb ik aan Tilly gegeven voor de soldatenuniformen, weten jullie nog wel?'

De inwoners van Dungatar staarden haar aan. Verstard stonden ze op de zwarte heuvel, de lucht rondom hen stil en heet, terwijl rookflarden omhoogkropen langs hun kousen en gefilterd werden door hun met linten versierde rokken. Achter hen knetterden en sputterden de zwartgeblakerde houten planken van Tilly's huis zachtjes. De brigadier begon hysterisch te giechelen.

'Wat moeten we nu doen?' vroeg Fred.

'Iets drinken?' zei Scotty, en hij dronk.

De inspecteur stak zijn hand uit naar de fles.

'Vanaf hier kan ik mama's huis zien,' zei Mona met een sluwe glimlach naar haar broer.

Hij grijnsde terug en wipte op de ballen van zijn voet heen en weer. De inwoners van Dungatar keken over de ruïne van het dorp naar de boerderij, die daar onbeschadigd en prachtig stond, onaangeraakt op de flauwe heuvel in de verte, terwijl het golfplaten dak rood glansde in de ondergaande zon.

'Goeie ouwe Scheetheuvel,' zei William.

'Laten we moeder gaan opzoeken,' zei Mona.

Alsof ze één persoon waren, begonnen ze stilletjes naar Windswept Crest te lopen, een bont gezelschap in barokkostuums die veel effect sorteerden.

De auteur is dank verschuldigd aan alle docenten van de cursus Professional Writing and Editing van RMIT University. Bovendien wil ze met name noemen: Gail MacCallum, Mercy O'Meara, Fern Fraser, Patricia Cornelius, Crusader Hillis, Natalie Warren en Ian.